Alexandra Fröhlich

DRECK AM STECKEN

Roman

PENGUIN VERLAG

Der Penguin Verlag dankt dem Rowohlt Verlag für die Genehmigung,
auf Seite 152 aus folgendem Werk zu zitieren:
Jean-Paul Sartre: *Das Sein und das Nichts. Versuch einer phänomenologischen
Ontologie*, Deutsch von Hans Schöneberg und Traugott König, Rowohlt 1993.

Verlagsgruppe Random House FSC® N001967

PENGUIN und das Penguin Logo sind Markenzeichen von Penguin Books
Limited und werden hier unter Lizenz benutzt.

2. Auflage 2019
Copyright © 2019 Penguin Verlag
in der Verlagsgruppe Random House GmbH,
Neumarkter Straße 28, 81673 München
Lektorat: Marion Kohler
Umschlaggestaltung: Favoritbüro
Umschlagabbildung: © imageBROKER / Alamy Stock Foto
Satz: Greiner & Reichel, Köln
Druck und Bindung: CPI books GmbH, Leck
Printed in Germany
ISBN 978-3-328-10231-1
www.penguin-verlag.de

Dieses Buch ist auch als E-Book erhältlich.

Für Edvard, Lasse und Lennart

»Heinrich! Mir graut's vor dir.«
Johann Wolfgang von Goethe,
Faust. Der Tragödie Erster Teil

DAMALS

Unsere Mutter rauchte und trank. Beides nicht zu knapp. Und sie war ein lustiger Vogel, wenn sie nicht gerade einen ihrer Schübe hatte. Dann rauchte und trank sie noch mehr und sprach kein Wort, sondern starrte tagelang lieber stumpfsinnig aus dem Fenster. Alles in allem aber war sie ziemlich in Ordnung. Sie war nur anders als andere Mütter.

Sie selbst sagte immer, sie sei eine Schlampe, was sie weniger auf ihre wechselnden Männerbekanntschaften bezog als vielmehr auf ihren fehlenden Ordnungssinn. Wie sollte sie dem Chaos auch Herr werden, so ganz allein mit vier Kindern und einem kränkelnden Vater?

Vier Sommer vor der großen Katastrophe stand Opa auf einmal vor der Tür, mit einem alten Köfferchen in der ledrigen Hand, und zog einfach bei uns ein. Wir Jungs kannten ihn nur von einem eingestaubten Bild, das in Mutters Nachttisch lag. Aufmüpfig blickte er dort in die Kamera, spitzes Kinn, blitzende Augen, ein junger Bursche in Uniform. Mutter hatte nie von ihren Eltern erzählt, wir wussten einzig, dass sie irgendwo in der Ferne weilten, um dort ihr Glück zu suchen. Hakten wir nach, unterband sie unser Begehren stets mit einem knappen: »Die Vergangenheit soll man ruhen lassen.«

Der ältere Herr, der nun in unser Leben trat, hatte mit dem schneidigen Soldaten auf der Fotografie nicht mehr viel gemein. Insgesamt betrachtet, war er in keinem guten Zustand. Humpelnd räumte er seine wenigen Sachen in unsere Schränke, verlangte sofort nach einem Gehstock, besser noch einem Rollstuhl, und nässte nachts ein.

»Heinrich«, brüllte Mutter fortan jeden Morgen, wenn sie die Sauerei entdeckte, »Heinrich, was soll das? Zu faul, um aufs Klo zu gehen? Als ob ich nicht genug Probleme hätte!«

»Opa hat ins Bett gepiescht, Opa hat ins Bett gepiescht«, sangen wir im Chor, und dann flitzten wir, um ihren Schlägen zu entgehen.

»Macht euch nicht über euren Großvater lustig«, ermahnte sie uns, wenn ihr Zorn verraucht war, »der kann nichts dafür. Der hat einiges hinter sich.«

Damit gaben wir uns nicht zufrieden. Was genau er denn hinter sich habe, wollten wir wissen, woher und warum überhaupt er so plötzlich gekommen sei und ob er jetzt etwa ewig bei uns bliebe.

»Das hat euch nicht zu interessieren«, war Mutters Antwort, »es ist eben, wie es ist. Ich erklär's euch, wenn ihr älter seid.«

Doch für eine Erklärung wurden wir nie alt genug.

Bald gewöhnten wir uns an das neue Familienmitglied, bald war es so, als wäre er immer bei uns gewesen. Opa störte nicht weiter, außer dass er Platz wegnahm. Stundenlang konnte er vor Radio oder Fernseher sitzen und auf die modernen Zeiten schimpfen. Bald wurde er auch ein gern gesehener Gast unten in der Eckkneipe, wo er die anderen Nachbarn mit Tagesfreizeit unterhielt.

Wir hatten im Handumdrehen raus, wie wir ihn auf Hundertachtzig bringen konnten. Wir mussten uns nur scheinheilig erkundigen, was eigentlich mit Oma sei, und er drehte durch. »Dieses verfluchte Luder!«, brüllte er. »Ein Segen, dass ich sie los bin.«

Torpedierten wir ihn weiter mit Fragen, grummelte er böse vor sich hin. Wurde es ihm zu viel, beschwerte er sich bei Mutter über ihre missratene Brut, woraufhin die beiden stets in Streit gerieten, den Opa mit seinem Totschlagargument beendete: »Vier Kinder von vier verschiedenen Vätern. Sodom und Gomorrha! Das wird alles böse enden.«

Die Sache mit den vier Vätern ließ uns Jungs kalt, für uns war Mutter die Sonne, um die wir kreisten. Wie Meteoriten, die vom Himmel fielen und weiter keinen Schaden anrichteten, schlugen unsere Erzeuger ab und an bei uns ein. Sie gingen mit uns in den Zoo, ins Kino oder sonst wohin, je nachdem, was ihren eigenen Vorlieben und ihren eher vagen Vorstellungen davon, was Kinder lieben, am ehesten entsprach.

Philipps Vater nervte, ein vergeistigter Oberstudienrat, der in einer schwachen Stunde Mutters nicht unerheblichem Charme erlegen war. Beseelt von einem diffusen Bildungsauftrag, schleppte er uns vier – artig Mutters Vorgabe »Alle oder keiner« folgend – ungezählte Male ins Museum für Hamburgische Geschichte. Da standen wir dann vor Störtebekers Schädel und ertrugen nasebohrend seine einfallslosen Piratengeschichten.

Mein Vater war nicht viel besser. Ein einsilbiger Trucker, den Mutter in den sechziger Jahren kennengelernt hatte, als sie zu einem Hippie-Festival nach Frankreich trampte. Er war grobschlächtig, ungehobelt und roch nicht besonders gut. Bis heute habe ich keine Ahnung, was Mutter, die so hübsch und so klug war, damals in ihm sah. Bei seinen sporadischen Stippvisiten brachte er mir amerikanische Country-Platten mit, eine Musik, die ich schon als Kleinkind ablehnte. Außerdem stand er Mutters Bestreben, dass aus uns Jungs etwas Besseres werden sollte, skeptisch gegenüber. Als ich von der Grundschule aufs Gymnasium wechselte, verschwand er für ein gutes halbes Jahr, so sauer war er.

Jakobs Vater ließ uns in Ruhe. Er saß im Vorstand eines Hamburger Pharmakonzerns, wohnte mit Frau und Töchtern in Wellingsbüttel und hielt sich Mutter eine Zeit lang als Geliebte. Als sie schwanger wurde, tauchte er panisch ab. Doch er war der Einzige, der regelmäßig und reichlich für seinen Sohn zahlte.

Am Amüsantesten war Simons Papa, ein kohlschwarzer Brite, den es als mittellosen Musiker in den Siebzigern nach Deutschland verschlagen hatte, außer den wilden schwarzen Locken hatte er seinem einzigen Nachkommen nichts zu vererben. Er zog mit uns durch verräucherte Jazz-Kneipen, in denen der Tag zur Nacht wurde. Stundenlang umfing uns sein trauriges Saxofon-Gejaule, und wir nuckelten zufrieden an unserer Cola, die zu Hause verboten war.

Mutter war um Strenge bemüht, ihre Erziehungsmethoden konnte man durchaus robust nennen. Wenn wir nicht spurten, verteilte sie Hiebe auf den Hinterkopf. Dabei war es ihr egal, ob sie den Richtigen traf. Meistens steckten wir alle ein, wenn sie in Rage war.

Wir waren berüchtigt im ganzen Viertel. Und das wollte in der Hochhaussiedlung am Osdorfer Born, deren Bewohner Kummer gewohnt waren, etwas heißen. Wir waren eine Gang, lange bevor man dieses Wort überhaupt kannte.

Schlenderten wir zu viert, möglichst breitbeinig, über den Bürgersteig, wechselten unsere Nachbarn die Straßenseite. Wir trugen die Haare lang und verfilzt, unsere Jeans waren trotz Mutters ständiger Flickversuche löchrig, über unseren schmalen Schultern hingen schwere schwarze Lederjacken, die uns mit der Aura der Unbesiegbaren umgaben. Letztere waren eines der seltenen Geschenke von Simons Vater. Als er sie stolz überreichte, raunte er verschwörerisch, sie seien »vom Laster gefallen«. Eine Tatsache, die ihren Besitz für uns umso wertvoller machte.

Mit wiegenden Schritten durchmaßen wir nach der Schule den Born, auf der Suche nach ein wenig Ärger, der uns stets fand. Simon, der Kleinste, immer vorneweg, großspurig zog er alle paar Minuten seine Nase hoch und spie den Schnodder auf den Gehweg, er litt zu seinem Glück an einer chronischen Sinusitis, sodass ihm immer genügend Munition zur Verfügung stand. Philipp, der Zweitjüngste, dann Jakob und ich, der Älteste, dicht hinter ihm, geschickt den Rotzfladen ausweichend. Es gelang uns nicht immer.

Aus der Ferne muteten wir wahrscheinlich an wie die sprichwörtlichen Orgelpfeifen. Mutter hatte es irgendwie geschafft, uns in ziemlich exakten Zweijahresabständen auf diese Welt zu werfen. Und dann hatte sie uns diese merkwürdigen Namen gegeben. Zu unserer Zeit hießen Jungs Thomas, Bernd, Andreas oder Jürgen. Aber Johannes, Jakob, Philipp und Simon?

Wir wussten, dass sie uns nach den Aposteln benannt hatte. Das machte uns eine Zeit lang Angst. Mutter war zwar belesen, aber bei Gott nicht das, was man fromm nannte. Eine Kirche hatte keiner von uns je von innen gesehen. Was sollte dieser Apostel-Scheiß? Wir waren nur vier. Sollten etwa noch acht weitere folgen?

Mutter war alles zuzutrauen. Zumal wir in regelmäßigen Abständen ihre neuen »Bekannten« kennenlernten. Männer, die sie abends abholten und kurz den Kopf ins Wohnzimmer schoben, um verkrampft ein »Schönen guten Abend allerseits« oder ein »Na, Jungs, alles okey dokey?« loszuwerden. Wir schwiegen sie an und starrten in fragende Gesichter, die wir uns gar nicht erst einprägten.

Opa, als er schließlich bei uns wohnte, versuchte dagegen, die wechselnden Herren in ein Gespräch zu verwickeln, das jedes Mal mit der Frage »Was machen Sie denn beruflich?« begann und mit »Haben Sie eigentlich gedient?« endete. Die Typen verschwanden schneller als gewöhnlich aus unserem Leben. So gesehen war Großvater ein echter Zugewinn für uns.

Mir als Ältestem fiel die lästige Aufgabe zu, mich nach seinem überraschenden Einzug um ihn zu kümmern. Kümmern bedeutete, dass ich jeden Tag großkotzig zum Kiosk schlawinerte und fünf Halbe und zwei HB orderte. Ohne seine Zigaretten war Opa ungenießbar, ohne sein Bier wollte er nicht einschlafen. Die allabendlich genossenen zweieinhalb Liter Flüssigkeit machten die Sache mit der Inkontinenz nicht besser. Also zwang mich Mutter, Windeln zu besorgen. Die Apotheken im Viertel mied ich, lieber setzte ich mich einmal in der Woche in den Bus und fuhr ganz raus bis nach Wedel. Mir war es gleich, dass die Leute über uns redeten. Nicht egal war, was sie sagten. Ich wollte nicht, dass wir als eine Familie der Bettnässer in die Annalen des Born eingingen.

Meine Ausflüge, die anfangs einzig dem Zweck dienten, den Ruf der Meinen zu wahren, verselbstständigten sich, als ich Sabine kennenlernte. Sie arbeitete als Verkäuferin in dem

Lebensmittelgeschäft neben der Wedeler Apotheke, trug ihr blondes Haar wie Farah Fawcett in *Drei Engel für Charlie*, tief ausgeschnittene Oberteile und Jeans, die oben atemraubend eng und unten mit einem gewaltigen Schlag versehen waren.

Mit fadenscheinigen Fragen versuchte ich, ihre Aufmerksamkeit zu erregen, und lungerte im Kassenbereich herum, bis mich der Ladenbesitzer aus seinem Markt schmiss, weil er argwöhnte, dass ich doch nur etwas klauen wollte. Sabine nahm weiter keine Notiz von mir. In ihren Augen lagen wahrscheinlich Welten zwischen uns – sie eine berufstätige Frau mit besten Aussichten und ich nur ein pubertierender Rotzlöffel.

Eines Nachmittags versuchte ich, sie nach Ladenschluss abzupassen, und beobachtete im Schutz einer Litfaßsäule den Eingang des Supermarkts. Im Geiste malte ich mir aus, wie ich lässig auf sie zuschlendern und überrascht tun würde, sie zu treffen. Souverän und männlich würde ich sie in ein Gespräch verwickeln, sie sich verlegen eine lange Strähne hinter das Ohr streichen und mit einer leichten Röte auf den Wangen meine Einladung in die lokale Eisdiele annehmen.

Während ich noch überlegte, ob es wohl zu aufdringlich von mir wäre, gleich bei der ersten Verabredung den großen Malaga-Becher mit ihr zu teilen, trat Sabine aus dem Geschäft und blickte suchend umher. Mit schwitzigen Händen stolperte ich auf sie zu und öffnete den Mund. Heraus kam lediglich ein verzweifelt gekrächztes »K-k-kann ...«. Sabine musterte mich verächtlich von oben bis unten, warf ihre Haare nach hinten und ging einfach weiter, bevor ich mich fassen konnte.

Sie strebte um die nächste Ecke, ich spurtete hinterher und sah gerade noch, wie sie einem Typen mit Löwenmähne und pompösem Schnauzer um den Hals fiel, bevor sie zu ihm auf sein frisiertes Moped stieg und die beiden davonknatterten. Aus, schoss es mir durch den Kopf, mit Sabine ist es aus. *Endgültig.* Ich beschloss, die Finger von den Weibern zu lassen, mich höheren Aufgaben zu widmen, und arbeitete meine feuchten Fantasien an den Foto-Lovestorys der *Bravo* ab. Geschichten wie *Petra spielt mit dem Feuer* nährten allerdings meine vage Hoffnung, eines fernen Tages doch noch zum Schuss zu kommen.

Jakob, jünger als ich, hatte mehr Glück bei den Frauen. Schon als er klein war, umgab ihn eine aristokratische Aura, seine Augen waren blauer als blau, seine Haare blonder als blond. Auch wenn er sich wie ein zufriedenes Schwein im Dreck suhlte, blieb er stets sauberer als wir anderen und war das bevorzugte Opfer älterer Damen, die ihm auf der Straße begeistert in die Wange kniffen und Bonbons zusteckten.

Ich schoss in der Pubertät lediglich in die Höhe, verpickelte großflächig und kämpfte mit langen, dürren Gliedmaßen. Mein Stimmbruch setzte spät ein und dauerte quälende zwei Jahre, in denen sich meine Zunge immer öfter um die Konsonanten schlang und ich ein schönes Stottern entwickelte.

Jakob wuchs langsam, aber stetig und proportional ausgewogen, bekam breite Schultern und quasi über Nacht einen dunklen, sonoren Bass. Alle Mädchen in der Nachbarschaft verzehrten sich nach ihm. Schon mit zehn besaß er eine beachtliche Sammlung an Liebesbriefen und zerknüllten Zetteln: »Willst du mit mir gehen? Kreuze an!« Mit zwölf hatte er eine derart herausgehobene Position, dass er einen

Groschen pro Zungenkuss fordern konnte und seine Klassenkameradinnen Schlange standen. Mit vierzehn schleppte er Woche für Woche eine neue Auserwählte an, er brach die Herzen reihenweise, eine Angewohnheit, die er für immer beibehalten sollte.

Zwar trug ich als Erstgeborener offiziell die Verantwortung für meine Brüder und wurde deshalb im Zuge der Sippenhaft auch immer vor allen anderen zur Rechenschaft gezogen, wenn wir gemeinschaftlich etwas angestellt hatten. Jakob jedoch war unser heimlicher Herrscher, er dirigierte, und wir tanzten nach seinem Takt wie Marionetten an unsichtbaren Fäden. Er heckte die tollkühnsten Pläne aus, Philipp und Simon folgten blind, und ich redete mir ein, dass ich nur mitzog, um meine Brüder vor größerem Schaden zu bewahren.

Gerade Simon musste beschützt werden, vor den anderen Jungs des Viertels, aber besonders vor sich selbst. Er war nicht nur der Jüngste, er war auch der Zarteste, sein unbändiges Gestrüpp dunkler Haare und der dunkle Teint beliebtes Ziel diverser Spötteleien. »Negerblag, Negerblag«, schallte es hinter ihm her, wagte er sich allein auf die Straße. Dann wurde sein Gesicht blass, mit dem Mut des Irrsinns stürzte er sich auf die Rufenden und drosch auf sie ein, bis mindestens einer blutete.

Meist blutete Simon, denn ihm war es gleich, dass seine Feinde größer, stärker und älter waren. Er geriet bei diesen Schlägereien völlig außer sich, stieß hohe, spitze Schreie aus wie ein gequältes Tier und zitterte noch Stunden später am ganzen Körper. Uns Großen machten diese Anfälle Angst, insgeheim mutmaßten wir, Simon habe Mutters Makel geerbt. Keiner sprach diese Sorge jemals offen aus, aber jeder las sie in den Blicken der anderen.

Da nicht sein konnte, was nicht sein durfte, erzählten wir Mutter nichts von Simons merkwürdigem Verhalten. Immer und immer wieder dachte ich mir neue Ausreden für seine Verletzungen aus: von der Schaukel gefallen, gestolpert, beim Fußball gefoult. Sie nickte dann nur, verband seine Wunden, drückte ihm einen Kuss auf die Stirn und trank – »Der ist gut für meine Nerven und den Blutdruck, Kinder!« – vorsichtshalber einen Asbach-Cola.

Philipp war derjenige, der Mutters medizinische Weisheit früh verinnerlichte. Dabei war mit seinen Nerven eigentlich alles in Ordnung. Er war der Ruhigste und Unauffälligste von uns, außerdem ab der ersten Klasse ein Einserschüler, ein wissbegieriges Kind. Mit acht Jahren nippte er zum ersten Mal heimlich an Mutters Branntwein, um herauszufinden, welche Wirkung dieses stinkende Gesöff auf den menschlichen Körper hatte. Nach zahlreichen Selbstversuchen hatte er mit zehn seinen ersten Vollrausch. Stundenlang suchte ich nach ihm und fand ihn schließlich, in seinem Erbrochenen liegend, neben einem Gebüsch auf dem Spielplatz. Danach lernte er schnell, seine Arznei richtig zu dosieren.

Vielleicht war Philipp gerade wegen des Alkohols ein so stillvergnügter und ausgeglichener Junge. Uns Brüdern war das egal, wir schätzten ihn, weil er uns mit seinen subtilen Scherzen zum Lachen brachte, und bewunderten ihn für seine Klugheit. So mancher Raubzug wurde zwar von Jakob erdacht und vorgeschlagen, die clevere Umsetzung der Pläne entsprang aber oft Philipps kühnem Hirn.

Natürlich wurden wir auch erwischt, wenn wir etwa die Geldkassetten der Zeitungsständer knackten oder Fahrräder aus den Kellerverschlägen stahlen. Aber unsere Erfolgsquote lag bei sagenhaften siebzig Prozent, Philipp rechnete es uns vor. Und das war weit mehr, als alle anderen am Born vorweisen konnten.

Wegen der anderen dreißig Prozent kam in unregelmäßigen Abständen Frau Beinlich vorbei, eine ältere Dame von der Fürsorge. Da sie ihren Besuch stets Tage vorher anmeldete, fand sie niemals etwas, das sie tatsächlich beanstanden konnte. Wir hatten genügend Zeit, die Wohnung aufzuräumen, wir bürsteten uns sogar und zwangen Großvater in seinen einzigen Anzug, wir hängten Mutter eine Schürze um und versorgten sie reichlich mit Pfefferminzbonbons.

Frau Beinlich saß in der Küche, auf dem Resopaltisch standen Kaffee und Kuchen bereit, milde lächelnd sah sie auf uns herab und strich bevorzugt Jakob über sein glänzendes Haar. »Sie haben es aber auch nicht leicht, so ganz allein mit vier Jungs«, seufzte sie dann.

Mutter schlug die Augen nieder und nickte bekümmert, Großvater räusperte sich und sagte: »Ich helfe, wo ich kann. Aber ich bin nicht mehr der Jüngste, Sie verstehen ...«

Was uns wirklich rausriss, waren unsere Noten. Philipp war zwar der Überflieger, aber auch wir anderen drei beeindruckten mit guten Zeugnissen, alle gingen wir irgendwann aufs Gymnasium und sollten Abitur machen. Alle versprachen wir Frau Beinlich, uns zu bessern und unserer Mutter keine Schande mehr zu bereiten. Frau Beinlich war jedes Mal zufrieden und stellte eine günstige Sozialprognose. Bis zu ihrem nächsten Besuch.

So lebten wir am Born, mit unseren Schatten-Vätern, unserem bettnässenden Großvater und unserer im Leben schwankenden Mutter. Wir lebten nicht schlecht. Wir Jungs fanden, es hätte kein besseres Leben für uns geben können, kannten wir doch kein anderes.

Bis ich achtzehn wurde. Einen Tag nach der Vollendung meiner Volljährigkeit legte sich Mutter mit einem Gläschen ihres geliebten Asbach-Colas in die Badewanne und schnitt sich die Pulsadern auf. Als hätte sie beschlossen, dass es nun gut war. Dass sie alles getan hatte, um uns auf den richtigen Weg zu bringen. Und dass nun jemand anderes dran war, für das Weitere zu sorgen.

2008

»K-k-kann, k-k-kann …«

»Johannes?« Jakobs Stimme am Telefon klingt ungeduldig. »Um Himmels willen, hör auf zu stottern! Ist was mit Simon?«

»Nnn-nn …, nn-nnein«, antworte ich. »K-k-kann …«

»Okay, atme tief durch und dann spuck's aus. Ich hab nicht ewig Zeit, ich muss ins Meeting.«

So ist er, mein Bruder, empathisch wie immer. Nein, niemand kann Jakob nachsagen, dass er zur Gefühlsduselei neigt.

Ich atme durch und nehme einen neuen Anlauf. »K-kannst du nach Hause kommen? G-g-großvater ist g-gestorben.«

Jakobs Antwort ist Schweigen.

»Scheiße«, sagt er schließlich, »das passt jetzt gar nicht.«

»Sorry für das schlechte T-t-timing. K-k-kommt nicht wieder vor.«

»Deinen Sarkasmus kannst du dir sparen. Du hast keine Ahnung, was hier gerade los ist. Ich steh kurz vor der Übernahme, das ist wirklich der beschissenste Zeitpunkt, den der Alte sich aussuchen konnte!«

»K-k-kommst du?«

»Natürlich komme ich. Was ist mit Philipp?«

»Schon unterwegs.«

»Und Simon?«

»Weiß es n-n-noch nicht.«

»Sieh zu, dass du's ihm schonend beibringst. Ruf ihn nicht an, fahr hin.«

»Ja.«

»Ich buch den nächsten Flieger. Morgen bin ich da. Und Johannes, krieg das mit deinem Stottern wieder in den Griff. Das ist ja fürchterlich«, sagt er noch und legt auf.

Ich habe die Sache mit meinem Stottern im Griff. Diverse Logopäden habe ich in drei Jahrzehnten verschlissen, um meiner Zunge meinen Willen aufzuzwingen. Mittlerweile gehorcht sie mir. Es sei denn, es passiert etwas Unvorhergesehenes. Dann führt sie ihr Eigenleben. Zum Glück kommt das selten vor.

Ich achte peinlich darauf, dass mein Leben möglichst gleichförmig verläuft, ohne besondere Höhen und Tiefen. Alle, die mich oberflächlich kennen, halten mich für einen schweigsamen, hartgesottenen Burschen, der allein, aber zufrieden seine Kreise zieht. Typ einsamer Wolf. Bei Frauen kommt dieses Klischee erstaunlicherweise gut an. Und kaum eine habe ich jemals so weit an mich herangelassen, dass sie den armseligen Stotterer hinter der coolen Fassade entdecken konnte.

Gestern geschah das Unvorhergesehene. Am Morgen rief mich die Leiterin des Pflegeheims an. Friedlich eingeschlafen sei unser Großvater, so sagte sie, was für ein Segen.

Ich glaubte ihr kein Wort. Friedlich war für unseren Großvater ein Fremdwort, schon bevor sich der Nebel in seinem Kopf verdichtet hatte. Seine Neigung zur Renitenz verschlimmerte sich, als er an Alzheimer erkrankte. Andere Demente vergaßen erst Namen und dann Menschen und kehrten in ihre Vergangenheit zurück, in der sie still vor sich hin vegetierten. Auch Opa wurde mehr und mehr von Flashbacks heimgesucht. Anders als die anderen Patienten in seinem Heim erzählte er aber keine wirren Geschichten, aus denen wir uns einen Reim hätten machen können auf das, was er durchlebte. Zum Schluss saß er tagsüber nur noch da, gab gutturale Laute von sich, sein Körper bretthart in einem einzigen Krampf, die Augen geweitet. Nachts hatte er Albträume. Meist wurde er dann sediert und an seinem Bett fixiert. Zu seiner eigenen Sicherheit, wie das Personal auf der Station betonte. Ich nahm aber an, dass die Pfleger einfach mal ihre Ruhe haben wollten.

Gegen Mittag erreichte mich der zweite denkwürdige Anruf des Tages. Eine hohe, brüchige und alte Stimme fragte: »Johannes?«

»Ja, bitte?«, antwortete ich irritiert, da mir diese Stimme nicht vertraut war, der dazugehörige Mensch mich aber offensichtlich so gut kannte, dass er als Anrede meinen Vornamen wählte.

»Johannes, mein Name ist Friedrich Löwe, ich bin der Anwalt Ihres Großvaters. Zunächst möchte ich Ihnen mein tief empfundenes Beileid aussprechen.«

»D-d-danke«, stammelte ich. Opa hatte niemals einen Anwalt gebraucht. Wofür denn auch? »Entschuldigung, wer sind Sie g-g-genau?«

»Friedrich Löwe, der Anwalt Ihres verstorbenen Großvaters«, wiederholte die Stimme geduldig. »Ich möchte Sie bitten, in meine Kanzlei zu kommen. Zur Testamentseröffnung.«

»T-t-testament?« Opa hatte nichts zu vererben. Das wenige Ersparte war neben der mageren Rente in den letzten

Jahren für seine Pflege draufgegangen, und es hatte bei Weitem nicht gereicht, um die Kosten zu decken.

»In der Tat, der gute Heinrich hat bei mir sein Testament hinterlegt. Ist Ihnen kommenden Montag recht? Um sechzehn Uhr? Bis dahin sollte es auch Jakob aus London nach Hamburg schaffen. Was meinen Sie?«

»Ja.«

»Gut. Und Johannes, es ist von großer Wichtigkeit, dass Sie alle vier erscheinen. Auch Simon. Hören Sie?«

»Ja.«

»Gut. Dann bis Montag. Auch wenn der Anlass traurig ist, freue ich mich doch, Sie alle kennenzulernen. Heinrich hat früher immer viel von Ihnen erzählt.« Und mit diesen Worten beendete er das Gespräch.

Zunächst glaubte ich, irgendein dummes Arschloch hätte sich einen noch dümmeren Scherz erlaubt. Aber welches Arschloch kannte uns alle und wusste zudem, dass Jakob gerade in London war? Mir fiel niemand ein. Woher hatte dieser Mensch meine Büronummer, und wie hatte er überhaupt so schnell von Opas Tod erfahren?

Ich ging zu meinem Chef, erklärte, dass ich einen Todesfall in der Familie hätte, verabschiedete mich aus der Redaktion und fuhr nach Hause.

Seitdem hocke ich in meinem Arbeitszimmer und versuche, etwas über Friedrich Löwe herauszufinden. Ich gab die spärlichen Informationen bei Google ein und landete einen Treffer – Kanzlei Löwe und Hahn in der Heimhuder Straße. Ich klickte auf die Homepage und betrachtete die Seite, die mehr als übersichtlich gestaltet war. Der Name der Kanzlei, ihrer Inhaber – Friedrich Löwe und Hubertus Hahn –, die Anschrift, eine Telefonnummer und eine E-Mail-Adresse, mehr stand dort nicht. Keine Angaben über die Rechtsgebiete, auf die man sich spezialisiert hatte, keine Vita, keine Fotos, keine weiterführenden Links.

Ich rief in der Kanzlei an, mehrmals. Dort lief nur ein Band mit der Ansage, dass man bitte deutlich Namen und Nummer hinterlassen solle, man werde sich umgehend melden. Das habe ich getan. Danach wählte ich die Nummer der Hamburger Anwaltskammer und die eines mir gut bekannten Richters. Nirgendwo bin ich auf etwas Erhellendes gestoßen, niemand konnte mir helfen, die Kanzlei hat nicht zurückgerufen. Friedrich Löwe bleibt ein unbeschriebenes Blatt.

Gedankenverloren starre ich aus dem Fenster auf die Rote Flora gegenüber, als mich die Klingel zusammenzucken lässt. Es muss Philipp sein. Ich drücke den Summer. Es dauert ein wenig, bis er die vier Stockwerke des Altbaus überwunden hat. Keuchend steht er vor mir im Flur, lässt seine Reisetasche fallen und nimmt mich kurz in den Arm.

»Johannes, wie geht es dir?«

»G-g-gut so weit. Und d-d-dir?«

»Alles okay«, antwortet er zerstreut, und nur die Andeutung eines Stirnrunzelns zeigt mir, dass ihm mein Stottern nicht entgangen ist. »Ein bisschen abgespannt vielleicht. Ich hatte heute Morgen noch eine OP, sechs Stunden. Hast du was zu trinken für mich?«

»K-k-kaffee?«

»Kaffee? Wenn's sein muss ...« Er grinst schief und geht voran in die Küche.

Ich folge ihm und sehe, dass sein kurzes graues Haar am Hinterkopf schon ziemlich ausgedünnt ist. Während ich die Espressomaschine in Gang setze, erzähle ich ihm, dass Jakob erst morgen kommt und dass ein Anwalt angerufen hat, den wir am Montag treffen sollen.

»Komische Geschichte«, murmelt er. »Und was ist mit Simon? Warst du schon bei ihm?«

»Nein. Ich d-d-dachte, wir machen d-d-das zusammen.«

»Oh.« Philipp zieht die Luft ein und betrachtet ausgiebig seine feingliedrigen Chirurgenhände. Er hat einen leichten Tatterich. »Okay, ist wahrscheinlich besser. Wer weiß, wie er reagiert. Hast du Opa noch einmal gesehen, bevor er ...«

»Vor zwei Wochen. Er hat mich n-n-nicht erkannt. Wie immer.«

»Okay.« Philipp verstummt. Ich gieße ihm Kaffee ein, er steht wortlos auf und nimmt die Flasche Osbourne aus dem Regal, aus der er sich großzügig einschenkt. Nach dem zweiten Kaffee werden seine Hände langsam ruhiger.

Wir reden über Belanglosigkeiten: die Arbeit, das Wetter, Politik, alte, gemeinsame Bekannte. Später am Abend schlendern wir zum Portugiesen um die Ecke, essen Tapas und trinken drei Flaschen Wein. Der Alkohol lockert meine Zunge, auf einmal kann ich mich wieder verständlich artikulieren, und wir reißen dämliche Witze über Stotterer.

Gegen Mitternacht gehe ich mit ziemlicher Schlagseite ins Bett. Philipp verschwindet mit der Flasche Osbourne im Gästezimmer.

»Ankunft 9.35, Terminal 2. Hol mich ab!«

Die Buchstaben der SMS verschwimmen vor meinen Augen, mein Blick wandert zur Uhr. Es ist acht. Ächzend wuchte ich mich aus dem Bett und schlurfe in die Küche. Philipp ist längst wach und frisch geduscht. Er hat Brötchen geholt und den Frühstückstisch gedeckt.

»Jakob landet b-b-bald. Wir sollen ihn vom Flughafen abholen.«

Philipp verdreht die Augen. »Warum kann der sich kein Taxi nehmen?«

»Der Herr verlangt ein Begrüßungskomitee, du k-k-kennst ihn doch.«

»Schläft er auch hier?«

»K-k-keine Ahnung, glaube ich aber nicht. Er hat bestimmt irgendwo irgendeine Suite gebucht.«

Nach dem Frühstück fahren wir in meinem alten Mercedes-Coupé zum Flughafen. Der Flieger aus Heathrow ist pünktlich, Jakob eilt als einer der Ersten aus dem Sicherheitsbereich heraus. Er hat wie üblich nur Handgepäck, fehlt ihm etwas, wird er es einfach kaufen. In seiner Bugwelle schwimmt ein ätherisches Wesen im knapp sitzenden Kleid, auf hohen Hacken versucht die junge Dame, mit ihm Schritt zu halten.

»Das kann doch nicht wahr sein«, stöhnt Philipp neben mir leise. »Da schleppt er eine seiner Bettgeschichten mit! Guck dir die mal an! Könnte glatt seine Tochter sein ...«

»Neidisch?«

»Pfff ...«

Eine Hand in der Hosentasche, die andere am Rollkoffer, kommt Jakob grinsend auf uns zu. Er baut sich vor uns auf, mustert uns kurz und nickt. »Phil. Joe«, sagt er knapp zur Begrüßung, das muss reichen und soll wohl gleichzeitig die Aufforderung sein, uns in Gang zu setzen, denn er wendet sich schon dem Ausgang zu.

»Willst du uns nicht vorstellen?«, fragt Philipp mit einem Blick auf Jakobs Begleitung.

»Natürlich, sorry. Meine Herren, das ist Amy, meine neue Assistentin. Und nein, ihr braucht euch den Namen nicht zu merken. Nächste Woche schmeiß ich sie wieder raus. Aber bis dahin haben wir noch ein bisschen Spaß zusammen.« Er tätschelt Amys Hintern. »Sie bläst wie der Teufel …«

Als er unsere versteinerten Mienen sieht, fügt er hinzu: »Keine Sorge, Amy versteht kein Wort Deutsch. So, und jetzt raus hier. Wo hast du deine Schrottkarre geparkt?«

»D-d-das ist ein Oldtimer, ein echtes Ll-ll-ll …«

»… Liebhaberobjekt, ja, ich weiß. Verdammt Johannes, was ist los mit dir? Warum stotterst du wieder? Und wo steckt eigentlich Simon?«

»N-nn-n, n-n-nn …« Das sind zu viele Fragen auf einmal für den Knoten in meiner Zunge, Philipp springt ein. »Herrgott, Jakob, lass ihn in Ruhe. Großvater ist tot. Das müsste doch als Erklärung reichen. Kann ja nicht jeder so ein dickes Fell haben wie du.«

»Wo steckt Simon?«, wiederholt Jakob ungerührt.

»Simon weiß noch nichts.«

Für eine Sekunde verhärten sich Jakobs Sunnyboy-Züge. »Ich dachte, du hast das schon erledigt.«

»Nn-nn-n …«

»Schon gut. Dann fahren wir eben alle zusammen zu ihm. Und zwar jetzt sofort.«

Ich verstaue das Gepäck im Kofferraum und frage Jakob: »Welches Hotel?«

»Atlantic. Aber wir checken später ein. Erst zu Simon.«

»Du willst Amy doch nicht mit zu Simon nehmen?«, interveniert Philipp.

»Die stört nicht weiter«, bestimmt Jakob.

Ich steuere den Wagen aus der Stadt auf die A1 Richtung Lübeck. Philipp sitzt neben mir und starrt aus dem Fenster. Auf der Rückbank turteln Amy und Jakob. Die Ausfahrt Bad Oldesloe kommt schneller, als mir lieb ist. Nur noch zwanzig Kilometer bis zu Simon. Er lebt auf dem Land, umgeben von Wald und Weiden, vielen Kühen und wenig Menschen.

Offiziell ist Simon Künstler, er fertigt Skulpturen aus Stein und Metall, manchmal malt er auch. Seine Arbeiten kann man durchweg als abstrakt bezeichnen, jedenfalls fällt es schwer, irgendetwas darin zu erkennen, Formen schon gar nicht, auch der Sinn bleibt verborgen. Trotzdem hat er eine Galeristin in Hamburg, der es gelingt, ab und an eines seiner Ungetüme an den Mann zu bringen.

Ich biege von der Landstraße ab auf einen kleinen Feldweg, der direkt zu Simons Gehöft führt. Mein Mercedes rumpelt über das Kopfsteinpflaster der Einfahrt, ich parke vor der Scheune. Einen Augenblick rührt sich keiner von uns, selbst Amy sitzt ganz still, die gespannte Stimmung ist ansteckend.

»Auf geht's«, sagt Jakob schließlich. »Bringen wir's hinter uns.«

In diesem Moment öffnet sich die Tür der Scheune, die als Atelier dient. Ania kommt heraus und schaut uns erstaunt an. Sie ist Simons polnische Haushälterin, sie kocht, sie putzt, sie kauft ein und kümmert sich um alles, zu dem er keine Lust und Nerven hat. Außerdem ist sie examinierte Krankenschwester. Sie weiß, was zu tun ist, wenn es Simon nicht gut geht.

Ania lebt auch auf dem Hof, sie ist vierundzwanzig Stunden am Tag in Bereitschaft. Nur zwei Mal im Jahr fährt sie für ein paar Wochen zu ihrer Familie nach Stettin. Dann kommt ihre Freundin Agnietzka als Urlaubsvertretung.

Wir lassen uns Simons Rundumversorgung etwas kosten,

Ania bekommt ein fürstliches Gehalt für ihren Einsatz. Sie ist allerdings auch die Einzige, die es bisher länger mit Simon ausgehalten hat. Wahrscheinlich liegt das an ihrem stoischen Naturell.

Sie stellt keine überflüssigen Fragen, sondern deutet schlicht auf das Haupthaus. »Euer Bruder ist in Küche.« Dann geht sie voran und ruft: »Simon, Besuch!«

Unser Bruder ist hocherfreut, uns zu sehen. Er sitzt am Tisch und liest in einem Buch, als wir eintreten. Jetzt springt er auf und fällt uns allen nacheinander um den Hals, auch Amy. »Alter Schwede, was macht ihr denn hier? Warum habt ihr nicht angerufen, dass ihr kommt? Ania hätte was zu essen gemacht!«, sagt er und lacht. Er sieht gut aus, seine langen Locken trägt er zu einem Zopf tief im Nacken gebunden, dank der frischen Landluft hat sein Gesicht noch mehr Farbe als üblich.

Als er mich in seine Arme schließt, erdrückt er mich fast. Simon hat Kraft, die bekommt man wohl, wenn man täglich stundenlang wie besinnungslos auf Steine einhämmert und Metall schmiedet. Und er hat einen guten Tag, das sehe ich sofort, seine braunen Augen sind klar.

Ania fängt an, Kaffee zu machen und Brote zu schmieren. Jakob, Amy und ich setzen uns zu Simon an den Tisch, Philipp nestelt am Kühlschrank herum. Ich muss gar nicht hinschauen, ich weiß, was er macht. Er sucht die Ampullen mit dem Lorazepam und wird vorsichtshalber eine Spritze aufziehen. Ich nehme Simons Hand und sage: »G-g-großvater, w-ww-w …« Dann breche ich ab.

»Opa ist tot«, erklärt Jakob kurz und bündig.

Unwillkürlich halten wir die Luft an.

Einen Augenblick lang schweigt Simon. »Aha«, meint er schließlich und zuckt die Schultern, »und deshalb seid ihr extra hergekommen? War doch klar, dass der Alte es nicht mehr lange macht.« Dann beißt er ungerührt in eine Wurststulle. Sein Blick ist immer noch klar.

Jakob und Philipp atmen hörbar und erleichtert aus. Ich dagegen bleibe weiter auf der Hut. Das war zu einfach, viel zu einfach.

Auf der Rückfahrt nach Hamburg hat sich Simon zwischen Jakob und Amy gequetscht, vertrauensvoll nimmt er ihre Hand und hält sie fest. Manchmal spielt er gern den Irren und macht einen auf ganz zutraulich wie ein kleines, verschmustes Tierchen. Er kann aber auch mal zuschnappen. Wie Amy dieses Tierchen, das jetzt auch noch an ihrem Hals schnuppert, findet, lässt sie sich nicht anmerken. Jedenfalls versucht sie nicht, sich aus Simons Klammergriff zu befreien. Vielleicht hat Jakob ihr auch erzählt, dass sein jüngster Bruder manchmal etwas merkwürdig ist und man ihm dann besser nicht blöd kommt.

Wir haben Ania eröffnet, dass Simon wegen Großvaters Tod mit nach Hamburg muss und dass wir ihn gegen Ende der Woche wohlbehalten wieder bei ihr abliefern werden. Simon ist von der Idee begeistert, das ist ihm anzusehen. Vergnügt wippt er mit den Füßen und summt ein Lied. Ania allerdings hält diesen Ausflug für eine Schnapsidee.

»Ist nicht gut für Bruder«, erklärte sie uns, als Simon aus der Küche gegangen war, um seine Sachen zu packen. »Zu viel Aufregung.«

»Wir passen schon auf ihn auf«, sagte Jakob. »Mach dir mal keine Sorgen.«

»Bist du ruhig!«, fuhr Ania ihn an. »Bist du nie da. Weißt du nicht, wie geht es Bruder.«

Jakob sagte tatsächlich kein Wort mehr, Ania hat etwas sehr Resolutes – und sie hat nie einen Hehl daraus gemacht, dass sie diesen Londoner Banker für einen überheblichen, oberflächlichen Schnösel hält.

»Ich war lange nicht mehr in der Stadt«, sagt Simon nun aus dem Fond heraus. »Ziehen wir heute ein bisschen um die Häuser? So wie früher, alle zusammen?«

Philipp und ich wechseln einen schnellen Blick.

»Klar, warum nicht?«, antwortet Jakob leichthin, bevor einer von uns beiden reagieren kann. »Wir liefern Amy im Hotel ab und machen uns einen flotten Abend. So wie früher.«

Ich merke, wie ein Kribbeln in mir aufsteigt, ein Gefühl der Vorfreude. *So wie früher.* Warum nicht? Was soll schon groß passieren?

Ich beschleunige den Mercedes auf hundertachtzig Sachen und grinse Philipp an. Er grinst zurück. Seine Augen funkeln. *So wie früher.* Abgemacht.

Es kommt nicht mehr oft vor, dass wir vier zusammen sind. Wir telefonieren zwar regelmäßig miteinander, um uns gegenseitig auf dem Laufenden zu halten. Aber gemeinsame Treffen sind selten geworden. Wir geben vor, dass wir einfach zu viel um die Ohren haben.

Jakob jettet ständig um die Welt wie auf der Flucht und immer auf der Suche nach Unternehmen, die er aufkaufen und dann gewinnbringend zerschlagen kann.

Philipp lebt zwar nicht weit weg, in Hannover, ist aber entweder im OP oder in seiner glücklosen Ehe gefangen. Hinzu kommt, dass keiner von uns seine Frau mag – eine magersüchtige, missgünstige Ziege aus kleinbürgerlichen Verhältnissen, deren Lebensaufgabe darin besteht, ihren Status in der Hannoveraner High Society zu festigen, die gemeinsamen missratenen Töchter zum Reitunterricht zu kutschieren und ihren Gatten zu schikanieren. Zu Familienfesten lädt Philipp daher eher selten ein.

Ähnlich wie Jakob und Philipp verschanze ich mich hinter meiner Arbeit. Ich bin Redakteur bei einem Nachrichtenmagazin, man schickt mich oft auf Reportagereisen. Zum Glück bin ich ungebunden, ich habe weder Frau noch Kinder, zu Hause vermisst mich niemand. So tauche ich ein in das Leben fremder Menschen und bin davon befreit, mich mit meinem eigenen und dem meiner Familie auseinanderzusetzen zu müssen.

Simon hockt auf seinem Hof und bearbeitet seine Steine. Wahrscheinlich ist er froh, wenn er von der Welt und seinen Brüdern so wenig wie möglich mitbekommt. In seinen klaren Momenten, und davon gibt es nicht wenige, wird er sich fragen, warum er eigentlich die Arschkarte gezogen hat. Unternehmensberater, Herzchirurg, Journalist – aus uns ist durchaus etwas geworden. Und er? Er ist der Bekloppte in der Familie. Das weiß er. Aber er will nicht ständig daran erinnert werden.

An diesem Abend sind wir uns wieder nah. *So wie früher.* Und so wie früher dauert es nicht lange, bis wir anfangen, uns zu streiten. Als Jakob in epischer Breite über seine letzten Abenteuer aufklärt, fahre ich ihm durch seine sorgfältig gestylte blonde Tolle. »Du wirst nie erwachsen«, bringe ich dank vier Halber einwandfrei heraus.

»Ach ja? Und wie sieht's denn bei dir aus? Mal wieder was von Sabine gehört?«, fragt er trocken und wehrt meine Hand ab. »Der einzigen wahren, großen Liebe, die sich so gar nicht für dich interessiert hat?«

Ich zucke zusammen. Jakob weiß, wo's wehtut. Bevor ich antworten kann, dass es mich einen Scheißdreck interessiert, was Sabine macht, sagt Simon leise, aber deutlich: »Themenwechsel.«

»Genau. Wann sollen wir morgen eigentlich bei diesem Anwalt sein?«, fragt Philipp.

»Erst am Nachmittag. Wir können also ein bisschen ausschlafen«, nehme ich den Ball auf.

»Was ist das eigentlich für'n Anwalt?« Simons Stimme klingt nervös.

»Keine Ahnung. Opa hat angeblich ein Testament hinterlassen«, erkläre ich. »Vielleicht sind wir ja morgen auf einen Schlag steinreich.«

Jakob grinst gehässig. »Was soll der schon zu vererben haben? Seine alten Gummi-Matratzen? Das Pflegeheim haben wir in den letzten Jahren bezahlt. Hat ein Vermögen gekostet, dieser ganze Mist.«

»Trifft ja keinen Armen«, murmele ich.

Bevor wir uns richtig in die Wolle bekommen, drängt Philipp zum Aufbruch. Wahllos ziehen wir durch die Bars und Kneipen des Schanzenviertels und werden immer betrunkener. Sogar Simon bekommt Wein. Normalerweise darf er keinen Alkohol trinken, aber heute machen wir eine Ausnahme, denn wir vier sind zusammen. *So wie früher.*

Um zwei Uhr haben wir alle genug. Jakob steigt in ein Taxi und entschwindet in froher Erwartung zu seiner Teufels-Bläserin. In seinem Zustand wird Amy allerdings nicht mehr allzu viel Spaß mit ihm haben. Philipp, Simon und ich versuchen, die paar Meter zu meiner Haustür mit Anstand zu bewältigen. Wir grölen *Ich will zurück auf die Straße*, Simon kriecht die vier Stockwerke auf allen vieren hinauf. Ich bringe ihn auf die Schlafcouch und ziehe ihm die Schuhe aus.

Um fünf Uhr werde ich wach, weil er an meinem Bett steht und mich anstarrt.

»Was'n los?«, nuschele ich.

»Kann ich bei dir schlafen?«

Ich schlage meine Decke zurück. Er legt sich hin und nimmt meine Hand. *So wie früher.*

Wir sehen alle nicht besonders gut aus, als wir uns am Nachmittag auf den Weg in die Heimhuder Straße machen. Selbst Jakob wirkt verknittert, unter seinem teuren Aftershave dünstet der Restalkohol vor sich hin. Punkt sechzehn Uhr stehen wir vor einer alten Patriziervilla, schneeweiß, Rhododendren im Vorgarten. Jakob betrachtet das diskrete Kanzleischild an der Tür und fängt an zu lachen: »*Löwe und Hahn?* Das soll wohl ein Witz sein? Hätten sich ja gleich *Hase und Igel* nennen können!«

Ich klingele, unmittelbar öffnet sich die schwere Eingangstür. Vor uns steht eine Dame mittleren Alters, die braunen Haare zum straffen Knoten zusammengefasst, und sagt: »Bitte folgen Sie mir. Sie werden erwartet.«

Sie geht voran durch einen dunklen Flur und über dunklen Parkettboden, ihre Kreppsohlen geben dabei ein leises Quietschen von sich. Sie öffnet eine große Flügeltür und deutet in ein Zimmer. »Wenn Sie bitte Platz nehmen. Herr Löwe ist sofort bei Ihnen.« Dann schließt sie die Tür fest hinter uns. Wir hören, wie sie sich quietschend entfernt.

Der große Raum ist ziemlich kahl und erinnert mich unwillkürlich an die Kanzlei-Homepage. In seiner Mitte thront lediglich ein alter, leerer Eichenschreibtisch mit einem noch älteren Bürostuhl, davor vier Besucherstühle. An den Wänden stehen Bücherregale, deckenhoch, in denen kein einziges Buch steht, eine feine Staubschicht liegt auf den Brettern. Das ist das einzige Mobiliar, es gibt noch nicht einmal eine Lampe. Vor den großen Fenstern, die zum hinteren Garten gehen, wachsen große Rosenbüsche. Die Sonne zittert von draußen durch die Blätter und malt helle Flecken auf Boden und Wände.

»Mir gefällt es hier nicht«, stellt Simon fest.

Ich werfe Philipp einen Blick zu, er nickt beruhigend und klopft auf die Tasche seines Sakkos. Jakob hat sich schon auf einen der vier Stühle gefläzt, breitbeinig, und schüttelt den Kopf. »Was ist das hier für eine Veranstaltung? Das ist nie im Leben eine richtige Anwaltskanzlei! Da will uns doch einer verarschen.«

»K-k-keine Ahnung«, sage ich.

Die Tür schwingt auf und herein trippelt ein kleiner, gebeugter Mann, er muss uralt sein und hat schlohweißes, aber noch volles Haar; seine Augen blinzeln durch eine Brille, deren Gläser so dick sind wie Flaschenböden. Er trägt einen braunen Anzug, der vor vierzig Jahren modern war, mit Weste und Fliege. Nun streckt er mir eine knochige, zarte Hand entgegen, die von zahllosen Altersflecken übersät ist. Sein Händedruck ist überraschend kräftig. »Johannes, nehme ich an«, sagt er mit seiner merkwürdig hohen Stimme und begrüßt auch die anderen alle einzeln und mit Namen.

»Schön, dass Sie es einrichten konnten, gemeinsam zu kommen. Ich habe Johannes ja schon am Telefon erklärt, dass ich der Anwalt Ihres Großvaters bin, nun ja, war, und nun die traurige Pflicht habe …«

»Wofür sollte unser Großvater denn einen Anwalt gebraucht haben?«, unterbricht ihn Jakob unwirsch. »Was soll das ganze Theater eigentlich?«

»Meines Wissens nach war unser Großvater niemals in irgendwelche Rechtsstreitigkeiten verwickelt«, fügt Philipp wesentlich freundlicher und fast entschuldigend hinzu.

»Da haben Sie recht.« Friedrich Löwe lächelt fein. »Heinrich hat jedoch schon vor geraumer Zeit sein Testament bei mir hinterlegt.«

»Testament!« Jakob lacht spöttisch. »Na, über wie viel Millionen reden wir denn gerade?«

Friedrich Löwe blickt Jakob freundlich an. »Es handelt sich weniger um materielle Güter. Ihr Großvater wollte Ihnen etwas aus seinem Leben hinterlassen, etwas, das Sie an ihn erinnert, der gute Heinrich hatte ja durchaus einen Hang zu Sentimentalitäten.« Mit diesen Worten beugt er sich nach unten, öffnet eine große Schreibtischschublade und wuchtet eine einfache Holzkiste auf die Tischplatte. Sie ist schwarz, an den Ecken ist ihr Lack schon abgestoßen, an der Vorderseite ist ein Schnappschloss angebracht.

»W-w-was ...«, setze ich an. Doch Friedrich Löwe ist aufgestanden und trippelt hinaus. »Ich lasse Sie nun einen Augenblick allein, schauen Sie sich alles in Ruhe an. Vielleicht haben Sie danach ein paar Fragen. Soweit es in meiner Macht steht, werde ich sie Ihnen beantworten«, sagt er im Gehen.

Stocksteif sitzen wir vor der Kiste und beäugen sie misstrauisch, als könnte sie sich plötzlich und von allein öffnen und ein Kastenteufel herausspringen.

Jakob gibt sich einen Ruck und öffnet die Kiste. Er zieht zwei schmutzige Papprollen heraus, Schwarz-Weiß-Fotos mit gewelltem Rand, lose Blätter aus schwerem Papier, die wie amtliche Dokumente aussehen, die Schrift darauf ist Sütterlin.

»Alles nur alter Plunder«, meint er mit einer abwertenden Handbewegung.

Simon, der bis jetzt geschwiegen hat, greift nach dem alten Plunder und betrachtet ihn eingehend. Fast unmerklich wird sein Atem schneller. »Simon, p-p-pack das wieder weg«, bitte ich.

Er schüttelt den Kopf. Ich sehe, dass er sich verkrampft. Schließlich kippt er seitwärts vom Stuhl auf das Parkett. Und dann kommt der Schrei.

Es ist wieder so weit. *So wie früher.*

DAMALS

Simon lag auf dem Boden und krümmte sich. Der Speichel vor seinem Mund warf Blasen.

»Hat er das öfter?«, fragte Frau Beinlich verstört.

»Er hat sich nur verschluckt. Das hört gleich wieder auf«, antwortete Jakob kaltschnäuzig.

»Der Ärmste!«, flüsterte Frau Beinlich. »Das ist ja auch alles ganz, ganz fürchterlich. Ob wir besser einen Arzt rufen?«

»Der beruhigt sich schon wieder. Komm Johannes, wir bringen Simon ins Bett. Philipp, du kannst in der Zeit mal 'nen Kaffee kochen.«

Philipp nickte stumm und hypnotisierte weiter die Prilblumen auf den Kacheln an der Spüle.

»Keine Umstände, Kinder, bitte keine Umstände«, wehrte Frau Beinlich ab.

Seit einer Stunde saß sie mit zusammengepressten Knien in unserer Küche und wartete auf Großvater. Vor einer Woche war Mutter gestorben, und es gab ein riesen Tamtam mit Ärzten, Leichenwagen und Polizei; der ganze Born war auf den Beinen und guckte zu. Und irgendein Arschloch unter den Nachbarn hatte nichts Besseres zu tun gehabt, als uns das Amt auf den Hals zu hetzen.

Und nun war also Frau Beinlich da und wollte besprechen, wie es weitergehen sollte. »Es muss sich ja schließlich jemand um euch kümmern«, sagte sie.

»Ich k-k-kümmer mich«, entgegnete ich und versuchte, so

erwachsen auszusehen, wie ein von blühenden Pusteln übersäter Stotterer nur aussehen kann.

»Johannes«, Frau Beinlich lächelte mich milde an, »ich weiß, ich weiß, du bist gerade volljährig geworden. Aber das heißt noch lange nicht, dass ... Also ich meine, diese Verantwortung, du stehst kurz vor dem Abitur ... Und euer Großvater, nun ja ... Was ist denn mit euren Vätern? Stehen die euch in dieser schweren Zeit zur Seite?«

»K-k-klar«, behauptete ich. »Alle d-d-da.«

Keiner war da. Denn keiner von uns hatte es für nötig gehalten, seinen Vater über unseren neuen Familienstand als Halbwaisen zu informieren. Seit ich Mutter im blutigen Badewasser gefunden hatte, lebten wir eingesponnen in einem Kokon aus reiner Empfindungslosigkeit, den wir nicht verließen und in den niemand eindrang. In einem Anflug von Weitsichtigkeit hatte ich lediglich in unserer Schule angerufen und mühsam erklärt, dass wir bis auf Weiteres nicht kämen. Nein danke, wir bräuchten nichts. Unser Opa werde alles regeln.

Großvater war keine Hilfe, natürlich nicht, aber das hatte auch keiner von uns erwartet. Wie ein Geist schlich er durch die Wohnung, wimmerte Unverständliches, rauchte wie ein Schlot und trank das Bier, das der Kioskbesitzer ihm als Zeichen seiner Anteilnahme in mehreren Kisten vor die Tür gestellt hatte. Ab und an weinte er still, zog Simon auf seinen Schoß, und dann schaukelten sie. Vor und zurück. Vor und zurück.

Deshalb war ich nicht undankbar, dass er bei Frau Beinlichs unerwartetem Besuch durch Abwesenheit glänzte. Ich behauptete, dass er zu Lauwigi gefahren sei, dem Bestattungsunternehmer am Rugenbarg, einen Sarg aussuchen. Das stand Jakob und mir noch bevor, gestern hatte jemand aus dem Krankenhaus angerufen und erklärt, dass Mutter nun nicht ewig in der Gerichtsmedizin liegen könne. Und so war es die erste Ausrede, die mir einfiel, als Frau Beinlich auftauchte.

»Natürlich, natürlich«, sagte sie, während sie mit zusammengekniffenen Augen die Berge schmutzigen Geschirrs musterte, die sich in der Spüle stapelten. »Das muss ja jetzt alles erledigt werden. Fürchterlich, ganz, ganz fürchterlich …« Dann schwafelte sie weiter über den großen Verlust, unhaltbare Zustände, und dass es natürlich besser sei, uns nicht zu trennen, aber …! Und exakt bei ihrem »aber!« kippte Simon vom Hocker.

»Geht ihm schon besser«, sagte Jakob, als wir in die Küche zurückkamen, und schenkte der Beinlich einen seiner Schlafzimmerblicke, bei denen die Weiber immer weich wurden. Philipp drehte manisch die Kurbel der Kaffeemühle, und endlich griff Frau Beinlich nach ihrem Mantel. »Keine Umstände, Kinder, bloß keine Umstände! Wisst ihr denn schon, wann die Beerdigung ist?«

»Ende nächster Woche«, log Jakob eiskalt, dabei hatten wir überhaupt keinen Schnall.

»Nun gut, dann lass ich euch jetzt allein«, meinte sie und ging in den Flur. »Ich rufe euch nach dem Begräbnis an, und dann machen wir einen Termin im Amt. Sagt bitte eurem Großvater, dass er euch begleiten muss. Und es wäre wünschenswert, wenn zumindest einer eurer Väter dabei wäre.«

»K-k-kein Problem. Und d-d-danke für Ihren B-b-besuch«, verabschiedete ich sie und schloss schnell die Tür hinter ihr.

In der Küche entwand Jakob die Kaffeemühle aus Philipps steifen Fingern. Er setzte sich, strich sich seine Haare aus der Stirn und griff nach Opas HB.

»Die dumme Sau trennt hier niemanden«, sagte er und nahm einen tiefen Lungenzug.

Herr Lauwigi war ein ernster Mann. Mit zerfurchter Stirn saß er vor uns, schaute angemessen traurig und nestelte an seinem kackbraunen Cordjackett. »Jungs, Jungs, Jungs«, sagte er fortwährend, »was für eine Tragödie!« Dabei hielt er uns verschiedene Kataloge unter die Nasen und gab Sachen von sich wie: »Kiefer, Furnier, natürlich ohne Messingbeschläge, dafür nicht so kostenintensiv.«

»Geld spielt keine Rolle«, behauptete Jakob. »Wir wollen Eiche, massiv, das volle Programm.«

Ich wunderte mich, woher unser plötzlicher Reichtum kam, wagte aber nicht, meinem Bruder zu widersprechen, der mit großer Bestimmtheit den teuersten Sarg aussuchte, innen reine Seide, dunkelrot, außen natürlich Messingbeschläge. Dazu ein Meer von Rosen. »Nur Rosen, verstehen Sie? Wir wollen nur Rosen, keine Nelken, kein Schleierkraut, kein Gedöns und bloß nichts in Rosa!«

Herr Lauwigi nickte eifrig, schrieb alles auf und schob zum Schluss den Vertrag über den Tisch zu Jakob. Er betrachtete den Wisch einen Augenblick und reichte ihn dann an mich weiter. »Unterschreib!«

Ich starrte auf das Kleingedruckte, ohne etwas davon zu verstehen, und unterschrieb, ohne zu wissen, was ich da tat.

Nun beschlichen Herrn Lauwigi doch ein paar Zweifel. Er räusperte sich diskret und hakte nach. »Bist du denn schon volljährig, mein Junge?«

»Jep. Voll geschäftsfähig«, antwortete Jakob für mich, ich nickte nur stumm.

»Na gut. Ich mache euch einen Vorschlag: Ihr denkt noch mal zwei Tage in Ruhe über die Beerdigung nach. Und wenn ihr etwas ändern möchtet, kommt ihr einfach her. Das ist ja überhaupt kein Problem. Wie gesagt, Kiefer, Furnier, ist auch sehr schön.«

»Wir ändern nichts. Alles bleibt, wie es ist«, meinte Jakob entschlossen, stand auf und schüttelte Herrn Lauwigi kräftig die Hand.

Draußen auf der Straße kam ich langsam wieder zu mir. »B-b-bist du verrückt?«

»Wieso?«, fragte Jakob desinteressiert.

»Wie wollen wir das b-b-bezahlen?«

»Das lass mal meine Sorge sein.«

Am nächsten Nachmittag befahl er Philipp, gut auf Simon aufzupassen, zog sich sein bestes Hemd an, bürstete sich die Haare und sagte zu mir: »Komm!«

Nach einem elend langen Fußmarsch, auf dem Jakob all meine Fragen zu unserem Ausflugsziel ignorierte, setzten wir uns in Blankenese in die S-Bahn. Nach einer Stunde stiegen wir in Wellingsbüttel wieder aus. Ohne zu zögern marschierte er durch den mir völlig unbekannten Stadtteil, er bog hier rechts ab, dort links, um schließlich in einer stillen Seitenstraße abrupt stehen zu bleiben.

Er lehnte sich an den Stamm einer großen Eiche und fixierte das Haus auf der gegenüberliegenden Straßenseite. Ich stellte mich neben ihn und starrte ebenso auf den schneeweißen, verwinkelten Bungalow, der imposant auf einer gepflegten Rasenfläche thronte.

Zwei Stunden später, in denen wir kaum gesprochen, uns die wenigen Passanten, die in dieser Gegend unterwegs waren, allesamt misstrauisch gemustert hatten und ich schon damit gerechnet hatte, dass irgendjemand die Polizei rief, fuhr ein silbern schimmernder Mercedes 450 SEL die Einfahrt zum Bungalow hinauf. Jakobs Schultern strafften sich, er überquerte die Straße und stellte sich breitbeinig in die Auffahrt. Ich blieb vorsichtshalber neben dem Baum stehen und hielt unwillkürlich die Luft an.

Ein Mann stieg aus, groß, schlank, blond, teurer Anzug. Als er im Weggehen Jakob entdeckte, erstarrte er. Ich gab einen leisen Pfiff von mir. Der Mann war eine detailgetreue, wenn auch etwa dreißig Jahre ältere Kopie meines Bruders. Die beiden Klone sahen sich schweigend und bewegungslos an, die Szene erinnerte an einen Western, High Noon, und ich wartete darauf, dass einer von beiden zu seiner Waffe griff. Stattdessen öffnete sich die Haustür des Bungalows und ein Mädchen stürmte, »Papi, Papi« rufend, heraus. Jakob drehte sich auf dem Absatz um und ging betont langsam davon. Benommen stolperte ich hinter ihm her.

Dieses Spiel wiederholten wir die nächsten drei Tage. Am Abend des dritten klingelte es bei uns.

»Wo steckt er?«, fragte der blonde Mann knapp.

Ich deutete ins Wohnzimmer und ging hinter ihm her. Er setzte sich Jakob, der wie unbeteiligt auf dem Sofa lümmelte, gegenüber auf unseren einzigen Sessel. Philipp und Simon, die bis eben gebannt auf den Fernseher gestarrt und Kojak bei einem seiner Einsätze in Manhattan begleitet hatten, schauten den Besuch mit großen Augen an.

Der beachtete sie nicht weiter, kurz und mit leichtem Widerwillen streifte sein Blick unser schäbiges Mobiliar und das Chaos um ihn herum, dann konzentrierte er sich auf Jakob.

Eine ganze Zeit lang maßen sich Vater und Sohn schweigend, mir schien es, als würden sie eine Art lautlosen, unsichtbaren Kampf austragen, eine innere Kraftprobe, die aber keiner zu seinen Gunsten entscheiden konnte.

Wieder war ich erstaunt darüber, wie sehr sich die beiden ähnelten. Das Blau ihrer Augen, der Schwung ihrer

Nasen, die Struktur ihrer Haare. Das Einzige, was Jakob fehlte, war die Narbe im Gesicht des blonden Mannes, eine feine Furche, die sich vom rechten Ohr bis zum Mundwinkel zog.

»Was willst du?«, fragte Jakobs Vater endlich.

»Mama ist gestorben«, sagte Jakob nur.

»Ich weiß. Ich habe Erkundigungen eingezogen.«

»Gut.« Mein Bruder nickte. »Dann weißt du bestimmt auch, dass sie nächste Woche unter die Erde kommt.«

Jetzt nickte sein Vater, und ich erschrak über die Synchronität ihrer beiden Bewegungen. »Du erwartest wohl kaum von mir, dass ich zur Beerdigung gehe ...«

»Nein.« Jakob zog den zerknitterten Vertrag von Lauwigi aus seiner Jeans. »Mama soll ein anständiges Begräbnis haben. Mit allem Drum und Dran.«

Der Mann warf einen schnellen Blick auf die Papiere und steckte sie dann kommentarlos in die Innentasche seines eleganten Trenchcoats.

»Wir haben Schwierigkeiten mit der Fürsorge«, fuhr Jakob ungerührt fort, »die wollen uns trennen. Wenn nicht irgendwas passiert, stehe ich vielleicht bald mit gepackten Koffern vor deiner Tür, ob ich will oder nicht. Keine Ahnung, was deine Alte dazu sagt ...«

Jakobs Vater erhob sich. »Sonst noch etwas?«

»Ja.« Jakob strich sich langsam eine Strähne aus dem Gesicht. »Simon braucht ein neues Fahrrad. Aber nicht irgend so einen Scheiß.«

Ich brachte den Besuch zur Tür. »Macht sauber«, herrschte er mich zum Abschied an. »Bei euch stinkt's wie auf der Bahnhofstoilette.«

Nur vierundzwanzig Stunden später stand ein funkelnagelneues BMX-Rad in der Küche, knallorange, mit hohem Lenker, Zwanzig-Zoll-Reifen, U-Brakes und allem Pipapo. Simon strahlte über seine vier Backen, das Leben kehrte in seinen schmächtigen Körper zurück, stundenlang bretterte er durchs Viertel und sonnte sich in den neidischen Blicken der anderen Rotzlöffel.

»Siehste!« Jakob blies zufrieden einen Rauchkringel in die Luft. »Hab ich's dir nicht gesagt? Der Penner wird noch mehr bluten. Das schwör ich dir!«

»D-d-das ist Erpressung«, sagte ich.

»Und?« Jakobs Lächeln wurde ein wenig breiter. »Hat er eine Wahl?«

2008

Simon liegt in meinem Bett und schnarcht. Vorsichtig zupfe ich seine Decke zurecht, um ihn nicht aufzuwecken. Auch wenn das unwahrscheinlich ist. Philipp hat ihm die volle Dröhnung verpasst und ihn sicher für mehrere Stunden aus dem Verkehr gezogen.

In der Kanzlei gab es natürlich erheblichen Aufruhr. Nach den gellenden Schreien stürzte Friedrich Löwe ins Zimmer, auch die strenge Dame hastete herbei, und beide sahen bestürzt zu, wie Jakob und ich unseren Bruder im Klammergriff auf dem Boden hielten, während Philipp ihm die Spritze in den Arm rammte.

Dann traten wir den mehr oder weniger geordneten Rückzug an. Jakob und Philipp nahmen Simon in ihre Mitte, ich schnappte mir die ominöse Kiste, und wir bestiegen erneut ein Taxi, dessen Fahrer wir davon überzeugen konnten, dass unser Bruder nicht stockbesoffen war und ihm seine Schonbezüge vollkotzen würde.

»Ja, dann …«, rief uns Friedrich Löwe etwas ratlos hinterher. »Rufen Sie mich gern und jederzeit …«

»Arschloch!«, sagte Jakob und klappte die Taxitür zu, bevor der Anwalt seinen Satz vollenden konnte.

»Ich hab doch gleich gesagt, dass es eine Schnapsidee ist, zu diesem Löwe zu fahren. Fuck.« Seit wir Simon ins Bett gelegt haben, sitzt Jakob in meiner Küche und pöbelt vor sich hin.

»Meine Güte, jetzt komm mal wieder runter«, fährt Philipp ihn an. »Dass du dich immer so aufregen musst ...«

»Und du sauf doch einfach mal weniger, dann wärst du vielleicht auch zu irgendeiner Art von Aufregung fähig!« Mit einem süffisanten Lächeln deutet Jakob auf das Glas mit Osbourne, das von den Chirurgenhänden umklammert wird.

»Hört auf«, gehe ich dazwischen. »Was m-m-machen wir d-d-denn jetzt?«

»Gar nichts machen wir«, sagt Jakob. »Morgen früh bringen wir Simon auf den Hof zurück, morgen Nachmittag geht mein Flieger.«

»Ach, der Herr hat nicht mal die Zeit, bis zur Beerdigung seines Großvaters zu bleiben.« Philipp starrt Jakob böse an.

»Nein, habe ich nicht, sorry. Und dem Alten ist es schnurzegal, ob ich dabei bin oder nicht. Der ist nämlich tot.«

Philipp holt tief Luft, und ich sehe ihm an, dass er jetzt gern einen längeren Monolog über Anstand, Moral und Ethik hielte. Derart gereizt, wie die Stimmung ist, sehe ich die beiden schon ineinander verkeilt auf meinem Küchenboden liegen. *So wie früher.*

Schnell wuchte ich deshalb die schwarze Kiste, die ich unter den Stuhl geschoben hatte, auf den Tisch. »Und d-d-das da?«

»Schmeiß den alten Krempel einfach weg«, meint Jakob. »Der Alte wollte uns nie was von seiner Vergangenheit erzählen. Und wir wollten nichts wissen. Belassen wir's dabei.«

»Aber d-d-das sind Erinnerungsstücke, und Opa w-w-wollte ...«

»Wegschmeißen!«, wiederholt Jakob.

Philipp zuckt mit den Schultern. »Ehrlich gesagt, so richtig brennend interessiert's mich auch nicht. Schau du dir die Sachen doch an, wenn dir das keine Ruhe lässt. Sieh bloß zu, dass Simon nichts davon in die Finger kriegt. Hast ja gesehen, wie das wirkt.«

Ich kann nicht verstehen, dass meine Brüder so kein bisschen neugierig sind. Aber vielleicht ist Neugier auch meine Berufskrankheit, und ich messe Dingen eine Bedeutung bei, die sie gar nicht haben. Das mit Simon sehe ich natürlich ein, also bringe ich die Kiste in meinen Bodenverschlag, bevor er aufwacht.

Erst verabschiedet sich Jakob, er hat Amy versprochen, ihr etwas von seiner Heimatstadt zu zeigen. Dann geht auch Philipp, er ist mit einem alten Schulfreund verabredet. Ich setze mich mit einem Buch auf mein Bett neben Simon. Richtig wach wird er an diesem Tag nicht mehr, er steht nur einmal schlaftrunken auf, um zur Toilette zu gehen und in der Küche etwas zu trinken, danach legt er sich sofort wieder hin. Irgendwann nicke ich ein und schrecke einmal kurz hoch, als Philipp mitten in der Nacht in die Wohnung poltert und im Flur zusammen mit dem Garderobenständer zu Boden geht – jedenfalls klingt es so.

Die Fahrt zum Hof am nächsten Vormittag verläuft nahezu schweigend. Simon macht zwar einen recht guten Eindruck, er ist aber in sich gekehrt und spricht nicht.

Als der Wagen vor die Scheune rollt, kommt Ania schon mit einem breiten Lächeln herausgelaufen. Ihr Lächeln erstirbt, als sie Simon sieht. Sie erkennt sofort, dass etwas nicht stimmt. Schützend legt sie einen Arm um seine Hüfte und führt ihn zum Haus. »Komm, komm«, sagt sie. »Mach ich was Schönes zu essen, geht gleich besser. Wirst du sehen.«

Wir trotten schuldbewusst hinter dem ungleichen Gespann her, Simon so groß und breit, Ania so klein und schmal. Ich habe mich schon oft gefragt, wie dieses zarte Persönchen es schafft, unseren wahnsinnigen Bruder in Schach zu halten.

Über ihre Schulter funkelt sie uns böse an, ihr Blick ein einziger Vorwurf. Jakob will etwas sagen, Philipp bremst ihn mit einem dezenten Tritt in die Hacken. Fehlte gerade noch, dass der Londoner Banker unsere polnische Perle durch unbedachte Bemerkungen vergrault. Philipp räuspert sich. »Wir müssen auch gleich wieder los. Jakob verpasst sonst seinen Flieger … Simon, das verstehst du doch, oder?«

»Ist eben wie immer.« Simon lässt sich auf einen Stuhl fallen und verschränkt die Arme vor der Brust.

»Mensch, Simon …« Philipps Stimme klingt sehr kleinlaut. »So ist das doch nicht. Wir müssen nur alle arbeiten. Aber wir kommen ganz, ganz bald wieder. Versprochen …«

»Einen Scheißdreck macht ihr. Außer Johannes lässt sich von euch doch keiner blicken. Selbst der war zuletzt vor 'nem halben Jahr hier. Und rede nicht immer mit mir wie mit einem kleinen Kind!«

»Ich schau n-n-nächste Woche rein. Ehrlich!«, sage ich, gehe vor ihm in die Hocke und nehme seine Hände fest in meine. »G-g-gut?«

»Opa ist jetzt tot. Ich hab doch nur euch.«

Auch Philipp tritt zu ihm, umarmt ihn unbeholfen und versucht, den Kloß in seinem Hals wegzuhusten. Jakob steht mitten im Raum, die Hände tief in den Hosentaschen vergraben und schüttelt den Kopf. Vielleicht bilde ich es mir ein, aber in seinen Augen ist ein feuchtes Schimmern. Er dreht sich auf dem Absatz um. »Und jetzt ab durch die Mitte, aber zackig!«, sagt er beim Herausgehen.

Ania verabschiedet sich nicht von uns, sie ist zu sauer. Simon bringt uns noch zum Auto und presst erst Philipp, dann Jakob und schließlich mich fest an sich. »Wenn du wiederkommst«, flüstert er mir dabei ins Ohr, »dann bringst du sie mit.«

»Wen?«, frage ich irritiert.

»Die Kiste«, raunt er. »Damit ist was, ich schwör's dir.«

Was auch immer damit ist, in den folgenden Tagen habe ich keine Zeit, um darüber nachzudenken. Ich muss arbeiten, ich muss zu meinem Logopäden, und ich muss Opas Beerdigung organisieren. Philipp und ich sind uns einig, dass wir Simon nicht mitnehmen. Eindeutig zu viel Aufregung.

An einem verregneten Maitag treffen wir uns vor der Kapelle auf dem Friedhof Groß Flottbek. Mutter liegt hier schon, ich habe für Opa zwar keinen Platz neben ihr bekommen, aber zumindest einen in ihrer Nachbarschaft.

Philipp erinnert mich in seinem schwarzen Anzug ein wenig an den Hutmacher aus *Alice im Wunderland*, einzig der Zylinder fehlt. Wir umarmen uns kurz. »Und?«, fragt er. »Hast du noch jemanden eingeladen?«

»Nö, wen denn? Opa hatte doch k-k-kaum Freunde. Und die Handvoll ist schon vor ihm g-g-gestorben.«

»Glaubst du, dass dieser Anwalt kommt?«

»Garantiert.« Ich habe Friedrich Löwe zwar nicht Bescheid gesagt, aber er scheint erstaunlich gut informiert über alles, was unsere Familie betrifft.

»Wird k-k-kurz und schmerzlos«, sage ich. Ich habe den Trauerredner angewiesen, kein großes Brimborium zu veranstalten, mich für das *Ave Maria* von Bach und *Largo* von Händel entschieden, dazu noch den *Bolero* von Peter Alexander, den Großvater aus für uns Jungs unerfindlichen Gründen früher ständig vor sich hin summte.

Wir grinsen uns an und laufen in einen Pulk schwarz gekleideter Greise, die am Eingang zusammenstehen. »Sind wir zu früh dran?«, fragt Philipp mich flüsternd. »Das scheint noch die Trauergesellschaft vor uns zu sein.«

Wir weichen zurück, da löst sich eine Gestalt aus der Menge und kommt gemessenen Schrittes auf uns zu. »Johannes. Philipp. Wie schön, Sie wiederzusehen«, sagt Friedrich Löwe. »Jakob konnte es nicht einrichten ...« Sein letzter Satz ist mehr eine Feststellung als eine Frage.

Wir schütteln automatisch seine ausgestreckte Hand, Philipp ist genauso erstaunt wie ich angesichts des Auflaufs. »Wer sind diese Menschen?«, fragt er.

»Nun ja ...« Friedrich Löwe hüstelt vornehm. »Im weitesten Sinne alte Weggefährten Ihres Großvaters.«

»T-t-tatsächlich?« Meine Verblüffung wächst, doch bevor ich weitere Fragen stellen kann, setzt die Musik ein, und alle streben zu den Bänken.

Philipp und ich setzen uns in die erste Reihe, aus seiner Miene lese ich ein einziges Fragezeichen. Der Rest platziert sich in gebührendem Abstand hinter uns, sodass ich die Anwesenden während der Trauerfeier leider weder durchzählen noch mustern kann. Dafür spüre ich ihre Blicke im Rücken fast körperlich. Neben mir rutscht Philipp unruhig hin und her, ihm geht es wohl ähnlich. Blechern lässt sich Peter Alexander über das »Geheimnis der südlichen Nächte« aus, hinter uns wird mitgesungen.

Als wir uns zum Schluss nach dem Zug über das Gelände am offenen Grab im Halbkreis formieren und der Red-

ner letzte salbungsvolle Worte spricht, habe ich endlich
Gelegenheit, die Anwesenden zu betrachten. Acht Herren,
eine Dame. Alle hochbetagt, aber noch recht rüstig. Ge-
senkte Köpfe unter schwarzen Hüten, die Dame trägt einen
schwarzen Schleier. Ich kann ihre Gesichtszüge nicht richtig erkennen, aber etwas an ihr kommt mir seltsam vertraut
vor.

Philipp stößt mir den Ellenbogen in die Seite und deutet
mit einem Kopfnicken nach links. Von dort eilt ein neunter
Mann herbei und stellt sich neben Friedrich Löwe. Ich er-
kenne ihn sofort. Es ist Jakobs Vater.

Der Sarg wird versenkt, daraufhin bilden die Herren und
die Dame eine Schlange, um uns zu kondolieren. Stoisch und
wortlos drücken wir Hände und nehmen von Wildfremden
ihr »tief empfundenes Beileid« entgegen. Dann ist Jakobs
Vater an der Reihe, Philipp raunzt ihn mit gesenkter Stimme
an: »Was um alles in der Welt hast du hier verloren?«

»Heinrich die letzte Ehre erweisen, was sonst.«

»Ich wusste nicht, dass ihr beide euch nahegestanden
seid ...«

»Und ich wüsste nicht, dass wir per Du sind.«

Bevor mein Bruder noch etwas sagen kann, ist der un-
erwartete Gast schon davongeeilt. Als Vorletzter tritt Friedrich Löwe an uns heran. Seine Augen blinzeln hektisch hinter den dicken Brillengläsern, als guckte er fortwährend
gegen die Sonne. »Nun, ein trauriger Tag, nicht wahr?« Er
seufzt. »Aber auf der anderen Seite war es für Ihren Großvater sicher eine Erlösung, dass ...«

»Mag sein«, fällt ihm Philipp ins Wort. »Verraten Sie mir
mal bitte eins: In welcher Verbindung stehen diese ganzen
Leute hier zu unserem Großvater?«

»Nun ... Wie ich schon erwähnte, alles alte Bekannte.

Wenn Sie mich nun entschuldigen.« Friedrich Löwe bleibt so glatt wie ein Aal und windet sich zu den Wartenden.

Zum großen Finale kommt nun die Dame auf uns zu. Einen Moment lang bleibt sie sehr aufrecht vor uns stehen, dann schlägt sie ihren Schleier zurück. Ihre trockene, braune Haut ist von tiefen Runzeln durchzogen, als hätte sie Zeit ihres Lebens auf der Sonnenbank verbracht. Ihr Blick ist kalt und eindringlich, und wieder ist mir, als müsste ich sie kennen.

»Ist der Schweinehund endlich tot!«

»W-w-www ...«, mache ich hilflos, da Philipp offenbar von der einen auf die andere Sekunde seine Schlagfertigkeit eingebüßt hat.

»W-w-w«, äfft sie mich nach. »Missratene Brut. War nicht anders zu erwarten.« Spricht's, zupft den Schleier wieder vor ihr Schildkrötengesicht und geht, so schnell es ihr Alter erlaubt, dem sich schon entfernenden Haufen hinterher.

Ich merke, dass meine Knie weich geworden sind. Neben mir hat Philipp sich in die Hocke gehen lassen und stöhnt.

»Mutters Augen. Mein Gott, sie hat Mutters Augen ...«

DAMALS

»Wie schön, dass Sie es einrichten konnten. Dann lerne ich die Väter auch einmal kennen. Also zumindest einen von ihnen ...« Überschwänglich schüttelte Frau Beinlich Jakobs Vater die Hand.

»Ja, sehr erfreut«, sagte er knapp. »Wenn wir dann zur Sache kommen könnten. Ich habe heute noch eine Vorstandssitzung.«

»Selbstverständlich, selbstverständlich. Bitte nehmen Sie doch Platz.«

Frau Beinlich deutete auf die Besucherstühle. Natürlich waren es zu wenige, Jakob und Philipp mussten stehen, ich nahm Simon auf den Schoß, rechts von mir schlug Jakobs Vater ein Bein elegant über das andere, links von mir räusperte sich Opa mehrmals, bevor er mit dem Fingerknöchel auf Frau Beinlichs Tischplatte klopfte und ein lang gedehntes »Soooo ...« von sich gab.

»Hiermit beantrage ich offiziell die Vormundschaft für meine leiblichen vier Enkelsöhne«, sagte er mit getragener Stimme. Dass er dabei nicht aufstand und die Hand aufs Herz legte, war alles.

»Ach!«, meinte Frau Beinlich irritiert. »Ich dachte eigentlich, dass ...«

»Nein, nein«, wurde sie von Jakobs Vater unterbrochen. »Ich bin beruflich derartig eingespannt, dass ich mich leider nicht in ausreichendem Maße mit der Erziehung der Jungen beschäftigen kann. Und nach Rücksprache mit den anderen Vätern kann ich Ihnen nur versichern: Da sieht es nicht anders aus.«

»Ach ...«

»Aber ...«, Jakobs Vater streckte nun oberlehrerhaft einen Zeigefinger in die Luft, »... zum Glück gibt es Heinrich, der die Zeit und auch den festen Willen hat, sich um seine Enkel zu kümmern.«

Großvater wackelte zur Bestätigung wie wild mit dem Kopf, der schon hochrot angelaufen war.

»Nun ja«, sagte Frau Beinlich zweifelnd. »Ich weiß nicht so recht, ob ...«

»Doch, doch«, fiel Jakobs Vater ihr erneut ins Wort. »Das ist für alle die beste Lösung, es ist sogar die einzige Lösung. Schließlich lebt Heinrich seit Jahren mit den Kindern zusammen. Und nach diesem schmerzlichen Verlust gibt es nichts Stärkenderes als familiären Zusammenhalt. Da stimmen Sie mir sicherlich zu ...«

Frau Beinlich nickte etwas zögerlich.

»Genau. Ich werde natürlich in regelmäßigen Abständen bei den Jungs vorbeischauen und mich über den Stand ihrer Entwicklung informieren. Und falls es einmal Probleme geben sollte, was ich nicht glaube, stehe ich Heinrich mit Rat und Tat zur Seite. Außerdem habe ich eine Haushaltshilfe eingestellt, die dafür sorgt, dass anständige Mahlzeiten auf den Tisch kommen. Und natürlich für Ordnung und Sauberkeit.«

Jakobs Vater bleckte seine Zähne und strahlte Frau Beinlich an. Ich konnte geradezu sehen, wie sie unter seinem Blick dahinschmolz wie Butter.

Trotzdem wandte sie ein: »Schön und gut. Aber ich hatte mir erhofft ...«

»So!« Jakobs Vater war aufgestanden, sein Lächeln wie weggewischt, die Narbe auf seiner Wange blaurot angelaufen. »Ich werde darüber nicht weiter diskutieren. Die Gesetzeslage ist da eindeutig, das wissen Sie ja besser als ich. Die Jungs bleiben bei ihrem Großvater und ihrem ältesten Bruder, Johannes ist volljährig. Und falls irgendein Beamter in dieser Behörde auf irgendwelche abstrusen Ideen kommt, dann werden Sie mich kennenlernen, besser als Ihnen lieb ist. Dagegen werde ich nämlich mit allen mir zur Verfügung stehenden Mitteln vorgehen. Und das sind nicht wenige, glauben Sie mir!«

Nach dieser Ansprache, die uns alle – Frau Beinlich eingeschlossen – tief beeindruckte, wandte er sich zum Gehen, nicht ohne ein »Abmarsch!« in unsere Richtung zu raunzen. Leicht benommen stolperten wir hinter dem Vorstandsvorsitzenden her, nur Großvater verabschiedete sich noch verlegen von der verdatterten Fürsorgerin.

Draußen auf dem Parkplatz stand Jakobs Vater mit verschränkten Armen vor seinem Mercedes und wartete auf uns. Sein Sohn schlenderte betont lässig auf ihn zu.

»Nicht schlecht, der Auftritt«, sagte er und steckte sich eine Kippe in den Mund. »Hätt ich dir gar nicht zugetraut.«

Der Vorstandsvorsitzende holte aus und klebte ihm eine. »Pass mal auf«, knirschte er, »ein einfaches *Danke* wäre wohl angebracht. Und jetzt seht zu, dass ihr Land gewinnt. Ich gehe davon aus, dass ich so schnell nicht wieder von euch höre.« Er drehte sich zu Großvater. »Heinrich, du hast die Sache im Griff, oder?«

Opa winkte ab und trottete mit hängenden Schultern davon.

Nachdem wir Mutter unter die Erde gebracht hatten, fing der Alte sich langsam wieder. War er die Wochen nach ihrem Tod meist stockbesoffen, unrasiert und ungewaschen durchs Viertel geschlichen, so führte das Begräbnis offensichtlich eine Art Katharsis herbei. Er trug Unmengen leerer Bierflaschen zurück zum Kiosk, er zog sich saubere Sachen an und kämmte sich seine spärlichen Haare. Vielleicht hing seine Wandlung aber auch mit der neuen Haushaltshilfe zusammen.

Berta Hansen war eine resolute Mittfünfzigerin, wohlbeleibt und mit ausladenden Hüften – »rund an genau den richtigen Stellen«, wie Großvater uns zuraunte. Und sie war eine absolute Sensation am Born. Außer uns hatte selbstredend keiner eine Putze, und es blieb den Nachbarn nicht verborgen, dass da plötzlich eine war, die einkaufte und saubermachte und kochte und sich kümmerte, dass wir in anständiger Kleidung das Haus verließen. Einige hielten sie erst für Großvaters Geliebte, eine Vorstellung, die bei uns Jungs für Heiterkeit sorgte, auch wenn wir geglaubt hatten, dass wir nie wieder lachen könnten.

Berta war nicht nur pragmatisch und zupackend, sie hatte auch ein großes Herz. Anfänglich füllten sich ihre Augen jedes Mal mit Tränen, wenn sie einen von uns sah. Simon avancierte schnell zu ihrem Liebling, schließlich war er das Nesthäkchen. Mit aufgesetzter Freude stand er still, wenn sie ihm durch seine Locken wuschelte, wusste er doch, dass sie alsbald Süßigkeiten aus den Tiefen ihrer Taschen zauberte, die er großzügig mit uns teilte.

Sie versuchte mit Ernsthaftigkeit, eine Beziehung zu uns aufzubauen. Wir ließen sie nicht, wir waren uns selbst genug und hielten sie auf Abstand. Es war, als hätte sich nach Mutters Tod eine unsichtbare Glasscheibe vor uns geschoben.

Wir Jungs und Opa auf der einen Seite, der Rest der Welt auf der anderen. Sehen konnte uns jeder, erreichen konnte uns keiner. Denn auch wenn Jakobs Vater alles geregelt hatte, unsere Angst, dass eines Tages jemand käme und uns auseinanderreißen könnte, blieb.

Kurz nach Bertas Arbeitsantritt hielten wir Kriegsrat. Auf dem Spielplatz, nicht zu Hause, da kämpfte sie gerade verbissen gegen den Dreck der vergangenen Zeit. Jakob, der uns zusammengetrommelt hatte, blies seine Rauchkringel in die Luft, und sah uns abwechselnd an. »Und, was sagt ihr zu der Hansen?«

»Ist ganz okay, oder?«, meinte Philipp.

»G-g-glaub ich auch …«

Simon sagte nichts, er hatte sich unter die Schaukel gehockt und wippte stumm vor und zurück. Jakob beugte seinen Kopf zu ihm herunter und fuhr ihn an. »Ey, hör auf damit. Wenn dich einer sieht, denkt der doch, dass du total bekloppt bist.«

Simon wippte weiter und schloss die Augen.

»Der wird 'n echtes Problem«, sagte Jakob und formte den Mund für einen weiteren Kringel.

»L-l-lass ihn in Ruhe!«

»Du schnallst es echt nicht, was?« Jakob war aufgestanden und klopfte sich den Sand von der Hose. »Wenn die Hansen mitkriegt, dass mit dem was nicht in Ordnung ist, erzählt sie's meinem Alten. Oder der Fürsorge. Und dann? Dann sind wir am Arsch.«

»Ich regel d-d-das schon«, sagte ich. »Ich b-b-bin d-d-doch erwachsen.«

»Logo!« Jakob lachte höhnisch. »Ich seh dich da schon sitzen, vor 'nem Richter oder so, und rumstottern. Super Idee!«

Mein Gesicht fing an zu brennen. Philipp schaute betreten

zu Boden. Simon hörte auf zu wippen und öffnete die Augen. »Stimmt!«, sagte er und grinste sich einen.

»Wir müssen uns jetzt echt zusammenreißen«, erklärte Jakob. »Weniger klauen und so, keine Schlägereien, Schule schwänzen is auch nicht. Keine Scheiße bauen, schön unauffällig bleiben. Kapiert?«

Wir anderen nickten ergeben.

Das mit dem Zusammenreißen klappte mäßig. Eine kurze Zeit lang packte man uns im Viertel mit Samthandschuhen an, insbesondere Simon genoss Welpenschutz. Doch Mitgefühl und Respekt vor unserem harten Schicksal nutzten sich schnell ab. Bertas Anwesenheit machte die Sache nicht einfacher. »Haltet euch wohl für was Besseres« – das konnten wir uns bald anhören. Schnell war Simon wieder in Prügeleien verwickelt, Philipp wurde erwischt, als er im Kiosk einen Flachmann einsteckte, ich wurde zum Schuldirektor zitiert, weil ich in allen Fächern um mehrere Noten abgesackt war und mir eine Ehrenrunde bevorstand.

Die Krone setzte dem Ganzen allerdings unser großer Mahner Jakob auf. Neuerdings hing er mit den Türken ab, den richtig harten Hunden. Philipp und Simon waren voller Bewunderung angesichts der neuen Freunde, mir schwante nichts Gutes. Und auch Opa, dem dieser Umgang nicht verborgen geblieben war, fühlte sich bemüßigt, ein Machtwort zu sprechen.

»Gesindel!«, schimpfte er. »Das ist gefährliches Gesindel! Halte dich gefälligst fern von diesen Lumpen.«

Eines Nachmittags, ich war gerade aus der Schule gekommen, klingelte es vehement. Ich öffnete die Tür und sah mich zwei Polizeibeamten gegenüber.

»Ist deine Mutter oder dein Vater zu Hause?«

»M-m-mmm, m-mmm-m …«, brachte ich verstört heraus.

Die beiden wechselten schnell einen mitleidigen Blick. »Ganz ruhig, mein Junge.«

Nach einer kleinen Ewigkeit hatte ich ihnen erklärt, dass unsere Mutter tot war, es hier weiter keinen Vater gab, aber einen Großvater, der sich kümmerte. Dabei klammerte ich mich fortwährend an die Haustür, damit sie nicht die Sicht freigab auf Opas leere Bierflaschen, die im Flur rumstanden.

»Und wo ist dein Großvater?«

»N-n-nicht d-d-da.«

»Wann kommt er denn?«

»G-g-gleich. Ist n-n-nur k-k-kurz einkaufen …«

Einer der beiden überreichte mir seine Visitenkarte. »Na, dann sag deinem Großvater, er soll mal schnell bei uns im Blomkamp vorbeischauen. Da kann er dann seinen anderen Enkel abholen.«

»Simon?«

»Ach, gibt's noch mehr von eurer Sorte? Nein, nicht Simon. Jakob.«

Kaum waren die beiden weg, sprintete ich nach unten in die Eckkneipe und riss Opa am Tresen aus seinen Tagträumereien. Mit hochrotem Kopf stürzte er auf die Straße, nach oben in die Wohnung, putzte sich in Windeseile die Zähne und streifte ein sauberes, von Berta akkurat gebügeltes Hemd über. Dann galoppierte er zum Blomkamp, ich immer hinter ihm her.

Dort erfuhren wir, dass man Jakob bei einer Kontrolle aus dem Verkehr gefischt hatte – am Steuer eines tiefergelegten, nicht einwandfrei legal getunten Asconas.

»So ein Unsinn!«, empörte sich Opa. »Er hat doch gar keinen Führerschein.«

»Eben«, sagte der Polizist trocken.

Opa warf sich richtig ins Zeug. Von »Der Junge hat es wirklich nicht leicht« über »So ein liebes Kind, nur kurz aus der Bahn geworfen« bis hin zu »Von Mann zu Mann: Ich appelliere an Ihr Herz und Ihr Ehrgefühl« zog er alle Register. Wir konnten Jakob mit nach Hause nehmen, ohne dass Anzeige erstattet wurde.

Am selben Abend, nachdem Berta ihr Tagwerk verrichtet hatte, berief Opa kurzfristig eine Krisensitzung in der Küche ein. Da es so etwas bei uns noch nie gegeben hatte, nahmen wir aus reiner Neugierde daran teil.

»Keine Polizei!«, sagte Opa streng. »Ich will in diesem Haus keine Polizei sehen.«

Wir nickten unisono, das wollten wir auch nicht. »Polizei ist gefährlich«, erklärte er weiter. »Der Schuss kann für uns nach hinten losgehen.«

»Die schießen auf uns?«, fragte Simon ängstlich.

»Nein, mein Junge, das ist doch nur eine Redewendung.«

»Aber wie meinste das denn?«, wollte Jakob wissen.

Opa überlegte einen Augenblick, bevor er fortfuhr. »Wenn man erst mal Dreck am Stecken hat, dann wird man den nicht mehr los. Dann bleibt der an einem kleben, glaubt mir, für den Rest des Lebens. Wer Unrecht tut, der wird bestraft. So oder so. Das verfolgt einen bis in die tiefsten Träume. Da kommt man nie wieder raus ...« Seine Stimme war zittrig geworden, er brach ab und schnäuzte lautstark in seinen Hemdsärmel.

Wir schauten ihn verwirrt an, nickten aber wieder alle artig, um ihn nicht noch mehr aufzuregen.

»Und jetzt schwört mir beim Grab eurer Mutter, dass keiner von euch jemals wieder mit der Obrigkeit aneinandergerät!«

Wir schworen feierlich.

»Ooo-brig-keit«, sagte Jakob gedehnt, als wir unter uns waren. »Der hat sie doch nicht mehr alle.«

Dennoch gelang es meinem Bruder, sich ein ganzes Vierteljahr an seinen Schwur zu halten.

In der folgenden Zeit richteten wir es uns ein in diesem neuen, mutterlosen Leben. Berta Hansen wurde ein fester Bestandteil unseres Alltags. Und auch wenn wir uns einredeten, dass sie bloß nicht weiter störte und uns jeglichen Zutraulichkeiten verweigerten, hatte sie doch einen guten Einfluss. Sie kontrollierte die Hausaufgaben, sie tischte warmes Essen auf, sie schickte uns zum Zahnarzt, sie besorgte eine Creme gegen meine Pickel, die tatsächlich ein wenig half. Vor allem aber hielt sie zu uns. Niemals verpetzte sie eine unserer Schweinereien. Niemandem erzählte sie von Simons Anfällen, die regelmäßig wiederkehrten und ihr nicht entgingen. Und wenn Frau Beinlich vorbeischaute, zwang sie uns vorher in die Wanne und stand dann wie ein Soldat, den Schrubber im Anschlag, vor der Fürsorgerin. »Alles bestens!«, rapportierte sie. »Feine Jungs sind das.«

»Ich kann die nächsten Wochen leider nicht kommen. Meine Mutter ist gestürzt, Hüfte gebrochen, und braucht meine Hilfe«, überraschte sie uns eines Tages. »Aber keine Bange, ich habe für Ersatz gesorgt. Meine Tochter kommt zu euch, noch ein büschen jung, aber ein ganz patentes Mädel.«

Wir sahen sie überrascht an. Bis dato war uns nicht klar gewesen, dass auch Berta Hansen ein Mensch war mit einem Leben und einer Familie außerhalb unserer vier Wände.

Am nächsten Tag klopfte es an der Tür, als Berta in der Küche saß und Liste um Liste schrieb mit all den Sachen, an die wir während ihrer Abwesenheit zu denken hätten.

»Ach, da ist sie ja!«, rief Berta. »Johannes, mach doch mal die Tür auf.«

Ich tat, wie mir geheißen. Und dann kippte ich fast aus den Latschen.

»Na«, sagte Sabine keck und warf die blonde Farah-Fawcett-Mähne gekonnt nach hinten, »auch wenn's dir die Sprache verschlagen hat, kannste mich ruhig reinlassen.«

Ich zwang meine Beine, einen Schritt zur Seite zu machen. Als sie sich an mir vorbeidrängelte, witterte ich einen Hauch *Poison*. Mehr als das. Ich witterte Morgenluft. Mein Leben hatte wieder einen Sinn.

2008

»Musst du kommen«, hatte Ania am Telefon beharrt. »Simon ganz schlecht. Böse Träume. Jede Nacht. Müssen wir reden.«

Also setze ich mich nach der Arbeit ins Auto und fahre aufs Land. Ich habe es ja versprochen, aber mich bislang davor gedrückt. Auf der Fahrt drehe ich das Radio auf eine gerade noch erträgliche Lautstärke, um mich auf andere Gedanken zu bringen. Trotzdem schießen mir Bilder durch den Kopf wie Flashbacks.

Simon, der zuckend auf dem Boden liegt. Friedrich Löwe, wie er durch seine dicken Brillengläser blinzelt. Opa, am Tisch in unserer alten Küche sitzend und einen seiner Monologe haltend. Mutter draußen auf dem Spielplatz, lachend und in einem geblümten Kleid. Die alte Frau beim Begräbnis, die uns böse anblickt. *Missratene Brut.*

Kurz hatte ich auf dem Friedhof den Impuls verspürt, ihr hinterherzulaufen, sie am Arm zu packen, herumzureißen und anzuschreien. Was sie sich erlauben würde. Was sie hier zu suchen habe. Wer sie überhaupt sei.

Natürlich habe ich das nicht getan, öffentliche Szenen sind mir ein Gräuel. Mehrmals in den vergangenen Tagen war ich jedoch versucht, Friedrich Löwe anzurufen und um Aufklärung zu bitten. Ob diese Hexe wirklich unsere Großmutter sei. Auch das habe ich unterlassen, vielleicht weil ich keine Lust hatte, wieder nur mit dem Anrufbeantworter zu sprechen, vielleicht aber auch, weil ich die Wahrheit gar nicht so genau wissen wollte.

Langsam rolle ich auf Simons Hof. Einen Augenblick bleibe ich noch sitzen, um die Bilder vor meinem inneren Auge zu verscheuchen. Diesmal öffnet sich nirgendwo eine Tür, und keine Ania kommt mir zur Begrüßung entgegengelaufen. Also steige ich aus, klopfe an die Tür, eine Klingel gibt es nicht, und als niemand darauf reagiert, öffne ich sie einfach, sie ist immer unverschlossen, und gehe erst in die Küche, dann laufe ich durch das ganze Haus. Alles ist verwaist. Kurz steigt Panik in mir auf, ich unterdrücke sie, marschiere zurück über den Hof und in die Scheune, wo sich Simons Atelier befindet.

Auch hier ist keine Menschenseele, nur Unmengen an Steinquadern türmen sich in diesem Halbdunkel zu unheimlichen Gebilden. In der Mitte liegt ein Felsblock, wahrscheinlich Simons aktuelles Projekt. Man kann sehen, dass er schon bearbeitet wurde. Einen Augenblick starre ich das Ungetüm an und möchte erkennen, was es werden soll, ohne Erfolg. Und wieder versucht sich dieses ungute Gefühl in meinem Bauch breitzumachen.

Schnell laufe ich hinaus, um die Scheune herum, und da entdecke ich sie – endlich. Ganz hinten auf der großen Wiese steht ein Tipi, irgendjemand hat die schweren Terrassenmöbel herbeigeschafft und einen Sonnenschirm dazugestellt. Was soll das sein, frage ich mich, als ich über die Wiese stapfe. Ein Camp? Ferien auf dem Bauernhof?

Ania sitzt am Tisch, raucht, deutet auf das Zelt und macht

zur Begrüßung »Pssst!«. Also setze ich mich wortlos zu ihr.

»Simon schläft, Nickerchen am Nachmittag«, erklärt sie.

»Aha«, flüstere ich. »Aber w-w-warum schläft er draußen?«

»Ist gutes Wetter. War Simons Idee. Braucht er frische Luft. Schon drei Tage.«

»Aha«, mache ich erneut. »Und d-d-du schläfst auch hier?«

»Klaro. Kann ich ihn nicht allein lassen.«

Das Biwakieren und die ganze frische Luft scheinen Ania nicht gut zu bekommen. Unter ihren Augen liegen dunkle Schatten, zwischen ihren Brauen hat sich eine steile Falte gebildet, ob aus Sorge oder Zorn kann ich noch nicht sagen.

»Willst du Kaffee?«

Ich nicke eifrig, das scheint mir ein unverfänglicher Gesprächseinstieg zu sein. Unter dem Tisch zieht sie eine Thermoskanne hervor und schüttet mir etwas in einen Blechnapf.

»Danke«, murmele ich und beäuge misstrauisch das dunkle Gebräu.

»Was ist das, mit Kiste?«, fragt Ania unvermittelt.

Das war's mit dem unverfänglichen Gesprächseinstieg. Ich seufze und überlege, wie ich ihr das am besten erklären kann.

»Nun ja, d-d-der Alte hat uns diese K-k-kiste hinterlassen. K-k-keine Ahnung, was genau d-d-da drin ist. Fotos, Dokumente, was weiß ich. Simon hat d-d-die Sachen gesehen und einen Anfall bekommen. Seitdem steht das D-d-ding verschlossen auf meinem D-d-dachboden.«

»Und hast du nicht geguckt?«

Ich zucke mit den Schultern.

»Bist du Journalist, bist du neugierig. Also, sag. Warum?«

»Opa hat nie viel über seine Vergangenheit g-g-gesprochen. Vielleicht will ich jetzt n-n-nichts mehr darüber wissen.«

»Opa ist deine Familie. Familie ist Leben, dein Leben. Willst du nichts wissen über dein Leben?«

Langsam finde ich, dass unsere Unterhaltung eine komische Wendung nimmt. Schließlich bin ich nicht hier, um therapeutische Gespräche mit der Betreuerin meines Bruders zu führen. Jedenfalls nicht über mich.

Ania sieht das anders, sie setzt noch einen oben drauf. »Familie ist kaputt«, sagt sie nun. »Ganz kaputt. Opa kaputt. Mama kaputt. Hat sich umgebracht. Simon hat erzählt. Hast du nie gefragt, warum?«

»M-m-meine Mutter war manisch-depressiv. D-d-darum. So einfach ist d-d-das. K-k-können wir nun mal zum Thema k-k-kommen? Was ist m-m-mit Simon?«

»Ist das Thema. Simon auch kaputt«, sagt Ania schlicht und schaut mich durchdringend an.

Einen langen Moment sehen wir uns schweigend in die Augen. Mir fällt dabei zum ersten Mal auf, dass ihre tiefblau sind, gerahmt von langen, dichten Wimpern.

»Willst du nicht reden. Gut«, konstatiert Ania schließlich. »Aber ich weiß, wie ist. Meine Familie ist auch kaputt.«

Bevor ich etwas darauf erwidern kann, raschelt es im Zelt hinter uns. Ania steht auf, beugt sich hinunter und steckt den Kopf hinein. Ich ertappe mich dabei, dass ich ihr auf den Hintern starre. *Rund an genau den richtigen Stellen.*

Simon kriecht nun aus dem Zelt, verschlafen noch. Als er mich sieht, beginnt er zu strahlen, stürzt zu mir und reißt mich in seine Arme, sodass ich fast vom Stuhl kippe.

»Da bist du ja endlich! Wie lange bleibst du? Du bleibst doch, oder? Hast du Hunger? Wollen wir was kochen? Wie findest du unser Lager? Cool, oder?«

»Ruhig, B-b-brauner, ruhig!« Ich befreie mich aus seiner Umarmung und grinse ihn an. »B-b-bin ja gerade erst angekommen. Aber was zu essen w-w-wäre nicht schlecht.«

Fragend blickt Simon zu Ania. »Was kochen wir denn?«

»Wollen wir machen Grill? Kann ich machen Schaschlik.«

»Fleisch! Männer brauchen Fleisch!«, brüllt Simon und lacht. »Keine Sorge, Brüderchen, ich dreh nicht durch, ich freu mich nur so, dass du da bist.«

Sofort habe ich wieder ein schlechtes Gewissen. Dass ich nicht früher gekommen bin. Dass ich ihn nicht öfter besuche.

»Schaschlik klingt t-t-toll. K-k-können wir dir was helfen?«, frage ich Ania.

Sie winkt ab. »Nein. Mach ich schon. Kümmer du dich um Bruder.«

Simon zieht mich am Arm quer über die Wiese. »Komm! Ich zeig dir, woran ich gerade arbeite.«

Wir betreten die Scheune. Simon schaltet das Licht an und deutet aufgeregt auf den Quader in der Mitte. »Opa!«, sagt er stolz.

»D-d-das soll Opa d-d-darstellen?« Ich bin verblüfft.

»Nein, also nicht direkt. Mehr seine Gedanken, sein Innenleben. Das, was er vor uns verborgen hat.«

»Er hat w-w-was vor uns verborgen?«

Simon nickt ernst.

»Was denn?«

Er geht um den Block herum und deutet mit weit ausholenden Bewegungen auf lauter kleine Löcher, die er schon in den Stein gemeißelt hat. »… hier und da, überall, bekommt seine Hülle Risse, und die Wahrheit wird sich zeigen.«

»Hmm, hmm«, mache ich und hoffe, dass es zustimmend klingt. Die Gedankengänge meines Bruders sind mir zu hoch.

Simon stellt sich dicht neben mich. »Es hängt alles mit der Kiste zusammen«, raunt er verschwörerisch, »alles …«

»Das lässt dir k-k-keine Ruhe, oder?«

»Weiß nicht. Aber ich hab echt üble Träume zurzeit. Und ich brauch auch mehr Medikamente. Ich glaub, Ania macht sich Sorgen …«

»Ich weiß.«

»Johannes? Hast du dir Opas Sachen angeschaut?«

»N-n-noch nicht.«

»Mach das. Versprich es mir, okay?«

»Okay. Wieso?«

»Philipp rettet sich in den Suff. Jakob hat so viel Angst, dass er sich in seine Oberflächlichkeit verpisst. Und ich …, na ja, weißte ja selbst. Du stotterst wenigstens nur.«

Eine treffende Analyse. Unwillkürlich muss ich grinsen. »Wird erledigt. Aber jetzt m-m-machen wir uns erst mal einen schönen Tag.«

Wir verlassen die Scheune, um zu sehen, wie weit die Vorbereitungen zur Nahrungsaufnahme gediehen sind. Hinter dem Wohnhaus steigt eine große schwarze Rauchsäule auf. Ihrem Umfang nach hat Ania wohl Autoreifen genommen, um den Grill anzuzünden. Wir helfen ihr dabei, alles, was wir brauchen, aus der Küche nach draußen zu tragen, und irgendwann sitzen wir tatsächlich friedlich am Tisch und vernichten das Schaschlik.

Simon ist guter Dinge und plänkelt mit Ania herum. Ich lausche ihnen, froh darüber, mich nicht am Gespräch beteiligen zu müssen, und staune über den Grad ihrer Vertrautheit. Die beiden sind ein eingespieltes Team, sie gehen freundschaftlich miteinander um, nicht wie Irrer und Irrenwärterin. Dass Simon Ania mag, ist klar. Simon mag fast jeden. Aber auch Ania scheint ihm ehrlich zugetan, so als sei er ein naher Verwandter und nicht ihr Patient. Auf einmal bin ich sehr froh, dass genau sie es ist, die sich um ihn kümmert.

Als es langsam dunkel wird, geht Ania dazu über, Holzscheite in den gemauerten Grill zu schichten, damit wir uns am Feuer wärmen können.

»Wollt ihr heute N-n-nacht wieder draußen schlafen?«, frage ich.

»Na klar«, sagt Simon. »Das bringt doch Spaß.

»Ist es n-n-nicht noch zu k-k-kalt?«, erwidere ich mit einem Seitenblick auf Ania, die bei der Ankündigung der großen Spaß-Offensive etwas die Schultern hängen lässt.

»Quatsch, wir haben ja dicke Schlafsäcke. Willst du nicht auch hier pennen? Wir haben noch Platz im Zelt!«

»Nee, ich muss m-m-morgen arbeiten.«

»Och bitte, komm schon! Wir wecken dich ganz früh, dann kannst du pünktlich in Hamburg sein.«

»Nee …« Der Gedanke, ganz früh geweckt zu werden, auf einer kalten, feuchten Kuhwiese, erscheint mir nicht besonders reizvoll.

»Bist du aus Zucker und Sahne oder bist du ein Mann?« Ania lacht. »Haben wir noch einen Schlafsack. Kein Problem.«

Simon guckt mich so flehentlich an, als hinge sein Leben von meiner Übernachtung ab. Also nicke ich und seufze.

»Gut.« Ania steht auf. »Dann kannst du auch trinken. Habe ich was aus Heimat, ist lecker.«

Sie geht ins Haus und kommt kurz darauf mit einer Flasche, zwei Schnapsgläsern und einem Fingerhut zurück. »Żołądkowa«, erklärt sie beim Einschenken des bernsteinfarbenen Gesöffs. »Ist Wodka mit Kräuter. Gut für Magen, wie Medizin.«

Die Medizin schmeckt erstaunlich mild und würzig.

Simon macht »Mmmmh, mmmh«, während er seinen Fingerhut ausleckt, und greift sofort wieder zur Flasche. Ania haut ihm auf die Hand. »Nur einen, du weißt.« Sie zwinkert mir zu. »Bleibt mehr für uns.«

In erstaunlich kurzer Zeit haben wir die Flasche fast geleert, und als wir über die Wiese zum Zelt wanken, hakt Ania sich bei mir und Simon unter. Mir wird ein wenig blümerant, und ich bin mir nicht sicher, ob es an dieser unerwarteten körperlichen Zuwendung liegt oder am Schnaps. Jedenfalls ist es kein unangenehmer Zustand. Simon krabbelt sofort in seinen Schlafsack und fängt unmittelbar zu schnarchen an. Ania deutet auf den Platz rechts neben ihm. Dort hat sie mein Lager bereitet, und ich lasse mich in voller Montur auf die Luftmatratze plumpsen. Selbst wenn ich einen Schlafanzug dabeihätte, wäre es mir doch sehr unangenehm, mich vor ihr zu entkleiden. »Schlaf gut«, flüstert Ania und kriecht links neben Simon in ihre Koje.

»D-d-du auch«, wispere ich. Eine ganze Zeit liege ich noch wach, starre an die Zeltdecke und lausche dem sonoren Bass meines Bruders, unter den sich Anias leise helle Atemzüge mischen, die immer regelmäßiger werden. Dann schlafe auch ich ein.

Am nächsten Morgen fühle ich mich trotz des gesteigerten Alkoholkonsums überraschend frisch und ausgeruht und gebe das auch kund.

»Sag ich doch«, nuschelt Simon, während er am Frühstückstisch sein drittes Brötchen vertilgt. »Zelten ist gesund.«

Als wir uns verabschieden, schaut er mich auffordernd an. »Und nicht vergessen, Johannes! Du weißt schon ...«

»Ich weiß«, sage ich. »Heute Abend schau ich mir d-d-den Scheiß an, versprochen.«

Ania bringt mich noch zum Auto. »Musst du öfter kommen. Tut Simon gut. Keine Träume heute Nacht.«

»Mach ich.«

»Und Johannes? Musst du reden, irgendwann. Über Familie. Sonst Probleme noch größer.«

»Hmm.« Klugscheißerin, denke ich und winke trotzdem wie wild bei der Abfahrt.

Kaum sitze ich an meinem Arbeitsplatz in der Redaktion, steckt die Sekretärin ihren Kopf in mein Kabuff und rollt mit den Augen. »Da hat ein Herr Löwe für dich angerufen, schon drei Mal. Scheint was Wichtiges zu sein. Ruf zurück, der nervt.«

Eigentlich habe ich überhaupt keine Lust, mit diesem merkwürdigen Anwalt zu sprechen, ich wähle trotzdem seine Nummer.

»Johannes!« Er klingt hocherfreut. »Wie geht es Ihnen?«

»D-d-danke. Sie hatten angerufen. M-m-mehrmals. Was gibt es d-d-denn so Dringendes?«

»Ach, nichts weiter von Belang. Ich wollte mich nur einmal nach Ihrem Befinden erkundigen. Ob Sie auch alles gut überstanden haben, die Beerdigung und …, nun ja …«

Der hat sie doch nicht mehr alle, denke ich. »Habe ich, d-d-danke.«

»Wie schön. Das freut mich zu hören. Da ich es auf dem Friedhof versäumt habe, mich in Ruhe von Ihnen zu verabschieden, wollte ich zumindest telefonisch die Gelegenheit nutzen, Ihnen alles Gute …«

»D-d-danke«, falle ich ihm ins Wort. »Und weil ich Sie

schon mal an d-d-der Strippe habe, wer war eigentlich d-d-diese unmögliche P-p-person auf dem Friedhof?«

»Ich weiß jetzt nicht genau, wen Sie …«

»D-d-diese Frau!«

»Ach, Hedwig. Nun ja, sie ist ein wenig speziell, da haben Sie wohl recht.«

»Wer ist das?«

»Ach, nur eine alte Bekannte Ihres …«

»B-b-bullshit!«, brülle ich in den Hörer. »Ist das unsere G-g-großmutter?«

»Nun ja …« Es hüstelt verlegen am anderen Ende. »Es steht mir nicht zu …«

»Wer verdammt noch mal ist d-d-das?«

»Wissen Sie was, Johannes? Ich glaube, Hedwig ist noch nicht wieder abgereist. Am besten wäre es doch, Sie sprechen persönlich mit ihr. Ich kann sehr gerne den Kontakt für Sie herstellen. Ich melde mich dann.« Er legt einfach auf.

Was für ein Arschloch. Einen Moment lang bleibe ich wie vor den Kopf geschlagen sitzen, dann schiebe ich alle Gedanken an irgendwelche Großmütter und Hedwigs beiseite und fange endlich an zu arbeiten.

Als ich am Abend heimkomme, hole ich die Kiste vom Dachboden. Bevor ich sie öffne, koche ich mir einen Tee und schütte mir den Rest Osbourne hinein. Philipp hat noch einen winzigen Schluck übrig gelassen.

Dann klappe ich vorsichtig den Deckel zurück und starre auf die Dokumente, Unterlagen und Fotos, alles durcheinander. Systematisch vorgehen, Johannes, systematisch!, rede ich mir zu und fange an zu sortieren, ohne mir etwas genauer anzuschauen. Ein Häufchen Fotos. Ein Häufchen amtlich

Aussehendes. Ein Häufchen loser Blätter mit handschriftlichen Notizen. Ein Häufchen Irgendwas, das ich nicht zuordnen kann. Dann ist die Kiste auch schon leer.

Irgendetwas kommt mir komisch vor. Ich beäuge den Holzkasten erneut von allen Seiten und schaue auch noch einmal hinein. Von außen wirkt er recht groß, sein Fassungsvermögen eher klein. Vorsichtig schüttle ich das Teil und höre ein dumpfes Geräusch. Im Inneren der Kiste bewegt sich etwas. Mit den Fingern taste ich Zentimeter für Zentimeter den Einlegeboden ab, der plötzlich mit einem leisen *Klack* nach oben schnalzt.

In dem Hohlraum darunter liegt eine dicke, braune, abgegriffene Kladde. Ich nehme sie heraus und streiche darüber. Ich rieche daran. Leder. Ich schlage den Einband auf. Zuerst verschwimmen die mit blauer Tinte sorgfältig gezeichneten Buchstaben vor meinen Augen. Dann beginne ich zu lesen.

SAN MIGUEL DE TUCUMÁN, DEZEMBER 1946

Diese Hitze, diese fürchterliche Hitze! Darüber hinaus hat es gestern nahezu den ganzen Tag geregnet. Und sofern man dem Gärtner Glauben schenken kann, soll es sogar noch wärmer werden. Fürchterlich!

Ich hätte nicht gedacht, dass mir das Klima derart zu schaffen macht. Nachts finde ich kaum in den Schlaf, tagsüber bin ich wie gerädert. Dazu dieses Essen! Zumindest das Fleisch ist von einwandfreier Qualität, aber nach meinem Geschmack ist alles viel zu stark gewürzt. Gestern tischte man uns eine Art Eintopf auf, den die Einheimischen Locro nennen, mit scharfer Wurst, Mais und Bohnen, alles durcheinander. Danach durfte ich den Rest des Tages auf dem Lokus verbringen …

Natürlich meint Hedwig, dass ich wie immer zu viel jammere. Und natürlich hat sie sich längst eingelebt und kommt zurecht, sehr gut sogar. Heimweh scheint sie nicht zu kennen, sie schaut nur nach vorn. Mich dagegen zerreißt es innerlich. Wenn ich nur daran denke, dass sie zu Hause nun Weihnachtslieder singen! Vielleicht sogar bei Schnee!

Anmerken lasse ich mir nichts, ich versuche es zumindest. Doch Hedwig hat mich längst durchschaut und straft mich mit Verachtung. Sie muss weiter gar nichts sagen, ich sehe es in ihrem Blick.

Wenigstens meine Kleine wächst und gedeiht, dass es eine wahre Freude ist, ihr dabei zuzuschauen. Unsere doch recht beschwerliche Flucht hat sie anscheinend schon vergessen. Jedenfalls hoffe ich, dass nichts nachbleibt und sie weiter so unbeschwert ist. Ihre kindliche Anpassungsfähigkeit erleichtert ihr, sich in unserem neuen Leben zurechtzufinden. Sie spielt schon mit den Nachbarsmädchen. Hedwig sagt, sie könne das nicht gutheißen und wir müssten es unterbinden, es seien schließlich nur Einheimische.

Ich verwöhne sie nach Strich und Faden, schon allein um mein schlechtes Gewissen zu beruhigen, dass ich sie der Heimat entrissen habe. Auch dies ein ständiger Dorn in den Augen meiner werten Gemahlin. Sie ist davon überzeugt, dass zu viel Zuwendung nur schade und allein Strenge und Disziplin aus ihr einen rechtschaffenen Menschen machten.

Ach, es ist ganz gleich, was ich tue oder sage, ich kann es Hedwig nicht recht machen. Seit wir Deutschland verlassen haben, mäkelt sie an mir herum, an allem hat sie etwas auszusetzen.

Ich werde versuchen, uns einen Weihnachtsbaum zu besorgen, um sie milder zu stimmen. Dabei bin ich mir nicht sicher, ob es hier überhaupt Tannenbäume gibt. Aber wir wollen es uns ein wenig behaglich machen, wie daheim.

Ach, es ist ja jetzt unser Zuhause! Ich vergesse es immer und wähne mich nur auf der Durchreise. Ich sollte mich endlich daran gewöhnen und weniger mit meinem Schicksal hadern, doch es fällt mir schwer.

Könnte ich nur alles vergessen, was in den vergangenen Jahren geschehen ist. Diesen grauenvollen Krieg! Vor allem aber das, was wir getan haben, Hedwig und ich. Leid haben wir über andere gebracht, dabei geholfen, Leben, ganze Familien auszulöschen. Hedwig kann darin keine Schuld erkennen. Sie sagt, wir hätten nicht anders handeln dürfen und schließlich den Eid auf den Führer geschworen. Ihrer

Meinung nach sollte uns das Geschehene mit Stolz erfüllen. Ich sehe es anders, mittlerweile, es treibt mich um und raubt mir den Schlaf.

Vielleicht wird im neuen Jahr alles besser, dann soll ich meine Stelle antreten im Eisenbahnwerk. Ich kann es kaum abwarten, endlich wieder etwas Vernünftiges zu unternehmen. Hedwig hat immerhin den Haushalt und damit genug um die Ohren. Dass ich derart zur Untätigkeit verdammt bin, schlägt mir aufs Gemüt.

Aber ich will nicht nur klagen. Das Wichtigste ist doch, dass wir alle gesund und beieinander sind – und in Sicherheit! Das Weitere wird sich hoffentlich finden.

DAMALS

Sabine brachte ungewohnten Glanz in unsere Hütte. Sogar Opa war beeindruckt von ihrem nassforschen Verhalten und wie gekonnt sie die Haare schmiss. Jedenfalls scharwenzelte er ordentlich um sie herum und erkundigte sich ständig nach dem Befinden »der werten Frau Mutter«.

Ich dagegen verstummte, kaum dass sie die Tür öffnete. Natürlich litt ich immer unter meinem Gestottere, aber ich hatte mich auch damit abgefunden und betrachtete es normalerweise als etwas, das zu meinem Leben gehörte. Nun aber hätte ich am liebsten meine verfluchte Zunge mit einem glühenden Eisen durchbohrt. Da das keine Option war, tat ich so, als wäre ich eher der schweigsame, nachdenkliche Typ und brummte unverständlich vor mich hin, wenn Sabine mich direkt ansprach. Mein Objekt der Begierde interpretierte schweigsam und nachdenklich jedoch als übellaunig und verstockt und ließ mich einfach links liegen. Wenigstens erkannte sie mich nicht, an die Wedeler Episode schien sie sich nicht zu erinnern.

Jakob, der genau wusste, was los war, beobachtete ein paar Tage, wie ich verlegen um die Ersatz-Haushälterin herumstrich, dann zog er mich beiseite.

»Ey, so wird das nie was. Frontalangriff, Alter. Attacke!«

»K-k-klugscheißer«, sagte ich.

»Soll ich die Tussi für dich klarmachen?«

»B-b-bloß nicht!«, wehrte ich entsetzt ab.

79

»Dann stirb eben einsam.«

Genau das hatte ich vor. Aber erst wollte ich wenigstens noch einen Versuch wagen und erstand ein paar Blumen, die ich in Ermangelung einer Vase in einem Senfglas auf den Küchentisch stellte. Dazu legte ich einen Zettel, auf den ich in meiner allerbesten Schreibschrift »Für Sabine« gemalt hatte. Und dann entschied ich mich für das Äußerste, kramte *Die Leiden des jungen Werther* aus meinem Ranzen und stellte das Reclam-Heft ans Senfglas.

Als ein Rascheln an der Haustür Sabines Kommen ankündigte, flitzte ich in mein Zimmer. Sie polterte fluchend in die Wohnung, der Fahrstuhl war wohl wieder mal kaputt, und sie hatte die Einkäufe bis zu uns in den siebten Stock schleppen müssen. Dementsprechend war ihre Laune. »Glotz nicht so blöd, fass mal mit an«, schnappte sie nach Simon.

Ich duckte mich über meine Bücher, hörte Sabine schnaufen und Simon ächzen, die nun zusammen die Tüten in die Küche schafften.

»Boah, der ganze Tisch wieder vollgestellt, wie immer. Dass ihr nicht mal aufräumen könnt! Glaub bloß nicht, dass ich euch ständig euren Mist hinterherräume! Was soll'n das Gemüse da im Wasser?«

»Das sind Blumen«, sagte Simon. »Für dich. Von Johannes.«

»Ach. Echt?« Sabine klang ehrlich verblüfft. »Wofür das denn?«

»Na ja, weil du uns hilfst und so ...«

»Aha. Das is ja nett.«

»Hmm. Und weil er voll in dich verknallt ist ...«

Einen Augenblick lang war es still in der Küche. Ein Augenblick, in dem mir das nackte, kalte Grauen den Rücken heraufkroch. Hatte ich am Anfang der belauschten Unterhaltung noch gedacht, dass Simon ein feiner, kleiner Kerl war, wünschte ich diese dreckige Missgeburt jetzt direkt in die Hölle. Gerade dachte ich noch, dass es schlimmer nicht komme könnte, da brach Sabine in der Küche in wieherndes Gelächter aus.

»Echt?«, japste sie. »Echt? Der is ja drollig.«

Drollig. Peinlich berührt wünschte ich mich weit, weit weg. Immerhin hatte Sabine Anstand genug, mich an diesem Tag zu ignorieren. Nur einmal kurz kam sie in mein Zimmer und pfefferte das Reclam-Heft auf den Tisch. »Lass deine Schulsachen nicht immer überall rumfliegen!«

Die Blumen erwähnte sie mit keinem Wort. Dafür war ich ihr dankbar. Trotzdem fand ich, dass es höchste Zeit für Bertas Rückkehr war.

Ich beschloss, mich statt auf amouröse Verwicklungen mehr auf meine schulische Laufbahn zu konzentrieren. Ich wusste, dass es jetzt um die Wurst ging und ich die dreizehnte Klasse nur aufgrund unserer *familiären Tragödie* wiederholen durfte, wie mir der Schuldirektor salbungsvoll mitgeteilt hatte. Also gab ich lerntechnisch richtig Gas.

Wer im Gegensatz zu mir völlig auf die Schule schiss, war Jakob. Nach den Sommerferien war er dank meiner Ehrenrunde nur noch eine Stufe unter mir. Eigentlich hätte er mir auf den Fluren öfter begegnen sollen, tatsächlich sah ich ihn so gut wie nie. Zwar verließ er morgens pünktlich zusammen mit uns anderen das Haus, entfernte sich aber jedes Mal unerlaubt von der Truppe mit fadenscheinigen Ausreden wie »Hol mir schnell 'nen Brötchen« oder »Mist, hab was vergessen. Muss noch mal zurück«. Wir sahen ihn frühestens am Abend wieder.

In regelmäßigen Abständen hielt er mir Zettel unter die Nase, auf denen er in seiner Sauklaue eine Entschuldigung verfasst hatte, und forderte: »Unterschreib!«

Ich tat, wie mir geheißen, wandte anfänglich aber ein, dass streng genommen Opa dafür zuständig sei und meine Unterschrift nichts nütze.

»Scheißegal«, sagte Jakob. »Das merken die sowieso nicht.«

Natürlich merkten sie es. Eines Tages wurde ich zum Rektor zitiert, der einen langatmigen Sermon über mich ergoss. Er schloss mit den Worten: »Du solltest deinen Bruder nicht decken, Johannes. Das schadet allein dir, und ihm hilft es nichts.«

Jakob meinte dazu nur: »Die können mich mal!«

In meiner Not wusste ich mir nicht anders zu helfen und zog Opa ins Vertrauen. »Schule schwänzen, hmm?«, brummelte der. »Nun gut, dann knöpfe ich mir den Burschen einmal vor.«

Seine Erziehungsmaßnahme sah so aus, dass er sich mit Jakob zu einem »Vieraugengespräch unter Männern« in die Kneipe zurückzog. Gut gelaunt und mit leichter Schräglage kamen die beiden zwei Stunden später zurück.

Unterschreiben musste ich fortan nichts mehr. Das machte mich misstrauisch. Zwar schwänzte Jakob nun weniger. Aber er blieb immer noch oft genug dem Unterricht fern, was allerdings keinerlei Konsequenzen nach sich zog. Auf der Suche nach einer Erklärung durchwühlte ich heimlich seinen Ranzen und fand – säuberlich abgeheftet – einen ganzen Packen Blanko-Entschuldigungen, alle versehen mit Opas Unterschrift. Jakob musste lediglich noch das Datum einsetzen.

Ich wollte von meinem Bruder wissen, wie er den Alten dazu gebracht hatte.

»Geht dich gar nichts an, ist 'ne Abmachung zwischen ihm und mir, capice?«

Also stellte ich Opa zur Rede. Der wand sich erst, erklärte aber dann: »Jakob hat mir Hand aufs Herz versprochen, dass er das Abitur schafft. Dafür halte ich ihm, nun ja, ein wenig den Rücken frei, wenn es um seine Freizeitgestaltung geht.«

»Freizeitg-g-gestaltung?«

»Ja, sein Sport. Dein Bruder boxt doch jetzt. Ich halte das für eine ausgezeichnete Idee. Da kann der junge Mann seine überschüssige Kraft loswerden und kommt nicht auf dumme Gedanken.«

Opa irrte sich, aber so was von. Der Boxkeller, in den Jakob neuerdings rannte, gehörte nämlich den Türken. Und mein Bruder trieb alles Mögliche dort, aber keinen Sport. Das wusste ich, weil ich ihm nach Großvaters Erklärung bis zu diesem Etablissement hinterhergeschlichen war.

Bestimmt eine halbe Stunde lang beobachtete ich im Schutz einer Hausecke den Eingang, bis sich die Tür wieder öffnete. Heraus traten Jakob und ein älterer Mann, weit aufgeknöpftes Hemd, behaarte Brust, goldschmuckbehangen. Sie sprachen noch etwas und schüttelten sich dann zum Abschied die Hände.

Ich sprang aus meiner Ecke und sprintete meinem Bruder hinterher. »Was hast du da g-g-gemacht?«, fuhr ich ihn an.

»Trainiert.«

»Erzähl mir k-k-keinen Scheiß! Was hast du da g-g-gemacht?«, wiederholte ich. »Sag's m-m-mir oder ich s-s-sag's Opa.«

»Geschäfte.«

»W-w-was für G-g-geschäfte?«

»Ey, voll harmlose Sachen. Nur 'n paar Botengänge und so. Die zahlen ganz gut dafür.«

Das taten sie offensichtlich, denn von einem auf den anderen Tag schwamm mein Bruder im Geld. Opa erklärte er seinen plötzlichen Reichtum damit, dass er begonnen habe, Zeitungen auszutragen. Der Alte stellte wie immer keine überflüssigen Fragen und meinte nur: »Weiter so, immer schön fleißig sein!«

Wenn der wüsste, dachte ich, verkniff mir aber blöde Bemerkungen und investierte einen Teil von Jakobs Verdienst lieber in eine Menge LPs, die ich mir sonst nie hätte leisten können.

Eine Zeit lang lief es wirklich gut für uns am Born. Berta Hansen kehrte von ihrer genesenen Mutter zurück, und Sabine, deren Anwesenheit mich täglich an meine Schmach erinnert hatte, verschwand. In der Schule machte ich verlorenen Boden wett, und auch meine Brüder schlugen sich wacker. Ich bildete mir sogar ein, dass Philipp dem Alkohol abgeschworen hatte, jedenfalls klaute er keine Flachmänner mehr, und dass Simons Anfälle weniger wurden. Und dank Jakobs Geschäftstüchtigkeit waren wir immer flüssig.

Dann wurde ich eines Nachts wach, weil es im Stockbett unter mir plötzlich laut rumpelte und stöhnte. Alarmiert sprang ich auf den Boden, machte das Licht an und sah die unglaubliche Schweinerei. Das ganze Bettzeug war voller Blut, mein Bruder, der sich nun mühsam aufrichtete, blickte mich aus nur einem Auge an, das andere war komplett zugeschwollen, seine Nase wahrscheinlich gebrochen. Seinen rechten Arm hielt er in einem merkwürdigen Winkel weit ab vom Körper.

»Scheiße!«, brüllte ich entsetzt.

»Schsch, nicht so laut«, nuschelte er, während ihm Blut

und Rotz vom Kinn heruntertropften. »Nicht, dass Opa wach wird.«

»Was ist p-p-passiert?«, flüsterte ich.

Geräuschvoll zog er die Rotze hoch, was wohl ziemlich wehtat, weil er sofort unterdrückte Schmerzenslaute von sich gab. »Auauau, Kacke, Kacke, Kacke. Ich bin total am Arsch, ey, total! Ich bin geliefert, echt! Ich muss abhauen, sofort. Die schlagen mich sonst tot. Und euch auch. Wir müssen weg hier, alle!«

»Was?« Ich merkte, dass ich nicht gut Luft bekam.

Mein wahnsinnig cleverer und wahnsinnig geschäftstüchtiger Bruder hatte versucht, die Türken übers Ohr zu hauen. Selbstverständlich hatte er schnell raus, dass seine Botengänge alles andere als harmlos waren. Er musste nur einmal einen Blick in eine der schweren Reisetaschen werfen, die er quer durch Hamburg von A nach B brachte. Braune Päckchen lagen darin, ordentlich in Folie eingeschweißt.

Immerhin zögerte er eine ganze Woche, bis er sich traute, eines der Päckchen zu öffnen und sorgfältig wieder zu verschließen. Ihm war sofort klar, worum es sich bei dem gepressten weißen Zeugs handelte. Mit Drogen hatte er zwar nichts am Hut, aber schließlich genug Folgen von *Miami Vice* gesehen.

Wahrscheinlich zu viele, denn irgendwas hakte in seinem Hirn aus und er schmiedete »voll vice-mäßig«, wie er sich ausdrückte, einen seiner Meinung nach genialen Plan. Er würde immer mal wieder ein paar Päckchen um etwas von ihrem Inhalt erleichtern, das verlorene Gewicht durch Puderzucker ersetzen und den gewonnenen Stoff auf eigene Rechnung verticken. Aber der Born war nicht Miami, und Jakob nicht Sonny Crockett, sondern nur ein sechzehnjähriger Großkotz mit null Ahnung von gar nichts.

Heute Nacht hatten auf Jakob im Boxkeller statt der üblichen Reisetaschen vier muskelbepackte Typen gewartet, die ihm erst die Nase zu Brei schlugen und den Arm auskugelten, bevor sie ihre Fragen stellten. Diese hatte er klugerweise ohne weitere Fisimatenten beantwortet.

»Hunderttausend!«, jaulte er nun. »Die wollen hunderttausend Mark von mir. Bis übermorgen. Sonst machen die mich alle. Und euch gleich mit!«

Ich japste nach Luft. »Hast d-d-du ihnen d-d-das Zeugs n-n-nicht wieder ...«

»'türlich. Jedes Gramm. Aber die haben gesagt, durch mich hätten sie ihre Ehre verloren.«

»Wir müssen zur P-p-polizei!«

»Bist du total bekloppt? Das kriegen die sofort mit. Ich bin doch nicht lebensmüde. Außerdem häng ich da mit drin. Und dann wandere ich ab in den Knast.«

Verzweifelt blinzelte er mich aus seinem einen blutunterlaufenen Auge an. »Wir müssen weg hier. Das ist unsere einzige Chance!«

»Erstmal m-m-musst du zum Arzt. Hast d-d-du noch Geld?«

Er nickte müde. Ich bestellte ein Taxi. Dann schaffte ich Jakob nach unten. Als das Taxi endlich kam, stieß ich Jakob hektisch auf die Rückbank und sprang hinterher. »Schnell! Nach Altona. K-k-krankenhaus.«

Fast drei Stunden mussten wir in der Notaufnahme warten, bis sich ein völlig übermüdeter Arzt Jakobs annahm. »Oha«, sagte er. »Das sieht ja mal nach einer amtlichen Keilerei aus ...«

»G-g-genau, amtliche K-k-keilerei!« Ich grinste ihn schief an.

»Wird schon wieder«, sagte der Arzt zum Abschied. »Hast

aber auch Glück gehabt. Das hätte im wahrsten Sinne des Wortes ins Auge gehen können. Pass in Zukunft auf, mit wem du dich rumtreibst.«

Wieder nahmen wir uns ein Taxi, und als wir endlich am Born landeten, graute schon der Morgen. Ich hievte Jakob nach oben und brachte ihn ins Bett. Er schlief sofort ein, in voller Montur. Ich zog ihm noch die Schuhe aus, deckte ihn zu, dann setzte ich mich in die Küche und wartete darauf, dass Opa wach würde.

Ich erzählte ihm alles, was Jakob mir erzählt hatte. Großvater stand auf, ging in unser Zimmer, warf einen Blick auf seinen geschundenen Enkel und flippte aus. »Die Burschen schnapp ich mir!«, brüllte er. »Vier gegen einen. So eine Sauerei! Na, die werden mich kennenlernen!«

»Opa!«, sagte ich. »Du k-k-kannst nicht …«

»Papperlapapp! Mach dir keine Sorgen, Johannes. Ich regele das. Von Mann zu Mann.«

Grimmig und entschlossen warf er sich seine Jacke über und knallte die Haustür hinter sich zu.

Irgendwann schlurften Philipp und Simon in die Küche, den Schlaf noch in den Augen, und fingen an, sich ihr Frühstück zu machen. »Schule fällt aus«, sagte ich. »Wir sind alle k-k-krank.«

»Echt? Geil!«, meinte Philipp nur und zog Simon hinter sich her ins Wohnzimmer, um zu checken, ob schon irgendwas in der Glotze lief.

Ich rief in der Schule an. »D-d-durchfall. Alle Mann. Und Erbrechen, so g-g-gelb mit K-k-klümpchen …«

»Johannes!«, sagte die Schulsekretärin angewidert. »Erspar mir die Details. Ich geb's weiter.«

Nach etwas über einer Stunde war Opa wieder da. Er ließ sich auf einen Stuhl fallen. Bang sah ich ihn an.

»Verbrecher«, murmelte er. »Das sind wahrhaftige Verbrecher.« Dann rief er Jakobs Vater an.

Wenige Tage später machten wir vier Jungs uns auf den Weg nach Duvenstedt. Jakob war dorthin von seinem Erzeuger einbestellt worden, zu irgendeinem Reiterhof, und wahrscheinlich sollte der lange Weg schon Teil seiner Buße sein. Meinem Bruder ging der Arsch auf Grundeis, das konnte ich sehen, auch wenn er so tat, als ob nichts wäre.

Wir erreichten den Hof, gingen durch ein großes hölzernes Tor und schauten uns suchend um. Nirgendwo war eine Menschenseele, irgendwo wieherte ein Pferd. Vor einem der Ställe entdeckten wir den silbernen Mercedes, stellten uns einfach daneben und warteten. Nach einer Ewigkeit hörten wir Hufgetrappel, und wie aus dem Nichts preschte plötzlich Jakobs Alter auf einem schwarzen Ungetüm um die Ecke. Er sprang vom Pferd, von irgendwoher kam ein Stallbursche und nahm ihm den Gaul ab.

Der Herr Vorstandsvorsitzende begann, im Stechschritt vor uns auf und ab zu laufen, von links nach rechts, von rechts nach links, die Arme hinter dem Rücken, in den Händen eine Reitgerte, die nervös zuckte. In seiner engen Reiterhose und mit den langen schwarzen Stiefeln erinnerte er mich fatal an einen dieser SS-Offiziere aus einem KZ.

Schließlich baute er sich vor uns auf. Er fixierte Jakob, uns andere würdigte er keines Blickes. »Noch nicht mal genug Mumm, um allein hierherzukommen. Aber ich habe auch nichts anderes von dir erwartet«, bellte er. »Asoziales Gesindel! Damit treibst du dich herum. Mit kriminellen Ausländern, dem letzten Dreck, dem Bodensatz unserer Gesellschaft.«

Jakob betrachtete bei der Ansprache interessiert seine Schuhspitzen.

»Hast du dazu irgendwas zu sagen, du Lump?«

Jakob schüttelte stumm den Kopf.

»Ha! Du bist eben durch und durch verdorben. Genau wie deine Mutter.«

Ich merkte, wie sich in meinem Bauch ein heißer Klumpen bildete. Jakob hob den Kopf und sah seinem Vater in die Augen. »Lass Mama aus dem Spiel.«

»Das ist ja wohl meine Sache, wen ich hier ins Spiel bringe und wen nicht. Du hältst jetzt deinen dummen Mund und hörst mir zu.«

»Weißt du was?« Jakob strich sich langsam seine Tolle aus der Stirn. »Vielleicht komme ich ja auch genau nach dir, du Arschloch.«

»Du wagst es …«, brüllte sein Vater, von seinem Mund flogen kleine Speicheltropfen.

»Arsch-loch.«

Der Herr Vorstandsvorsitzende trat blitzschnell einen Schritt vor, holte mit dem rechten Arm weit aus und zog seinem Sohn die Reitgerte mit Schmackes über den Kopf. Das war zu viel für Simon, der sich bis eben noch hinter meinem Rücken versteckt hatte. Mit einem Schrei stürzte er sich auf das *Arsch-loch*, Jakobs Vater ging zu Boden und drosch dabei wie verrückt mit der Gerte auf Simon ein. Fast gleichzeitig warfen Philipp und ich uns auf die beiden Menschen am Boden; mein Bruder versuchte der Gerte habhaft zu werden, und ich, der ich noch nie in meinem Leben einen Menschen ernsthaft verletzt hatte, haute dem Herrn Vorstandsvorsitzenden meine geballte Faust direkt in seine sauteuren Jacketkronen.

Derweil stolperte Jakob blindlings durch die Gegend und

hielt sich seinen Kopf. Durch den Schlag war die Wunde über der Braue wieder aufgeplatzt, und das Blut rann ihm in sein momentan einziges verfügbares Auge.

Simon hatte von seinem Opfer abgelassen und krampfte vor sich hin, Jakobs Vater lag benommen im Staub. »L-l-los!«, zischte ich Philipp zu.

Er nahm Simon Huckepack, ich hakte den taumelnden Jakob unter, und wir sahen zu, dass wir Land gewannen. Auf dem ganzen Heimweg sprach keiner von uns ein Wort.

2008

»Der Teilnehmer ist vorübergehend nicht zu erreichen. Bitte versuchen Sie es später noch einmal.«

Ich weiß nicht, wie oft ich mir diese Ansage in den vergangenen vierundzwanzig Stunden angehört habe, und das gleich auf zwei Handys. Jakob ist nicht zu erreichen, Philipp ist nicht zu erreichen. Bei unserem Sunnyboy wundert es mich nicht. Dass ich bei Philipp aber noch nicht einmal eine Nachricht hinterlassen kann, finde ich erstaunlich bis beunruhigend.

Genauso beunruhigend wie die Lektüre von Großvaters Tagebuch. Schnell habe ich es wieder zugeklappt. Nur ein paar Seiten, und meine Welt ist schon ins Wanken geraten.

San Miguel de Tucumán. Es war im Handumdrehen gegoogelt, eine Stadt in Argentinien, genau genommen im Norden des Landes. Was, verflucht noch mal, hatte mein Großvater dort zu suchen? Im Dezember 1946? Mit seiner Frau und »seiner Kleinen«, die schwerlich irgendwer anders sein kann als unsere Mutter?

Sein Geschwafel von Heimweh und Weihnachtsbäumen tangiert mich weniger, er hatte immer einen Hang zur Wehleidigkeit. Seine Bemerkungen, dass er Leid über andere gebracht habe, sind es, die mich frösteln lassen. Ich will nicht weiter darüber nachdenken, auf keinen Fall will ich das. Jedenfalls nicht allein.

Kurz überlege ich, ob ich mich einfach ins Auto schmeiße und zu Philipp nach Hannover brettere. Aber zum einen habe ich keine Lust, seiner zickigen Frau zu erzählen, warum ich unangekündigt vor der Tür stehe. Ich kann ihren missbilligenden Blick, wenn ich mich stotternd erkläre, schon spüren. Zum anderen kann es auch sein, dass mein Bruder in einer seiner Marathon-OPs steckt und viel zu beschäftigt oder zu kaputt ist, um Anrufe zu beantworten.

Also fahre ich stattdessen in die Redaktion, dort gehöre ich an einem stinknormalen Werktag auch hin. Ich versuche, den Artikel zu Ende zu bringen, an dem ich gerade sitze. Meine Gedanken jedoch schweifen immer wieder ab, ich kann mich nicht konzentrieren. Ich beschließe, einem Kollegen, der ein ausgewiesener Südamerika-Kenner ist, einen Besuch abzustatten.

Über San Miguel de Tucumán hat er nichts weiter Interessantes zu berichten, was ich nicht schon im Internet gelesen habe: viel Landwirtschaft, hauptsächlich Zuckerrohranbau, der Autohersteller Scania sitzt dort und auch ein großes Werk von Coca-Cola, das die ganzen Zitronen der umliegenden Plantagen aufkauft. Auf meine Frage, ob er wüsste, wie viele und was für Deutsche dort lebten, schüttelt er den Kopf. »Keine Ahnung. Wahrscheinlich die übliche Mischung wie in ganz Argentinien: die, deren Vorfahren im neunzehnten Jahrhundert ausgewandert sind. Na ja, und dann während und nach dem Zweiten Weltkrieg Juden, Nazis und all die anderen, die sich aus dem zerbombten Reich in Perons schützende Arme geflüchtet haben. Sag mal, an was für 'ner Geschichte sitzt du denn gerade?«

Ich winke ab. »K-k-keine Geschichte. Nur p-p-persönliches Interesse.«

Am Ende eines ebenso langen wie erfolglosen Arbeitstages

schleppe ich mich frustriert nach Hause. Auf dem Treppenabsatz vor meiner Tür hockt Philipp, eine Reisetasche zwischen den Füßen, den Kopf auf den Knien. Ich stupse ihn vorsichtig an, er schreckt hoch. Er sieht nicht gut aus, blass, unrasiert, dunkle Schatten unter den Augen.

»Ah, da bist du ja endlich«, sagt er und wuchtet sich stöhnend hoch. Sonst sagt er nichts.

Ich schließe einfach die Haustür auf und lasse ihn herein. In der Küche stelle ich wortlos zwei Bier auf den Tisch. Er verzieht das Gesicht, wohl nicht stark genug. »Und, bei dir so weit alles okay?«

»B-b-bei mir schon ...«

»Hmm, prima.« Philipp setzt die Flasche an den Mund und trinkt sie auf ex aus. Dann steht er auf. »Du, ich bin hundemüde. Ich hau mich 'ne Runde hin. Ich kann doch ein paar Tage bei dir bleiben, oder?«

»K-k-klar ...«

Und weg ist er.

Während ich schnell zum Einkaufen flitze und so leise wie möglich meine Bude aufräume, überlege ich, warum Philipp wohl bei mir Unterschlupf sucht. Hängt sein Haussegen schief? Hat die Hannoveraner Zicke ihn gar vor die Tür gesetzt? Zuzutrauen wäre es ihr. Vielleicht lassen sie sich endlich scheiden.

Als es in der Wohnung nichts mehr zu tun gibt, mein Bruder aber immer noch schläft, setze ich mich mit einem Buch aufs Sofa und warte. Dabei dämmere ich langsam weg und werde wach, als mich jemand an der Schulter rüttelt. Philipp setzt sich mir in den Sessel gegenüber, leise klirrend stellt er eine Flasche und zwei Gläser auf den Boden. Meine Einkäufe hat er wohl gefunden.

»Na, ausgeschlafen?«

»Jep. Und d-d-du?«

»Geht so. Mein Körper fühlt sich an, als könnte ich noch zwanzig Jahre weiter schlafen.«

Ich richte mich auf, um die Stehlampe anzuknipsen.

»Nee, lass mal das Licht aus. Ich fühl mich ganz wohl im Dunklen«, sagt Philipp und befüllt die Gläser.

»Was ist los?«

»Tja, rausgeschmissen haben sie mich. Offiziell bin ich erst mal nur freigestellt, aber darauf wird's letztendlich hinauslaufen.«

»Warum?«

»Na, was glaubst du wohl? Wegen der Sauferei natürlich. Ist ja schon länger ein offenes Geheimnis. Aber da ich immer einwandfrei funktioniert habe, hat keiner was gesagt. Bis letzte Woche ...« Er füllt sich nach und trinkt hastig. »Ein vollkommen unspektakulärer Bypass. Nichts Großes, nichts Kompliziertes. Rein in den OP, raus aus dem OP, dachte ich. Wie immer. Und dann fangen meine Hände an zu zittern, sodass ich die Instrumente nicht mehr halten kann. Bämm!« Mit einem Knall setzt er sein Glas auf dem Tisch ab.

Ich zucke zusammen. »Und d-d-dann?«

»Ein Kollege musste für mich einspringen. Zwei Tage später hat mich der ärztliche Direktor zu sich zitiert und mir sehr höflich nahegelegt, doch mal eine kleine Auszeit zu nehmen.«

»Scheiße. Was sagt deine Frau d-d-dazu?«

»Keine Ahnung. Hab's ihr nicht erzählt.«

»Wundert sie sich nicht, d-d-dass du nicht arbeitest?«

»Mach ich doch. Bin nämlich gerade auf einem mehrtägigen Kongress in Frankfurt, denkt sie.«

In der Dunkelheit erahne ich sein trauriges Grinsen mehr, als dass ich es sehe.

»Und was willst du jetzt m-m-machen? D-d-du kannst jedenfalls hierbleiben, so lange du willst.«

»Ich hatte gehofft, dass du das sagst.«

»Hast d-d-du Hunger?«

»Nee, nur Durst.« Er lacht freudlos.

Also trinken wir weiter, bis die Flasche leer ist.

Am nächsten Morgen rufe ich in der Redaktion an und behaupte, dass ich einen Home-Office-Tag einlegen würde, um in Ruhe meinen Artikel fertigzuschreiben. Ich möchte Philipp nicht allein lassen. Bestimmt hat er noch Gesprächsbedarf. Auf alle Fälle habe ich welchen.

Wenn ich ehrlich bin, freue ich mich, dass er da ist. Die Umstände könnten bessere sein. Aber ich brauche jemanden, mit dem ich über Großvaters Kladde sprechen kann, und Philipp mit seinem analytischen Verstand ist mir lieber als Jakob. Vielleicht tut's ihm auch ganz gut, wenn er sich nicht die ganze Zeit Gedanken über sein verpfuschtes Leben machen muss, sondern sich stattdessen auf das von Opa konzentriert.

Als er endlich aufsteht, brate ich ihm Rühreier mit Speck, die er schweigend wegmümmelt.

»Wie geht's d-d-dir?«

Er legt den Kopf schräg, so als müsste er in sich hineinhorchen, um meine Frage zu beantworten. »Erstaunlich gut«, sagt er dann.

»Okay.« Ich greife unter den Tisch, wo die Kiste steht, ziehe die Kladde heraus und lege sie neben seinen Teller.

»Was ist das?«

»Opas T-t-tagebuch.«

Mit gerunzelter Stirn schaut Philipp mich an. »Waren wir uns nicht einig, dass wir die Finger von dem Mist lassen?«

»Jakob und d-d-du, ihr wart euch einig. Simon und ich sind anderer Ansicht.«

»Ach, Simon und du? Dir ist schon klar, dass Simon keine Aufregung verträgt, oder?«

»Schon, aber …« Ich erzähle ihm von meinem Besuch auf dem Land, davon, dass unser kleiner Bruder kaum schlafe und Albträume habe, dass sich seine Anfälle häuften und er selbst das alles in Zusammenhang mit Opas Erinnerungsstücken bringe. Als ob er intuitiv irgendetwas ahnte oder wüsste – fast wie eine Vision.

»Vision, hmm? Ihr tickt doch beide nicht mehr richtig. Was steht denn drin in dem Ding?« Philipp klopft auf die Kladde.

Ich berichte ihm von den ersten Seiten, die ich gelesen habe.

»Argentinien, hmm? Du bist sicher, dass die Aufzeichnungen echt sind?«

»K-k-klar. Warum?«

»Meinst du nicht, wir hätten das irgendwie mal mitbekommen, dass unsere Mutter in Südamerika aufgewachsen ist? Davon hätte sie doch wohl erzählt …«

»Unsere Mutter hat n-n-nie was erzählt. Opa hat n-n-nie was erzählt. K-k-keine Sau hat was erzählt.«

Philipp nickt nachdenklich. »Weißt du was? Wir rufen diesen Löwe an. Vielleicht weiß der mehr.«

»D-d-der sagt auch nichts, schwör ich d-d-dir. Aber vielleicht k-k-können wir unsere Großmutter fragen.«

Mein Bruder schaut mich alarmiert an. »Die Frau vom Friedhof? Bist du dir sicher? Das ist tatsächlich unsere Großmutter? Ich ruf den Löwe an. Jetzt sofort. Gib mir die Nummer!«

Philipp zieht sich zum Telefonieren ins Wohnzimmer

zurück. Nach wenigen Minuten steckt er seinen Kopf zur Tür herein und hält triumphierend einen Zettel in die Luft. »Hab sie! Sie wohnt im Atlantic. Abgestiegen unter dem Namen Gonzales. Wie originell. Los, Alterchen, schnapp dir deine Jacke, auf geht's!«

Auf der Fahrt zur Außenalster frage ich Philipp, warum der Anwalt ihm so mir nichts, dir nichts die Adresse gegeben hat.

»Ganz einfach«, erklärt er. »Ich habe ihn nur daran erinnert, dass einer meiner Brüder Journalist ist. Und dass uns seine Kanzlei ein wenig merkwürdig vorkommt. War absolut ins Blaue geschossen, hat aber gewirkt.«

Ich grinse. Der feine Herr Anwalt war sicher konsterniert.

Natürlich finden wir vorm Atlantic keinen Parkplatz, und ich fahre drei Mal um den Block, bis ich meine Karre genervt an einem Baum abstelle. Was soll's, gibt es halt ein weiteres Knöllchen.

Wir betreten die riesige Eingangshalle und gehen zum Empfang. »Guten Tag. Wir möchten zu Frau Gonzales.«

»Sehr gern, die Herren. Wen darf ich denn bitte melden?«

»Sagen Sie ihr doch, ihre Enkelsöhne Philipp und Johannes seien da.«

Der junge Mann greift zum Hörer und telefoniert kurz, dann dreht er sich wieder zu uns. »Frau Gonzales bittet die Herren, einen Augenblick zu warten. Nehmen Sie doch so lange in unserer Lobby Platz oder an der Bar.«

»Bar klingt gut«, sagt Philipp.

Wir setzen uns an einen kleinen Tisch, ein beflissener Kellner taucht geräuschlos auf. Ich nehme einen Kaffee, Philipp einen doppelten Whiskey. Erstaunt stelle ich fest, dass mein Herz bis zum Hals schlägt. Lerne ich tatsächlich gleich meine Großmutter kennen? Will ich das überhaupt? Mein Bruder scheint ähnlich nervös zu sein wie ich. Unruhig rutscht er auf dem kleinen Sessel hin und her, auf seiner Oberlippe haben sich Schweißperlen gebildet.

Zwei Kaffee und drei Doppelte später kommt der Angestellte vom Empfang zu uns und hüstelt diskret. »Es tut mir sehr leid, dass Sie so lange warten mussten. Und, nun ja, Frau Gonzales lässt sich entschuldigen, Ihr überraschender Besuch lässt sich leider nicht mit ihren anderen Terminen koordinieren.«

»Na, dann warten wir eben, bis Frau Gonzales Zeit hat«, meint Philipp ungerührt.

»Es tut mir wirklich außerordentlich leid, die Herren.« Der junge Mann hüstelt wieder. »Das ist leider nicht möglich. Frau Gonzales ist vor wenigen Minuten abgereist. Sie hat mich jedoch gebeten, Ihnen eine Nachricht zukommen zu lassen, nun, mündlich ...«

Er stockt kurz und holt tief Luft. »Nun, ich zitiere wörtlich: ›Ich habe euch rein gar nichts zu sagen. Fahrt zur Hölle, Dreckspack.‹«

Wir starren ihn an, er windet sich. »Entschuldigen Sie bitte vielmals, Frau Gonzales hat darauf bestanden, dass ich Ihnen die Botschaft genau so übermittele.«

Als wir das Hotel verlassen, fühle ich mich etwas benommen und habe weiche Knie. Wie um das Geschehene abzurunden, müssen wir feststellen, dass mein Auto abgeschleppt wurde.

Stunden später sind wir endlich wieder in meiner Wohnung. Natürlich hatte man den Wagen nicht irgendwo in der Nähe abgestellt, sondern gleich in den berüchtigten Autoknast in Rothenburgsort geschafft, einen Sammelparkplatz im absoluten Nirgendwo.

Philipp hat sich immer noch nicht beruhigt. »Sag doch auch mal was dazu!«, fährt er mich nun an.

»Was soll ich d-d-dazu sagen?«

»Ich fahr zu dem Löwe …«

»Und d-d-dann?«

»Dann haue ich ihm so lange eine rein, bis er endlich mal ein paar handfeste Informationen ausspuckt.«

Philipp lässt sich genervt auf den Küchenstuhl fallen und knallt die Flasche Osbourne auf den Tisch, die er unterwegs an einer Tankstelle besorgt hat. Daneben liegt immer noch Großvaters Tagebuch. Er nimmt es vorsichtig in die Hand, so als könnte es ihn beißen, und beginnt, zögerlich hin- und herzublättern …

SAN MIGUEL DE TUCUMÁN, MÄRZ 1949

Endlich ist der Sommer vorbei mit seiner schwülen Wärme.
Ich werde mich wohl nie an die verkehrten Jahreszeiten und
das hiesige Klima gewöhnen, sosehr ich es auch versuche.
   Nein, ich fühle mich nicht wohl hier. Ich will es auch gar
nicht mehr. All mein Sehnen gilt der alten Heimat, Durch-
halten ist nun meine Devise. Denn nach allem, was ich aus
Deutschland höre, kann ich vielleicht hoffen, doch eines
Tages zurückzukehren. Noch liegt dieser Tag in ferner Zu-
kunft, aber ich schöpfe Kraft aus dieser Hoffnung.
   Und Kraft brauche ich. Das Leben an Hedwigs Seite wird
immer unerträglicher. Dass ich nur unregelmäßig an den
Kameradschaftstreffen teilnehme, will sie natürlich nicht
verstehen. Immerzu drängt sie mich. Ich habe versucht, es
ihr zu erklären. Dieses ganze Politisieren, es liegt mir nicht.
Dieses ewige Glorifizieren der vergangenen Zeit! Unser
schönes Deutschland liegt immer noch in Schutt und Asche,
und ich frage mich, ob außer mir keiner sieht, wohin das al-
les geführt hat.
   Hedwig jedenfalls sieht es nicht. Jedwede Kritik verbittet
sie sich und ist zutiefst erbost darüber, dass ich Zweifel äuße-
re. Auch Fritz, der gerade zu Besuch ist, steht auf ihrer Seite
und fühlt sich nach wie vor der Sache verpflichtet. Kürzlich
hat sogar er mich an unseren Schwur gemahnt: »Gehorsam
bis in den Tod!« Als ob ich es nicht mehr wüsste.
   Hätte ich ihn doch nie geschworen! Hätte ich mich doch

besser aus allem herausgehalten! Ich habe versucht, mir einzureden, dass ich nur Hedwig zuliebe in die Schutzstaffel eingetreten bin. Aber es stimmt ja nicht, auch wenn sie mich dazu gedrängt hat. Ich habe mir auch etwas davon versprochen, ich habe auch einmal an die Sache geglaubt und daran, dass es meinem beruflichen Fortkommen sicher nützt.

Und nun liege ich nächtelang wach und hadere mit meinem Schicksal. Hedwig meint, meine Schlaflosigkeit rühre daher, dass ich zu empfindlich sei und nach wie vor das Essen nicht vertrage. Sie hat mich deshalb zu Dr. Gonzales geschickt, ein ansässiger Arzt, den sie auf einem Empfang kennengelernt hat und auf den sie große Stücke hält. Mir ist dieser Mann suspekt, er hat etwas durch und durch Unaufrichtiges. Zudem macht er Hedwig hinter meinem Rücken schöne Augen und glaubt, ich merke es nicht. Und wie er sie hofiert! Dem Herrn fehlt anscheinend jeglicher Anstand.

Sei es drum, gerade heute hat er mir ein Mittel verschrieben, das meinen Schlaf fördern soll. Ich kann nur hoffen, dass es die gewünschte Wirkung zeigt – tief und traumlos ruhen zu können. Nichts wünsche ich mir sehnlicher!

DAMALS

Stumm stopfte Jakob seine Klamotten und andere Habseligkeiten in Opas schäbigen Koffer. Stumm sahen wir anderen drei ihm dabei zu. Unser Bruder verließ uns. Und wir konnten nichts dagegen tun.

Nach dem Vorfall auf dem Reiterhof dauerte es eine ganze Woche, bis der Herr Vorstandsvorsitzende bei uns auftauchte, nicht mehr schäumend vor Wut, aber voll kaltem Hass. Erst zog er sich zu einem längeren Vieraugengespräch mit Opa in die Küche zurück, danach zitierte er uns ins Wohnzimmer.

»In ein Heim für schwer erziehbare Jugendliche gehört ihr alle!«, donnerte er. »Ihr könnt nur froh sein, dass mein Vater und Heinrich alte Kameraden waren und euer Großvater ein gutes Wort für euch eingelegt hat.«

Und dann stellte er uns vor vollendete Tatsachen. Jakob schickte er auf ein Internat in England, wo »Zucht und Ordnung« herrschten und er sich nicht mehr mit »kriminellen Subjekten« umgeben könne. Wir anderen durften vorerst bei Opa bleiben – natürlich nur unter der Voraussetzung, dass wir uns nichts zuschulden kommen ließen. »Beim geringsten Fehlverhalten sorge ich dafür, dass der da ...«, er zeigte angewidert auf Simon, »... sofort eingewiesen wird. Das gilt übrigens auch für den Fall, dass mein sauberer Sohn erneut Mist baut oder versucht abzuhauen. Ihr habt es selber in der Hand.«

Wir warteten darauf, dass Opa Widerspruch einlegte, aber der stand nur da, mit gesenktem Kopf.

»In einer halben Stunde ist Abflug. Geh deine Sachen packen, sofort.«

Als Jakob fertig war, setzte er sich auf sein Bett und sah uns an. »Scheiße«, sagte er nur.

Wir nickten, Simon begann zu weinen. Philipp legte den Arm um ihn. »England, hmm«, meinte er, »vielleicht ist es ja auch ganz geil da. Lernste bestimmt was. Vor allem Englisch.« Er grinste schief.

Simon befreite sich aus Philipps Armen und lief aus dem Zimmer. Schnell war er zurück und drückte Jakob seinen alten Kuschelhasen in die Hand – ein stinkendes Etwas mit nur einem Ohr und einem Loch statt zweitem Auge, das unsere Mutter vor Jahren auf dem Dom für ihn geschossen hatte. Jakob steckte den Hasen in die Innentasche seiner Lederjacke, wuschelte Simon durch die Haare, drückte kurz Philipp, der mittlerweile auch heulte, und haute mir auf die Schulter.

»Wird schon«, sagte er, seine Augen waren sehr rot. »Pass gut auf sie auf, Johannes, pass bloß gut auf sie auf.« Und dann ging er.

Es dauerte ein ganzes halbes Jahr, bis wir ihn wiedersahen. Denn selbst in den ersten Schulferien durfte er nicht nach Hause kommen, sondern blieb kaserniert auf seiner Insel, das King William's College lag auf der Isle of Man. Als er vor der Tür stand, schien er uns unglaublich verändert und erwachsen. Die Haare akkurat geschnitten, der Teint gesund gebräunt vom Leben an der See, die Muskeln gestärkt von zahlreichen sportlichen Aktivitäten. Einen ordentlichen

Schuss in die Höhe hatte er auch gemacht, sodass er nun fast auf mich herabschauen konnte.

Sein Vater lieferte ihn bei uns ab. »Komm mir bloß nicht auf dumme Gedanken«, raunzte er, bevor er wieder verschwand.

Die Haustür klappte zu.

»Arsch-loch«, sagte Jakob und grinste. Dann riss er sich das piekfeine Hemd vom Leib, holte sich aus dem Kühlschrank ein Bier, steckte sich eine Kippe in den Mund und ließ sich mit einem wohligen Seufzen auf einen Küchenstuhl fallen. »Eins sag ich euch«, meinte er und blies zufrieden seine Kringel in die Luft, »wir lassen's krachen, aber richtig. It's party time!«

In den folgenden zwei Wochen machte er die Nächte zum Tag, er soff, er fluchte, er feierte, er vögelte alles, was ihm vor die Flinte lief. Er war Gott sei Dank ganz der Alte. Uns unterhielt er mit schaurig-schönen Geschichten vom dekadenten Lifestyle der britischen Upper Class und wie er »diesen Freaks« beibrachte, was ein Junge vom Born unter Spaß verstand. Und wir, wir hingen an seinen Lippen und waren voller Bewunderung.

»Weißte«, sagte er eines Nachts vorm Einschlafen zu mir, »alles in allem ist es gar nicht so übel. Der Fraß ist echt schlimm, zugegeben. Aber die Leute sind ganz okay und die *Education* voll spitzenmäßig. Und weißte, *Education* ist das, worauf's ankommt. Wenn ich das da einigermaßen durchziehe, kann mir keiner mehr was, das schwör ich dir.«

Angeber, dachte ich und beneidete ihn glühend darum, dass er etwas von der Welt sah, auch wenn es nur so eine verschissene kleine Insel in der Irischen See war.

Außerdem stellte ich fest, wie sehr ich ihn vermisst hatte. Die Unbekümmertheit, mit der er durchs Leben ging. Die angeberische Attitüde, mit der er Probleme einfach beiseitewischte. Die Leichtigkeit, mit der er schwierige Situationen umschiffte. Seine Frechheit, sein Selbstbewusstsein, seine Provokationen – all das hatte mir unendlich gefehlt, ich hatte es mir nicht eingestanden. Nun wurde es mir klar, und mir graute vor dem Tag seiner Abreise.

Mit Opa sprach Jakob kaum ein Wort. Und der Alte, der sich eifrig um seinen Enkel bemühte, litt wie ein Hund darunter. Auch wir anderen waren erst einmal stinksauer auf Großvater gewesen. Ich hatte ihn zur Rede gestellt.

»Ich bin ein alter Mann, Johannes«, hatte er gesagt. »Was hätte ich tun sollen? Wir können froh sein, dass Jakobs Vater die Sache mit diesen Verbrechern geregelt hat. Und so ein Internat ist für deinen Bruder sicher nicht das Schlechteste.«

»Aber er hat uns d-d-doch alle b-b-bedroht!«

»Ach, was man nicht so alles sagt in der Wut. Mach dir mal keine Sorgen. Du kennst doch das Sprichwort: Hunde, die bellen, beißen nicht.«

Ich fand, dass dieses Sprichwort in keinster Weise auf den Herrn Vorstandsvorsitzenden zutraf. Der bellte nicht nur, der zerfleischte im nächsten Atemzug. Aber es stimmte ja: Großvater war ein alter, hilfloser Mann. Was hätte er tun sollen?

Jakob indes verzieh ihm nicht. Die ganzen vierzehn Tage ignorierte er den Alten weitestgehend, nur einmal gerieten sie aneinander.

Berta hatte gerade das Abendbrot für uns gerichtet und war nach Hause gegangen.

Großvater schwenkte ein Glas eingelegte Gurken durch die Luft. »Na, wer möchte? Es gibt doch nichts Besseres als ein anständiges Leberwurstbrot mit ein paar sauren Gürkchen dazu. Was meinst du, Jakob? Früher hast du die immer so gern gegessen ...«

»Du kannst dir deine Gurken sonst wohin stecken«, meinte Jakob, ohne von seinem Teller aufzuschauen.

»Junger Mann, mäßige dich, sonst ...«

»Sonst was?« Jakob sah endlich hoch. »Rennste dann wieder zu dem Arschloch und flennst rum?«

»Jakob, ich ...«

»Und siehste dann zu, wie Simon weggesperrt wird?«

»Jakob!«

Unter dem Tisch trat ich nach meinem Bruder, weil ich fand, dass es genug war.

»Ist doch wahr ...«, murmelte Jakob und biss in seine Stulle.

Einen Augenblick lang herrschte ein kaltes Schweigen, alle starrten auf den Tisch und futterten vor sich hin.

Dann sah Jakob ruckartig wieder hoch. »Eins würd mich mal interessieren: Woher kennst du eigentlich meinen anderen Großvater?«

Opa hustete, weil er sich an einem Gürkchen verschluckt hatte. »Wen?«, krächzte er.

»Tu nicht so. Hat das Arschloch doch gesagt, dass du mit seinem Alten befreundet bist.«

»War! Ich war mit ihm bekannt, er ist schon lange verstorben. Wir haben zusammen gearbeitet.«

»Aha. Und was heißt das genau?«

»Dass wir zusammen gearbeitet haben. Und jetzt steck deine Nase nicht in Sachen, die dich nichts angehen«, sagte Großvater, stand auf und flüchtete in seine Kneipe.

»Schon irgendwie komisch, oder?«, meinte Jakob später am Abend zu mir.

»Was?«

»Dass die sich gekannt haben. Wie das alles zusammenhängt. Und dass Mama dann ausgerechnet an dieses Arschloch geraten ist. Würd mich echt interessieren.«

»Frag Opa.«

»Der erzählt nichts, weißte doch.«

Ja, das wusste ich, das wussten wir alle.

Als mein alternder Geschichtslehrer im Schweinsgalopp durchs Tausendjährige Reich ritt – mit der steten Ermahnung »Ihr dürft nicht alles glauben, was diese linken Kriegsdienstverweigerer euch weismachen wollen. Es war beileibe nicht alles schlecht!« –, hatte ich versucht, von Opa ein wenig mehr über diese Zeit zu erfahren.

»Schlimm ist es gewesen. Aber die Vergangenheit soll man ruhen lassen. Es nützt ja nichts mehr«, war alles, was ihm zu entlocken war.

Und so beließ ich es dabei.

Viel zu schnell waren die zwei Wochen vorüber. Kaum dass Jakob da war, war er auch schon wieder weg, so kam es uns vor.

»Ey, jetzt macht da kein Drama draus«, sagte er zum Abschied, als Simon wieder heulte wie ein Schlosshund und Philipps Unterlippe verdächtig zitterte. »Ich bin in Nullkommanix wieder da. Sind doch bald Sommerferien.«

Wir brachten unseren Bruder noch nach unten vors Haus, wo schon sein Vater im Mercedes wartete. Jakob stieg in den Fond und presste sein Gesicht an die Scheibe. Lautlos formte er mit seinen Lippen das Wort »Arsch-loch« und grinste sich einen. Wir grinsten mit und winkten wie verrückt, als der Wagen sich in Bewegung setzte.

Ich hatte schon im Kalender nachgeschaut. Es waren wirklich nur knapp drei Monate, dann würde das Großmaul wieder auftauchen. Eine überschaubare Zeit, fand ich, was sollte da schon passieren?

Aber das Beste war: Bei Jakobs nächstem Besuch hätte ich mein Abi in der Tasche und würde es ihm triumphierend unter die Nase halten. Die schriftlichen Prüfungen waren vorbei, und ich war mir sicher, in allen Fächern bestanden zu haben. Das Einzige, was noch kam, war die Mündliche, und auch die würde ich irgendwie bewältigen.

Als mich der Rektor kurz nach den Ferien erneut zu sich bat, ging ich mit gutem Gewissen zu ihm. Wahrscheinlich wollte er mir auf die Schulter klopfen und einen seiner Lieblingssprüche loswerden: »Occupatus et ex parte mundi, dem Fleißigen gehört die Welt.«

»Setz dich bitte, Johannes«, sagte er, als ich sein Büro betrat. »Sag mal, wo steckt eigentlich dein Großvater?«

»Na, zu Hause.«

»So, so. Die ganzen Ferien über habe ich versucht, ihn zu erreichen. Aber bei euch geht ja niemand ans Telefon!«

»Er hört n-n-nicht mehr so g-g-gut«, log ich. »Und wir waren viel unterwegs.«

»So, so. Nun denn, eigentlich wollte ich die Sache mit deinem Großvater besprechen und dich nicht weiter behelligen, weil du mitten im Abitur steckst, aber ...« Er brach ab und seufzte tief.

Mir rutschte das Herz in die Hose. »Welche Sache?«

»Die Sache mit Simon. Sag bloß, du weißt nichts davon?«

Ich schüttelte den Kopf und mein Herz rutschte noch ein wenig tiefer.

»So, so. Dein kleiner Bruder hat wiederholt in den Papierkorb im Klassenzimmer gepinkelt. Als seine Lehrerin ihn beim letzten Mal davon abhalten wollte, hat er sie in die Hand gebissen und anschließend einen seiner, nun ja, Aussetzer gehabt.«

»W-w-w …«

Der Rektor atmete empört durch. »So geht das nicht weiter, Johannes! Ich glaube, dass Simon ernsthaft krank ist und dringend Hilfe braucht. Da ich deinen Großvater nicht erreichen konnte, habe ich mich mit Frau Beinlich von der Fürsorge in Verbindung gesetzt. Die ist ja schließlich für euch zuständig. Und wir sind uns einig. Dein Bruder wird sich einer amtsärztlichen Untersuchung unterziehen.«

Ich starrte ihn fassungslos an. Er reichte mir über seinen Schreibtisch hinweg einen Zettel. »In einer Woche. Hier steht der Termin und wohin er zu kommen hat. Es ist nur zu seinem Besten.«

Mechanisch stopfte ich den Zettel in die Hosentasche und stand auf. Kaum hatte ich die Tür des Rektors geschlossen, sprintete ich los, so als könnte ich die Katastrophe noch abwenden, wenn ich nur schnell genug rannte. Doch schon während meiner wilden Jagd war mir klar, dass die Sache eigentlich gelaufen war.

2008

»Kannst du mir verflucht noch mal verraten, warum du mich siebenunddreißigmal angerufen hast?« Jakobs Stimme klingt irgendwie verzerrt, als wäre er sehr weit weg. »Ist was passiert?«

»N-n-nein. D-d-doch.«

Philipp bedeutet mir fuchtelnd, dass ich ihm das Telefon geben solle. Erleichtert strecke ich ihm das Handy hin.

»Wo steckst du gerade?«

»Philipp?«

»Jep.«

»Bist du etwa bei Johannes?«

»Jep.«

»Was machst du da?«

»Urlaub. Also, wo bist du?«

»Im Flieger.«

»Wohin?«

»Von New York zurück nach London. Sag mal, was ist denn los?«

»Wenn du einen Zwischenstopp in Hamburg einlegst, erzähl ich's dir.«

»Was soll ich?«

»Du sollst nach Hamburg kommen. Wir müssen was besprechen.«

»Schon wieder? No way. Sag einfach, was los ist. Das können wir auch am Telefon klären.«

»Nein. Komm nach Hamburg«, sagt Philipp, legt auf und stellt erst mein und dann sein Handy aus.

»Was machst d-d-du?«

»Ich habe keine Lust, dass der Hornochse jetzt dauernd anruft und nervt. Der soll seinen Hintern gefälligst herbewegen. Und das tut er am ehesten, wenn er nicht weiß, worum's geht. Kennst ihn doch. Neugier siegt.«

»Und was m-m-machen wir so lange?«

»Wir besuchen erst mal den feinen Herrn Löwe.«

Auch Philipp hatte nach zwei Seiten genug von Opas Tagebuch. »So ein wirres Geschreibsel«, meinte er. »Und so verdammt pathetisch. Typisch Opa. Was für ein Mist!«

Mehr hat er bislang nicht dazu gesagt, und ich habe ihm angesehen, dass er das Gelesene erst einmal verdauen muss. Es geht mir nicht anders. *Gehorsam bis in den Tod. Der Sache verpflichtet.* Mein Hirn weigert sich, darüber nachzudenken.

Auf der Fahrt zur Kanzlei frage ich Philipp, was wir eigentlich bei Löwe wollen.

»Ganz einfach. Den setzen wir ein bisschen unter Druck. Der hat uns doch diese verdammte Kiste gegeben. Dann soll er sich jetzt auch mal dazu äußern. Außerdem möchte ich zu gern wissen, wohin Frau Gonzales entschwunden ist und warum sie nicht mit uns redet, die gute Omi Hedwig ...« Er lacht scheppernd, und ich finde, dass er klingt, als sei er kurz vorm Nervenzusammenbruch.

In der Heimhuder Straße stehen wir vor verschlossener Tür. Philipp klingelt, er klopft, er hämmert. Keiner öffnet.

»Lass es g-g-gut sein«, meine ich.

»Nix da!« Er geht die Eingangstreppe wieder hinunter

und um das Haus herum. Ich folge ihm wohl oder übel und sehe gerade noch, wie er sich über eine Mauer schwingt, hinter der der Garten liegt. Ich zögere kurz, dann klettere ich hinterher. Mein Bruder hat sich schon durch die Rhododendren gearbeitet und späht durch ein Fenster im Erdgeschoss.

»Kann ich den Herren in irgendeiner Art und Weise behilflich sein?« Die strenge Dame mit dem Dutt schaut aus einer Terrassentür heraus und mustert uns böse.

Philipp kriecht aus dem Gebüsch und klopft sich entspannt die Hose ab, keine Spur eines schlechten Gewissens. »Ah, ist also doch jemand zu Hause! Wie schön. Wir möchten Herrn Löwe sprechen.«

»Das ist leider nicht möglich.«

»Warum?«

»Das geht Sie zwar überhaupt nichts an, aber Herr Löwe ruht und darf nicht gestört werden.«

»Na dann!«, sagt Philipp vergnügt. »Dann warten wir eben im Garten, bis Herr Löwe fertig geruht hat. Ist ja gutes Wetter.«

»Sie verlassen jetzt sofort das Grundstück ...«

»... oder was? Rufen Sie dann die Polizei? Nur zu. *Wir* haben nichts zu verbergen.«

Sie schaut uns ungerührt an, sagt aber nichts mehr. Stattdessen macht sie einen Schritt zurück ins Haus und schließt die Terrassentür.

»L-l-los, lass uns abhauen!«

»Nee, wir warten. Pass auf, der kommt gleich ...«

Philipp behält recht. Nach etwa zwanzig Minuten öffnet sich die Terrassentür erneut, und Friedrich Löwe tritt heraus, bekleidet mit einem altmodischen Morgenmantel und einem verschlafenen Ausdruck im Gesicht.

»Philipp, Johannes! Ich habe nicht mit Ihrem Besuch

gerechnet. Sie sehen mich etwas überrascht. Was kann ich denn …«

»Wollen Sie uns nicht erst mal hereinbitten?«, unterbricht ihn Philipp.

»Oh, entschuldigen Sie. Natürlich, natürlich, treten Sie doch bitte ein.«

Wir folgen ihm durch ein dunkles Wohnzimmer mit schweren Eichenmöbeln, Ledersofa und Regalen bis unter die Decke, in denen tatsächlich Bücher stehen. Dann geht es durch den Flur, den wir schon kennen, in das merkwürdige Arbeitszimmer. Alles ist unverändert.

»Bitte setzen Sie sich doch«, sagt Herr Löwe und nimmt hinter dem Schreibtisch Platz.

»Danke.« Philipp nickt knapp und bleibt stehen.

Ich tue es ihm gleich.

Der Anwalt betrachtet uns schweigend, schließlich räuspert er sich. »Nun, was führt Sie zu mir?«

»Als ob Sie sich das nicht denken können! In der Kiste, die Sie uns übergeben haben, war eine Art Tagebuch versteckt.«

»Ein Tagebuch? Das habe ich ja gar nicht …« Friedrich Löwe richtet sich ruckartig auf und drückt das Kreuz durch. Seine Augen hinter der dicken Brille sind jetzt hellwach und blinzeln nervös. »Ein Tagebuch also. Haben Sie es schon gelesen?«

»Das haben wir«, behauptet Philipp. »Und wir reden jetzt mal Klartext. Was hat unser Großvater in Argentinien gemacht?«

»Nun, er hat dort etliche Jahre gelebt. Und versucht, sich eine neue Existenz aufzubauen. Dann ist er wieder nach Deutschland zurückgekehrt.«

»Aber warum ist er ausgewandert?«

»Nun ja, viele Deutsche haben damals nach dem Zusammenbruch des Dritten Reichs ihr Land verlassen. Das war durchaus nichts Ungewöhnliches.«

Ein schneller Seitenblick auf meinen Bruder sagt mir, dass er mit der vagen Antwort nicht zufrieden ist. Er tritt nun etwas näher an den Schreibtisch heran. »Und was ist mit unserer Großmutter?«

Herr Löwe zuckt zusammen. »Wie meinen Sie das?«

»Unsere Großmutter! Wo steckt die?«

»Es tut mir leid, aber das entzieht sich meiner Kenntnis.«

»Lügen Sie mich nicht an!« Mein Bruder ist gefährlich leise geworden.

»Ich bin wirklich nicht befugt ...«

Mit einem Satz ist Philipp am Schreibtisch, packt den Anwalt am Kragen, zieht ihn vom Stuhl hoch und schüttelt ihn kräftig. »Wo ist unsere Großmutter, verflucht noch mal?«

»San Miguel de Tucumán«, röchelt Friedrich Löwe.

Mein Bruder lässt den Anwalt wieder auf seinen Stuhl fallen, greift in die Innentasche seines Jacketts und haut einen Zettel auf den Schreibtisch. »Da! Adresse! Sofort!«

Löwe sucht mit zitternden Fingern einen Stift und kritzelt etwas auf das Stückchen Papier.

»Na also, geht doch«, meint Philipp zufrieden. »Danke, wir empfehlen uns.«

Wir verlassen das Haus durch den Vordereingang, Philipp pfeift vergnügt vor sich hin.

»D-d-das hätte ich dir g-g-gar nicht mehr zugetraut«, sage ich.

»Ach, weißt du, der Born steckt einem eben in den Knochen, lebenslang. Und manchmal tut's ganz gut, wenn man ihn rauslässt.«

Mein kluger Bruder irrt sich auch in Bezug auf Jakob nicht. Am nächsten Abend klingelt es Sturm. Jakob betritt die Wohnung und knallt seinen Rollkoffer in die Ecke, er scheint genervt zu sein.

»Wo ist Philipp?« Wie immer keine Begrüßung.

»T-t-telefoniert. Im Wohnzimmer.«

»Aha. Was macht der eigentlich hier? Sollte der sich nicht um irgendwelche Herzkranzgefäße kümmern?«

»K-k-kurztrip in die Hansestadt.« Ich finde, es steht mir nicht zu, Jakob über die berufliche Veränderung unseres Bruders aufzuklären.

»Aha. Hast du ein Bier für mich?«

»K-k-klar.«

Wir setzen uns in die Küche.

»Mit wem telefoniert der eigentlich?«

»Mit Argentinien.«

»Argentinien?«

Philipp hat von der Auskunft eine zur Adresse gehörige Telefonnummer bekommen. Seitdem versucht er nahezu unterbrochen, dort anzurufen. Aber entweder geht keiner ran oder es wird aufgelegt, wenn er sich meldet.

Als Philipp sich schließlich zu uns gesellt, erzählen wir Jakob von den Ereignissen. Für seine Verhältnisse hört er einigermaßen ruhig zu und unterbricht uns kaum.

»Wir haben eine Großmutter?«, fragt er am Ende unseres Berichts ungläubig.

»K-k-klar. Jeder hat eine G-g-großmutter.«

»Ich meine … Die lebt? In Argentinien? Und Opa war auch … Scheiße.« Jakob fasst sich an den Kopf. »Mann, du hättest den Krempel echt wegschmeißen sollen.«

»Zu spät.«

»Scheiße. Euch ist bewusst, was das heißt?«

»Was d-d-denn?«

»Na, überleg mal. Wer hat sich denn damals Richtung Südamerika vom Acker gemacht? Das waren doch nur irgendwelche Nazi-Bonzen.«

»Opa war doch k-k-kein Nazi! D-d-das wüssten wir.«

»Nee, logisch.« Jakob lacht böse. »Genau so wie wir wussten, dass er in Argentinien gelebt hat. Dass unsere Mutter dort aufgewachsen ist. Und dass unsere Großmutter wohl noch immer da ist.«

Eine Weile schweigen wir uns an. Gehorsam bis in den Tod, schießt es mir durch den Kopf.

»Und jetzt?«, frage ich irgendwann in die Stille hinein.

»Jetzt gehen wir einen trinken. Aber mal so richtig«, sagt Philipp.

Genau das tun wir. Trinken. Richtig. Drei zerzauste Wölfe an der Bar, die in stillschweigender Übereinkunft nicht miteinander reden.

Am Tag darauf passt mein Quadratschädel gerade eben durch die Tür. Ich stolpere in die Küche, um Kaffee aufzusetzen. Die anderen Schnapsleichen schlafen noch. Auf dem Tisch liegt mein Handy, es blinkt auffordernd, eine SMS: »Musst du kommen. Simon geht nicht gut.«

Auch das noch, denke ich und wühle in der Schublade nach den Alka-Seltzer. Ania wird ein wenig warten müssen, in meinem Zustand kann ich mich unmöglich hinters Steuer setzen. Ich höre es irgendwo rumpeln, Jakob stürzt, eine Hand auf den Mund gepresst, aus dem Gästezimmer direkt ins Bad und erbricht sich ins Waschbecken. Schnell löse ich eine zweite Tablette auf.

Als er zu mir in die Küche wankt, halte ich ihm das Glas

entgegen. Er wischt sich den Mund mit dem Ärmel ab und nimmt es.

»Ich fahre n-n-nachher zu Simon. K-k-kommst du mit?«

Er nickt trübe. »Wenn's sein muss.«

Auch Philipp erscheint auf der Bildfläche, er sieht frisch und ausgeruht aus. Wahrscheinlich hat seine Leber, die sich im permanenten Ausnahmezustand befindet, den gestrigen Abend als *business as usual* abgehakt. Ein Alka-Seltzer lehnt er dankend ab.

»Und? Was machen wir heute?«, fragt er fröhlich.

»Wir fahren zu Simon«, antwortet Jakob.

»Prima. Bin dabei.« Auf der Suche nach etwas Essbarem öffnet Philipp alle Schranktüren und summt dabei vor sich hin.

»Kannst du mir mal verraten, warum du so gute Laune hast?«, fährt Jakob ihn an. »Das ist ja unerträglich.«

»Hab ich gar nicht. Reine Übersprungshandlung. Dem Hirn ein wenig suggerieren, dass es mir gut geht.«

Aus irgendwelchen Resten, die er in der Pfanne anbrät, macht Philipp ein Frühstück, das gar nicht mal so schlecht schmeckt. Danach geht es mir erheblich besser und nach einem dritten Kaffee fühle ich mich in der Lage, die Fahrt in die Provinz anzutreten.

Als wir auf den Hof biegen, kommt Ania gerade aus dem Atelier. »Oh«, sagt sie, als sie die verkaterten Gestalten aus dem Wagen klettern sieht. »Ganze Mannschaft.«

Mir zwinkert sie zu. Und ich freue mich außerordentlich über diese kleine Vertraulichkeit. Bevor ich mich darüber wundern kann, stürmt Simon schon über das Kopfstein-pflaster und reißt uns nacheinander in seine Arme. Er lacht, sein Blick ist wach und klar, gut sieht er aus – und nicht wie einer, dem es gerade schlecht geht.

Wir setzen uns zusammen in die Wohnküche und reden über Belanglosigkeiten, bis Simon sich zu mir beugt und verschwörerisch in mein Ohr raunt: »Und?«

»Und was?«

»Hast du dir die Sachen angeschaut?«

Ich nicke verstohlen.

»Erzähl!«, ruft er aufgeregt.

»Was soll Johannes erzählen?«, fragt Philipp irritiert.

»Von den Sachen aus der Kiste!«

»Johannes, ich glaube nicht, dass Simon …«

»Ach, Quatsch«, fällt Jakob Philipp ins Wort. »Es ist auch sein Großvater. Er hat ein Recht zu wissen, was wir wissen.« Und dann gibt er ihm eine Kurzfassung der neuesten Ereignisse.

»Seht ihr!« Simon hält triumphierend einen Finger in die Luft. »Ich hab's doch gleich gewusst: Da ist was mit!«

Ich nicke wieder.

»Ihr wisst bestimmt, was wir jetzt tun müssen, oder?« Simon sieht uns erwartungsvoll an.

»N-n-nein …«

»Wir müssen nach Argentinien fahren! Zu dieser Frau!«

Jakob tippt sich an die Stirn. »Du hast sie doch nicht mehr alle …«

Simon strahlt ihn an. »Ich weiß.«

»Also …«, meint Philipp gedehnt. »Ehrlich gesagt, ist Simons Idee gar nicht schlecht. Wir wollen doch alle Klarheit haben, was der Alte da getrieben hat.«

Ich schlucke. Ich bin mir nämlich nicht sicher, ob ich Klarheit haben will.

»Du bist genauso bekloppt. Lies doch einfach das Tagebuch zu Ende, da wird schon alles drinstehen. Dafür musst du doch nicht nach Argentinien fliegen.« Jakob deutet erneut eine Meise an.

»Da steht nicht wirklich was. Als ihr gestern Nacht ins Koma gefallen seid, hab ich noch mal ein bisschen quergeblättert. Diverse theatralische Andeutungen, wie Opa nun mal war, nichts Konkretes. Wir müssen schon Frau Gonzales fragen. Und ans Telefon geht sie leider nicht.«

»Nee, ist klar!« Jakob lacht spöttisch. »Wir lassen hier mal eben alles stehen und liegen, um am Ende der Welt durch die Pampa zu irren und mit einer Frau zu sprechen, die nichts mit uns zu tun haben will.«

»Jep, so in etwa habe ich mir das vorgestellt.« Philipp verschränkt die Arme vor der Brust. »Zeit hätte ich. Was ist mit dir, Johannes?«

Ich schließe die Augen. Ich will nicht, ich will nicht, ich will nicht, denke ich. Dann senke ich ergeben den Kopf. »K-k-klar, krieg ich irgendwie hin.«

Simon haut mit der Faust auf den Tisch, dass es kracht. »Ha! Ich hab Zeit, und wie ich Zeit hab! Jede Menge.«

»Ich auch.« Ania, die bis eben so getan hat, als sei sie im Hintergrund mit wichtigen haushalterischen Dingen beschäftigt, ist zu uns an den Tisch getreten. »Simon zu weit weg von zu Hause. Ohne mich kommt nicht in Tüte. Ist gefährlich.« Ob es gefährlich für ihn oder für die anderen ist, lässt sie offen. Wahrscheinlich trifft beides zu.

Fast gleichzeitig sehen wir nun alle zu Jakob. Der starrt mit offenem Mund zurück, dann steht er abrupt auf. »Ihr seid so was von durchgeknallt, das glaubt ihr gar nicht. Totaler Hackenschuss. Nach Argentinien. Mit Simon. Und der polnischen Haushälterin. Was Bescheuerteres habe ich in meinem ganzen Leben noch nicht gehört.« Er wendet sich zum Gehen. »Macht, was ihr wollt. Ich bin raus aus der Nummer.«

Die Tür knallt. Weg ist er.

DAMALS

Aus Simons Sicht war sein Verhalten im Unterricht durchaus schlüssig und nicht zu beanstanden. Er hatte gemusst, dringend. Und die Lehrerin hatte ihn nicht gelassen, wiederholt. Also hatte er sich den Papierkorb geschnappt, er konnte schlecht direkt auf den Boden pullern. Außerdem hatte er sich mit dem Behältnis nach hinten in eine Ecke des Klassenzimmers verzogen, um niemanden zu stören. Alles einwandfrei.

»Aber warum hast d-d-du sie gebissen?«

»Sie hat gesagt, wir sind nicht in Afrika, und auch wenn ich ein halber Neger bin, müsste ich mich trotzdem benehmen.«

In meinem Hirn arbeitete es fieberhaft. Etwas über eine Woche blieb mir nur, um Simon irgendwie auf seinen Termin beim Amtsarzt vorzubereiten. Opa wollte ich aus der Sache unbedingt raushalten. Ich hatte zu große Angst, dass er sich wieder an Jakobs Vater wendete und der meinen kleinen Bruder sofort verklappte.

Ich hatte bei Jakob im Internat angerufen und versucht, ihm eine Nachricht zu hinterlassen. Aber war in Aufregung mein gestottertes Deutsch schon schwer zu ertragen, verstand man mich auf Englisch überhaupt nicht mehr; jedes Mal wurde am anderen Ende der Leitung genervt aufgelegt.

Philipp schließlich hatte die zündende Idee. »Der darf nur nicht sauer werden oder Schiss kriegen, dann geht das klar«, meinte er. »Wir brauchen ein paar Pillen, die ihn ruhigstellen.«

»Oder 'nen kl-kl-kleinen Asbach?«, schlug ich vor, weil der leichter zu besorgen war als irgendwelche Tabletten.

»Nee.« Philipp schüttelte resolut den Kopf. »Dann hat er 'ne Fahne, das merken die. Lass mich mal machen …«, sagte er und verschwand.

Tatsächlich tauchte er kurze Zeit später wieder auf, die Hosentaschen voller kleiner weißer Schachteln. »Benzos«, meinte er fachmännisch. »Voll geiles Zeug.«

Ich fragte lieber nicht nach, woher er das voll geile Zeug hatte, wahrscheinlich stammte es aus der *Schul-Apotheke*, wie wir die Ecke des Pausenhofs nannten, in der gedealt wurde.

»So, jetzt müssen wir nur noch die richtige Dosierung rausfinden.« Philipp las sich den Beipackzettel durch und ließ Simon eineinhalb von den blauen Tabletten einwerfen.

»N-n-nicht dass wir ihn aus Versehen umbringen!«

»Quatsch, vertrau mir …«

Das Medikament wirkte erstaunlich schnell. Simon schlief zügig ein und zwanzig Stunden durch.

»Hmm, war wohl 'n büschen viel«, meinte Philipp und experimentierte weiter mit seinem Versuchskaninchen.

Nach fünf Tagen hatte er raus, dass eine Viertel-Tablette die gewünschte Wirkung erzielte. Simon war entspannt, für mein Empfinden lächelte er ein wenig debil, aber wenn man ihn nicht kannte, fiel es nicht weiter auf.

In seinen wachen Momenten übte ich mit meinem kleinen Bruder. Ich ließ ihn mit geschlossenen Augen auf Zehenspitzen gehen, eine Rolle vorwärts und rückwärts machen und andere Sachen, von denen ich mir vorstellte, dass ein Amtsarzt sie abrufen würde.

Am Tag des Termins fühlten wir uns einigermaßen gewappnet. »D-d-du musst überhaupt k-k-keine Angst haben!«, sagte ich zu ihm. »D-d-da passiert nix Schlimmes.«

»Ich habe keine Angst.« Simon lächelte debil. »Ihr seid doch bei mir.«

Zu dritt marschierten wir zur Behörde und meldeten uns bei der Vorzimmerdame des Amtsarztes an. Die betrachtete uns abschätzig.

»Setzen! Und still sein! Es geht gleich los.«

Nach wenigen Minuten öffnete sich die Tür zum Untersuchungsraum, und wir drei standen auf.

»Da kann nur einer mit rein, dass das klar ist!«, bellte die Sekretärin.

Philipp hockte sich wieder hin und blinzelte uns aufmunternd zu. Simon und ich betraten das Zimmer, ein älterer Herr mit Rauschebart und Nickelbrille empfing uns und schloss die Tür. »Ich hoffe, der Drachen da draußen hat euch in Ruhe gelassen. Na, dann wollen wir mal.«

Der Arzt klopfte auf einen dicken Stapel Unterlagen, der auf seinem Schreibtisch lag – unsere Akte von der Fürsorge. »Nach allem, was ich gelesen habe, hast du ja ein bisschen was durch, mien Jung. Da kann man durchaus überreagieren. Keine Bange, wir kriegen das hier schon hin.«

Simon sollte sich bis auf die Unterhose ausziehen, die ihm um die Pobacken schlackerte.

»Oha, da muss wohl jemand die Sachen vom großen Bruder auftragen. Das kenne ich.« Der Arzt grinste.

»D-d-drei große B-b-brüder«, warf ich ein.

»Na, das ist ja noch besser. Da hast du immer jemanden, der auf dich aufpasst«, meinte der Rauschebart und fixierte mich kurz und nachdenklich.

Simon wurde vermessen, gewogen, abgehorcht und abgeklopft – all das begleitet vom wohlwollenden Brummen des Mediziners. »So, mien Jung, das war's auch schon. Jetzt ziehst du dich wieder an, setzt dich auf deinen Mors und erzählst mir mal, wieso die Schule dich zu mir geschickt hat«.

Simon erzählte es ihm haarklein.

»›Halber Neger‹ hat sie zu dir gesagt?«

Simon nickte ernst.

»Hmm, hmm.« Der Arzt beugte sich über seinen Tisch und begann, zwei Formulare auszufüllen. Das eine reichte er mir, das andere heftete er in unsere Akte. Dann griff er noch in seine Schreibtischschublade und holte ein kleines Kärtchen heraus, das er auch mir zuschob. »Ein Freund und Kollege von mir«, sagte er ohne weitere Erklärung. »Vielleicht wirst du bei dem mal vorstellig, junger Mann. So, nun aber raus mit euch an die frische Luft, bevor ich's mir anders überlege.«

Ich steckte die Karte in meine Hosentasche, nahm Simon an meine schweißnasse Hand, vor der Tür schloss sich uns Philipp an, und wir rannten auf die Straße.

Erst dort wagte ich, einen Blick auf den Zettel zu werfen. »Altersgerechte Entwicklung, vollkommen unauffällig, aufgeweckter Junge«, las ich und fing vor lauter Erleichterung fast an zu heulen.

Am nächsten Tag lauerte ich dem Direktor in der großen Pause vor seinem Büro auf. Ich drückte ihm den Zettel in die Hand.

»Mit meinem B-b-bruder ist alles in Ordnung!«, sagte ich und war versucht, ihm die Zunge rauszustrecken. Aber aus dem Alter war ich definitiv raus.

Alles in allem, fand ich, hatte ich unser Leben gut im Griff, das Abi quasi in der Tasche, Simon gerettet, Jakob – wenn auch ohne mein Dazutun – aus der Schusslinie gezogen, Philipp irgendwie schon auf dem rechten Weg. Es wurde Zeit, dass ich mich mal um mich selbst kümmerte und mir über meine Zukunft Gedanken machte, zumindest über die nahende nach dem Sommer.

Ich hatte nicht wirklich einen Schnall, was ich nach der Schule anfangen sollte. In meinen kühnsten Träumen sah ich mich hinaus in die Welt ziehen, ferne Länder erkunden, etwaige Gefahren überwinden und Abenteuer bestehen – ein wenig wie Hemingway, die Buddel Rum und die Reiseschreibmaschine im Gepäck. Realistisch betrachtet, kam das nicht infrage. Ich konnte Opa und meine Brüder kaum allein lassen, so dachte ich jedenfalls.

Aber etwas musste ich machen, eine Ausbildung vielleicht, besser noch einen Job, der ordentlich Kohle abwarf, wir hatten's ja nicht so dicke. Aber allein der Gedanke, mich irgendwo vorzustellen, verursachte mir Magenschmerzen. Natürlich traute ich mir zu, eine passable Bewerbung zu schreiben. Doch spätestens wenn man mich persönlich kennenlernen wollte und ich gezwungen war, das erste Mal den Mund zu öffnen, konnte ich die Sache wohl knicken.

Nicht nur ich zerbrach mir den Kopf, wie es weitergehen sollte mit mir. Großvater fing mich eines Tages nach der Schule ab und setzte sich mit mir an den Küchentisch.

»Bald beginnt nun für dich der Ernst des Lebens«, begann er feierlich, und ich stellte die Ohren auf Durchzug. »Hast du denn schon Pläne geschmiedet?«

Ich zuckte mit den Schultern und wappnete mich innerlich gegen die Ansprache, die nun unweigerlich folgen musste, gespickt mit den üblichen Schlüsselphrasen wie »Verantwortung übernehmen« oder »seinen Mann stehen«. Opa aber nickte nur nachdenklich und räusperte sich erneut. »Eure Mutter hat euch alle auf das Gymnasium geschickt, damit einmal etwas wird aus euch und ihr hier rauskommt. Damit ihr es mal besser habt als ... nun ja.«

Beim Wort *Mutter* schaltete ich von Durchzug auf Aufmerksamkeit. Wir erwähnten sie sonst nicht, wir nannten nie ihren Namen oder redeten gar über das Vergangene, so als könne Unausgesprochenes auch nicht wirklich geschehen sein.

»Deshalb hat sie über die Jahre ein wenig Geld zur Seite gelegt«, fuhr Opa fort. »Und auch ich habe gespart, was möglich war. Wenn du nun also gerne auf die Universität gehen möchtest, du bist schließlich ein schlauer Kerl, dann solltest du das auch tun. Finanziell bekommen wir das jedenfalls hin, daran soll es nicht scheitern.«

Er schaute mich auffordernd an, ich starrte mit offenem Mund zurück. Mit allem hatte ich gerechnet, damit nicht. Dass unsere Mutter so vorausschauend gewesen sein sollte, für unsere Ausbildung zu sorgen, war kaum vorstellbar. Sie hatte sich schließlich schon schwer damit getan, den Überblick über den Inhalt des Kühlschranks zu behalten. Und wovon hätte Opa etwas zurücklegen sollen? Immerzu jammerte er, dass er arm sei wie eine Kirchenmaus.

Ich beschloss, keine dummen Fragen zu stellen, sondern die Gelegenheit beim Schopf zu packen. Universität! Studieren! Warum denn nicht! Wenn es Knete dafür gab, aus welchen ominösen Quellen auch immer – her damit! Also nickte ich begeistert wie ein Wackeldackel, Opa tätschelte kurz mein Knie und wuchtete sich ächzend hoch.

»Dann wäre das ja geklärt«, meinte er und verschwand nach unten in seine Eckkneipe.

In den folgenden Tagen war ich vollauf damit beschäftigt, mich meiner verheißungsvollen Zukunft zu widmen. Ich besorgte mir ein Vorlesungsverzeichnis der Universität Hamburg, alle möglichen Formulare und Informationsblätter, machte mich schlau über Einschreibefristen und Zulassungsbeschränkungen.

Abends saß ich auf dem Boden meines Zimmers, inmitten eines Wustes aus Blättern, und brütete vor mich hin. Nach meiner anfänglichen Euphorie war ich schnell ernüchtert. Alle Studiengänge, die mich halbwegs ansprachen, Germanistik etwa, waren mit einem Numerus clausus belegt. Dafür würde mein Abi nie im Leben reichen. Aber ich hatte die freie Wahl zwischen Abwegigem wie Althebraistik, Sprachen und Kulturen Indiens und Tibets oder Neogräzistik. Bei Letzterem konnte ich mir noch nicht einmal vorstellen, was sich dahinter verbarg. Zumindest klang es wahnsinnig intellektuell.

Es nützte nichts, ich musste zur Studienberatung gehen. Zum Glück gab es eine offene Sprechstunde. Im Vorraum herrschte gähnende Leere. Ich setzte mich auf eine klapprige Holzbank, scharrte nervös mit den Füßen über das abgewetzte Linoleum und wartete.

Irgendwann öffnete sich eine der Türen, und heraus kam ein Typ in den Zwanzigern, Strickpullunder, hellblaues Hemd, Bundfaltenhose, eindeutig Modell Schnösel, und sah mich erstaunt an. »Wartest du schon lange?«

Ich schüttelte verneinend den Kopf.

»Manchmal macht's ja Sinn anzuklopfen ... Na, egal, dann komm rein.«

Ich folgte ihm in das Büro.

»Was willst du wissen?«, eröffnete er das Gespräch, während er gelangweilt in Unterlagen blätterte, die vor ihm lagen.

»Ich m-m-möchte studieren, weiß aber n-n-nicht g-g-genau, was.«

Seine rechte Augenbraue zuckte unwillkürlich nach oben. Er versuchte, sich nichts anmerken zu lassen, aber ich sah sie sofort in seinen Augen, diese mir nur zu gut bekannte Mischung aus Mitleid, Häme und Ablehnung. Ich beschloss, ihn nicht zu mögen.

»Hast du denn schon einen ungefähren Berufswunsch oder irgendwelche besonderen Neigungen?«

Ich zuckte mit den Schultern. »Nichts K-k-konkretes. Ich schreibe g-gern G-g-geschichten. Ich lese g-g-gern. L-l-literatur und so. Was mit Sprache.«

»Mit Sprache, so, so …« Die Augenbraue zuckte noch zwei Millimeter höher. »Was liest du denn so?«

»Hemingway.«

»Aha. Und du machst jetzt gerade dein Abitur?«

Ich nickte.

»Note?«

»Weiß ich n-n-noch nicht. Aber k-k-keine Eins vorm K-k-komma.«

»Hmm, hmm.« Er rollte mit seinem Bürostuhl nach rechts, wo an der Wand ein großes Regal mit unübersichtlich vielen kleinen Fächern stand. Behände zog er Zettel heraus, die er im Stapel vor mir auf den Tisch klatschte. »Da! Nimm das mal mit und lies es dir in Ruhe zu Hause durch. Das könnte vielleicht etwas für dich sein. Wenn du Fragen hast, kommst du wieder, dann sehen wir weiter.«

Ich schaute ihn verblüfft an. Das sollte die ganze Beratung gewesen sein?

»Ach, noch was …« Erneut rollte er weg, schnappte sich noch ein Blatt und rollte wieder heran. »Da! Antrag auf Härtefall.«

»Härtefall?«

»Ja, wegen deiner Behinderung. Brauchst natürlich ein ärztliches Gutachten, aber das wird ja bei dir kein Problem sein …«

Behinderung? Ich starrte den Schnösel an. »Ich b-b-bin nicht b-b-behindert!«

»Na ja, musst du selber wissen. Also, war's das fürs Erste oder hast du noch Fragen?«

Ich stand einfach auf, schnappte mir die Zettel und verließ grußlos den Raum. *Behinderung!* Was für ein Arschloch.

Trotzdem sah ich mir zu Hause die ganzen Zettel in aller Ausführlichkeit an. Zwei der vorgeschlagenen Studiengänge gefielen mir sogar ausnehmend gut: Amerikanistik und So- zial- und Wirtschaftsgeschichte. Ersteres selbstredend wegen meines Faibles für den alten Ernest. Zweites, weil es hier vor allem um die gesellschaftlichen Zusammenhänge der nähe- ren Vergangenheit gehen sollte und man nicht durchs tiefe Neandertal wandern musste. Und beide ohne NC.

Drei Wochen später erfuhr ich meine Note: eine Zwokom- masieben – nicht brillant, aber auch nicht richtig schlecht. Ich fackelte nicht lange und schrieb mich gleich für beide Studiengänge ein. Was man hat, hat man, dachte ich.

Bei meinen folgenden Telefonaten mit Jakob machte ich or- dentlich einen auf Graf Rotz. Schon seit geraumer Zeit war er mir mit dem Gerede über sein »Elite-Internat« und wie »sophisticated« dort alle, insbesondere er, waren, auf die Nerven gegangen. Nun konnte ich dagegenhalten. Schließ- lich war ich jetzt ein Student, quasi ein Intellektueller, und zu Höherem berufen. Da konnte er schlecht mithalten.

Jakob zeigte sich auch gebührend beeindruckt. »Cool, ey,

richtig cool«, meinte er. »Das muss gefeiert werden! Mal gut, dass bald Sommerferien sind. Wenn ich nach Hause komme, machen wir 'ne ganz fette Sause.«

»K-k-klar, ich schmeiß 'ne Runde«, sagte ich gönnerhaft.

»Cool«, wiederholte er, nur um mir im folgenden Satz doch noch einen einzuschenken. »Und mach dir mal keinen Kopf. An so 'ner Universität gibt's ja hauptsächlich Vorlesungen. Da setzte dich nur hin und hörst zu. Reden musste da gar nicht ...«

Wie immer hatte Jakob den wunden Punkt getroffen. Natürlich machte ich mir einen Kopf darüber, wie ich an der Uni mit meinem sprachlichen Unvermögen zurechtkommen würde. In der Schule, am Born, im Haus lief es einigermaßen. Das waren sozusagen geschützte Räume. Jeder kannte mich, jeder wusste, dass ich stotterte, alle hatten sich daran gewöhnt. Und keiner – außer Jakob – machte dämliche Bemerkungen, schon gar keiner, der nicht zur Familie gehörte. Schließlich waren meine Brüder und ich dafür bekannt, dass wir schon aus nichtigeren Anlässen gern die Fäuste schwangen.

An der Universität würde mich erst einmal keine Sau kennen. Und auch wenn ich mir vorstellte, dass dort alle irgendwie vornehmer wären und irgendwie so wahnsinnig gebildet, dass sie sich nicht zu Hänseleien herabließen – sicher war ich mir nicht. Jedenfalls würde ich mich kaum prügeln können, wenn einer hinter meinem Rücken tuschelte. Am besten war es wohl, am Anfang einfach die Klappe zu halten und einen auf großer Schweiger zu machen. Alles Weitere würde sich dann schon finden, hoffte ich und setzte vorerst meine bewährten Verdrängungsmechanismen in Gang.

Tatsächlich nahte Hilfe, völlig unerwartet. »Johannes!«, schnaubte Berta eines Tages. »Ich habe dir schon tausend Mal gesagt, du sollst die Taschen ausleeren, bevor du deine Hosen zur Wäsche gibst. Guck mal, was ich gefunden habe! Das hätte wieder so einen Saukram gegeben!«

Empört wedelte sie mit einem kleinen Zettel vor meiner Nase herum und knallte ihn dann vor mir auf den Tisch. »Wolfram Harms – Fachpraxis für Logopädie« las ich – und erinnerte mich plötzlich, dass der Amtsarzt mir eine Karte zugesteckt, ich sie in die Jeans gestopft und einfach vergessen hatte.

Davon gehört, dass es so etwas gab, hatte ich natürlich. Diverse wohlmeinende Lehrer hatten mir während meiner Schullaufbahn mehr oder weniger diskret geraten, zum Logopäden zu gehen. Da mir mein Stottern aber unabdingbar erschien, es zu mir gehörte wie mein rechter großer Zeh und ich insgeheim nicht glaubte, dass man etwas daran ändern könnte, hatte ich diese Ratschläge tapfer ignoriert.

Nun saß ich in der Küche und hielt diese Visitenkarte in den Händen. Warum denn eigentlich nicht, dachte ich, kann ja einfach mal unverbindlich vorbeischauen bei diesem Harms. Schlimmer werden konnte es kaum. Aber nicht auszudenken, wenn dieser Logopäde etwas bewirkte!

Dann, ja dann, wäre ich ein neuer Mensch. Ein neues Leben begänne, eine glorreiche Zukunft – ganz ohne mitleidige Blicke oder ätzende Häme. Johannes im Glück, sozusagen. Nicht auszudenken!

2008

Nervös laufe ich am Flughafen-Terminal auf und ab. Es ist eine Unart von mir, überall und jederzeit zu früh zu kommen und gleichzeitig allen anderen zu unterstellen, sie würden sich verspäten. Dabei ist reichlich Zeit, erst in zweieinhalb Stunden wird unsere Odyssee beginnen.

Und für mich besteht kein Zweifel daran, dass es eine sein wird. Allein die elend lange Anreise, die uns bevorsteht – über Frankfurt fliegen wir nach Buenos Aires, dort müssen wir den Flughafen wechseln, dann geht es weiter nach San Miguel de Tucumán. Insgesamt werden wir etwa einen ganzen Tag lang unterwegs sein. Es ist nicht so, dass ich Angst vor dem Fliegen habe. Aber die Vorstellung, mich dem Piloten, also einem wildfremden Menschen, auszuliefern, verursacht mir Bauchschmerzen und Kopfweh gleichzeitig. Ein absoluter Kontrollverlust. Vielleicht habe ich doch Angst.

Bauchschmerzen machen mir auch die Kosten. Allein für die Flüge haben wir ein kleines Vermögen gezahlt, dazu noch ein Mietwagen für drei Tage. Zumindest die Unterkunft ist günstig, um nicht zu sagen billig. Hotel Miami, im Zentrum gelegen, schlappe achtzehn Euro fürs Doppelzimmer mit Frühstück. Für den Preis gibt's sogar einen Pool, den wir wahrscheinlich eher nicht nutzen werden. Meine Badehose jedenfalls liegt noch zu Hause im Schrank. Sowieso habe ich nur Handgepäck dabei, meine Mitreisenden habe ich gebeten, es ebenso zu halten. Kein unnötiger Ballast, in jeglicher Hinsicht.

»Jooo-hannes!«

Ich drehe mich um und sehe Simon auf mich zukommen – mit einem riesigen Rollkoffer, in seiner Bugwelle folgt Ania.

»Wollten wir uns n-n-nicht auf d-d-das Nötigste beschränken?«

»Muss alles mit!«, sagt er. »Wer weiß, was passiert. Ich will vorbereitet sein.«

»Ich hoffe, d-d-du hast da k-k-keine Messer oder andere Waffen drin ...«

»Nee, natürlich nicht. Nur ein paar Meißel und so.«

Ich frage lieber nicht nach, was »und so« ist. Ania gesellt sich zu uns und legt mir zur Begrüßung eine Hand auf die Schulter. Spontan drücke ich sie kurz an mich, um mich dann verlegen abzuwenden.

»Wo ist Philipp?« Sie schaut sich suchend um.

»K-k-keine Ahnung. K-k-kommt hoffentlich gleich.« Es ist mir ein Rätsel, warum er nicht mit mir zusammen zum Flughafen gefahren ist.

»Hast du gesprochen mit Jakob?«

Ich schüttele verneinend den Kopf. Diverse Nachrichten habe ich auf seine Mailbox gestottert. Ob er es sich nicht noch überlegen wolle. Wie gut es sei, wenn er mitkäme. Dass wir ihn bräuchten. Dass ich ihn ja verstünde, aber! Und ob er sich, verdammt noch mal, dazu herablassen könne, mich zurückzurufen.

Kein Rückruf, keine SMS, nichts.

»Ist komisch«, sagt Ania. »Hat keinen Grund, böse zu sein. Gar nicht.«

»Phiiiii-lipp!«, brüllt Simon und winkt aufgeregt.

Der schiebt sich durch die Menge auf uns zu, in der einen Hand eine Reisetasche, in der anderen sein Arztköfferchen.

»So«, schnauft er. »Da bin ich. Hab alles bekommen, was wir brauchen. Hat ein bisschen gedauert in der Apotheke, Scheißpapierkram wegen der großen Menge, aber jetzt sind wir equipped.«

Ich schaue ihn fragend an.

»Na ja, wer weiß, wie lange ich meine Approbation noch habe. Ich dachte, ich gehe auf Nummer sicher und besorge Simons Medikamente mal in der großen Vorratspackung ...«

Ich dränge die anderen zum Check-in. »Sie haben nur Handgepäck?«, fragt die sympathische Dame vom Bodenpersonal.

»Nee, nee«, antwortet Simon und wuchtet sein Trumm auf das Laufband.

Vierzig Kilo, das verfluchte Ding wiegt tatsächlich vierzig Kilo. »Oh!«, sagt die Dame und lacht. »Was nehmen Sie denn alles mit? Ein paar Steine?«

»Auch.« Simon nickt ernst.

Da wir anderen zum Glück kofferlos sind, fällt Simons Übergepäck nicht weiter ins Gewicht, wir bekommen unsere Tickets und begeben uns zum Gate.

Der Flug nach Frankfurt verläuft erwartungsgemäß unspektakulär. Als wir die Maschine nach Buenos Aires besteigen und ich erfreut feststelle, dass Ania direkt bei mir Platz nimmt, der andere Sitz neben mir aber frei bleibt, macht sich in mir eine trügerische Ferienstimmung breit.

Mein Anflug von guter Laune bekommt einen Dämpfer, als das Flugzeug nicht pünktlich startet.

»Mann, Mann, Mann«, raunt Philipp über den Gang hinweg. »Da glaubt wohl mal wieder jemand, dass ihm die

Welt gehört und er als Einziger nicht pünktlich am Gate sein muss.«

Philipp scheint recht zu haben, nach weiteren dreißig Minuten des Wartens wird es im vorderen Teil des Flugzeugs plötzlich unruhig und etwas lauter. »Was für eine Frechheit!«, ruft jemand. »Ja, haben Sie denn keine Uhr?«, ein Zweiter.

»Klappe halten, hinsetzen«, höre ich eine mir nur zu vertraute Stimme. »Wir sind schließlich lang genug in der Luft. Das holt der Pilot easy wieder auf.«

Kaum ist nach dem Start das Anschnallzeichen erloschen, schlendert Jakob durch den Gang auf uns zu. »Na«, sagt er zur Begrüßung, »da ist ja der gestörte Haufen. Und? Alles so weit in Ordnung bei euch?«

»Ich wusste, dass du mitkommst. Ich wusste es einfach. Ha!« Simon rutscht auf seinem Sitz hin und her.

»Ich kann euch Schwachköpfe ja schlecht alleinlassen. Ohne mich kommt ihr gar nicht klar.« Jakob grinst. »Anwesende Damen natürlich ausgenommen.« Er schenkt Ania einen schmachtenden Blick aus seinen blauen Augen.

Das plumpe Friedensangebot fruchtet nicht, sie mustert Jakob nur kühl. Ich dagegen bin unendlich erleichtert, selten habe ich mich so gefreut, meinen Bruder zu sehen.

»G-g-gut, dass du da b-b-bist«, sage ich und klopfe auffordernd auf den freien Sitz neben mir.

»Nee, nee, lass mal. Ich hau mich vorne gleich 'ne Runde aufs Ohr. Da sind die Sitze doch um einiges komfortabler. Außerdem werden wir in den nächsten Tagen noch genug Zeit miteinander verbringen.«

»Aber sehr nett von dir, dass du dem gemeinen Volk kurz Hallo sagst«, meint Philipp süffisant.

Jakob tippt sich kurz an die Stirn, dann trollt er sich in seine Königsklasse.

»Jakob ist merkwürdiger Mann«, stellt Ania fest. »Ist eingebildet. Und so kalt.«

»Nee, der t-t-tut nur so. Harte Schale, weicher K-k-kern.«

Zweifelnd zieht Ania die Augenbrauen nach oben und wühlt in ihrer Handtasche. »Hab ich Schlafmasken gekauft. Simon braucht viel Schlaf. Und schlafen wir gut auf Flug, haben wir Kraft, wenn wir ankommen.« Sie verteilt ihre Reise-Accessoires an uns, setzt sich ihre Maske auf und dreht sich zur Seite.

Das finde ich schade, ich hatte gehofft, mich ein bisschen mit ihr unterhalten zu können und sie dabei unauffällig auszufragen. Woher sie eigentlich genau stammt. Wie sie aufgewachsen ist. Was ihre Familie macht. Ob sie schon einmal verheiratet war – oder vielleicht sogar noch ist. Denn eigentlich weiß ich nichts über Ania, außer dass sie eine enorm tatkräftige Person ist, die ausgesprochen gut mit Simon klarkommt. Und dass ich sie mag, immer mehr.

Ich ziehe ein Buch aus meinem Rucksack, beginne zu lesen, nicke aber schon bald ein. Wach werde ich noch einmal kurz, weil mir der Roman aus der Hand rutscht und laut auf den Gang fällt.

Buenos Aires empfängt uns mit frischem Wind und milchiger Sonne. Von beidem bekommen wir nur wenig mit, da ich Jakobs Vorschlag, erst einmal in Ruhe frühstücken zu gehen, rigoros ablehne.

»Ey, wir haben fünf Stunden, bis der nächste Flieger geht. Wo ist das Problem?«, fragt er genervt.

»D-d-die Stadt ist riesig. Lass uns lieber erst mal zum anderen Flughafen fahren. D-d-da k-k-können wir auch frühstücken.«

»Fünf Stunden, Johannes! Fünf Stunden! Als ob du vom Dorf kommst!«

Trotzdem hechtet er mit uns raus aus dem Flughafen, rein ins Taxi, raus aus dem Taxi, rein in den nächsten Flughafen. Wir setzen uns in eine Art Bar und bestellen Unmengen an Kaffee. Obwohl ich im Flugzeug so viel geschlafen habe, fühle ich mich gerädert. Meine Mitreisenden sehen so aus, wie ich mich fühle.

»Haben wir eigentlich einen Plan?« Jakob schaut uns fragend an.

»P-p-plan?«

»Na ja, wie habt ihr euch das vorgestellt? Wir stehen einfach vor der Tür bei der Alten und sagen ›Hallo Omi, haste mal 'ne Minute? Wir hätten da ein paar Fragen‹, oder was?«

»So in etwa«, sagt Philipp, ohne den Blick von der Getränkekarte zu nehmen.

»Wie jetzt? Weiß die Alte überhaupt, dass wir kommen?«

»Nö«, sagt Philipp.

»Ist das euer Ernst? Wir fliegen einmal um die halbe Welt und wissen nicht, ob die zu Hause ist?« Jakob schaut uns fassungslos an.

»Wo soll die sein? In dem Alter ist man nicht mehr so viel unterwegs. Wird schon«, sagt Philipp.

»Ihr habt sie doch nicht mehr alle!« Jakob ist aufgesprungen. »Ich bin davon ausgegangen, dass ihr euch irgendwie gekümmert habt. Dass ihr mit der Alten in Kontakt steht.«

Ich zucke hilflos mit den Schultern und gucke zu Philipp, der weiter verbissen die Karte mustert. Wahrscheinlich denkt er genau wie ich, dass jetzt kein guter Zeitpunkt ist, von seinen vergeblichen Anrufen zu erzählen. »Wird schon«, murmelt er wieder.

»Euch haben sie doch wirklich ins Gehirn geschissen! Ich glaub's einfach nicht ...«

»Zwingt dich keiner, mitzukommen. Kannst jederzeit zurück. Ist vielleicht auch besser. Ich habe jedenfalls keine Lust, mir die ganze Zeit dein dämliches Gemotze anzuhören.« Philipp sieht nun endlich auf, er wirkt angriffslustig.

»Du kannst mich mal. Ich geh eine rauchen.« Jakob marschiert davon.

»Ist ungesund!«, brüllt Philipp ihm hinterher.

Als Antwort wird nur ein Mittelfinger in die Luft gestreckt. Die Stimmung war schon mal besser.

»Frau weiß nicht, dass wir kommen?«, fragt Ania ungläubig. »Ich sage ungern, aber hat Jakob recht.« Auch Ania ist nun aufgestanden. »Jetzt ich wasche Hände. Und dann ich brauche eine Schnaps.«

»Das ist das Vernünftigste, was ich seit Stunden gehört habe. Ich glaub, da schließ ich mich an.« Philipp grinst und schlendert Ania in Richtung Toiletten hinterher.

Simon und ich bleiben zurück. »Hast du auch so'n Hunger?«, fragt mein kleiner Bruder völlig ungerührt. »Ich könnte eine ganze Kuh verschlingen. Komm, wir besorgen uns was zu futtern.«

In einem Restaurant vertilgen wir ein paar amtliche Steaks, dann schlagen wir die Zeit tot, indem wir hin- und herlaufen und uns wirklich jeden Souvenirshop angucken. In einer Bar entdecken wir Philipp und Ania, die uns zuprosten.

Jakob sehen wir erst am Gate wieder. Er ist immer noch sauer. Als wir nach weiteren zwei Stunden endlich in San Miguel de Tucumán landen und von der Mietwagenfirma statt des reservierten Range Rovers nur einen alten Suzuki Jimny bekommen, macht er wieder den Mund auf.

»Ich fass es nicht. Was ist das denn für eine Gurke? Echt

das Allerletzte! Wenn man sich nicht um alles selber kümmert ...«

»Dann lauf doch«, sagt Philipp. »Mann, du sollst die Karre nicht kaufen! Ist doch völlig egal, womit wir hier rumfahren, Hauptsache, das Ding hat ein Navi.«

»Viel zu klein, viel zu langsam«, nölt Jakob weiter.

»Mir reicht's.« Simon baut sich mit verschränkten Armen vor Jakob auf. »Entweder du steigst da jetzt ein und hältst endlich die Klappe, oder ich krieg gleich 'nen Anfall.«

»In echt oder im metaphorischen Sinne?«, fragt Jakob, als er sich in den Wagen setzt.

Ich klemme mich hinters Steuer, Philipp neben mir gibt die Adresse unseres Hotels ins Navigationsgerät ein, Ania quetscht sich auf die Rückbank zwischen Simon und Jakob. Groß ist das Auto wirklich nicht.

San Miguel de Tucumán ist eine aufgeräumte Stadt, die Fahrbahn schnurgerade, im rechten Winkel gehen Straßen ab, Kurven scheint es hier nicht zu geben, dafür Palmen auf den Bürgersteigen. Alles wirkt ein wenig, wie mit dem Geodreieck am Reißbrett entworfen.

Das Hotel Miami ist ein schmales Hochhaus, von außen sanft durchfallfarben. Ich habe zwei Doppel- und ein Einzelzimmer für Ania gebucht. Für Jakob wird also auch Platz sein. Als wir alle aus dem Auto steigen, klettert er sofort auf der Fahrerseite wieder rein.

»Was m-m-machst du? Wir sind d-d-da.«

»Du glaubst doch nicht im Ernst, dass ich mit euch in dieser Absteige logiere? Ich hab ein Zimmer im Sheraton. Ich mach mich vom Acker und spring unter die Dusche. In eineinhalb Stunden hol ich euch ab.«

Mit durchdrehenden Reifen schlingert der Suzuki davon. »Warum wundert mich das jetzt nicht?« Kopfschüttelnd schnappt sich Philipp seine Reisetasche und marschiert voran in die Lobby. Passend zur Fassade ist innen alles in reichlich Kackbraun gehalten. Unsere Zimmer, die nebeneinander auf der dritten Etage liegen, sind eher spartanisch eingerichtet, aber einwandfrei sauber.

Nach einer lauwarmen Dusche und schnellem Klamottenwechsel gehe ich runter in die Lobby und warte auf den Rest. Der Mann an der Rezeption beäugt mich neugierig. »Where you from?«, fragt er. Offensichtlich ist ihm nach Konversation.

Mir nicht, ich antworte trotzdem. »From Hamburg, g-g-good old Germany.«

»Ah! What you doing in San Miguel? Business?«

»N-n-no.«

»Ah! Some sightseeing? Where you want to go?«

Ich gehe zu ihm und halte ihm den Zettel mit unserer Zieladresse unter die Nase. »Ah! Las Yungas! Want to play golf? Very famous golf resort.«

Seine Antwort irritiert mich. Hat der verfluchte Anwalt uns etwa eine falsche Adresse aufgeschrieben? Philipp, der während des Gesprächs neben mich getreten ist, schaltet sich ein. »We want to visit our relatives, our grandmother. She's living there.«

»Ah! Lucky guys to have a grandma living in Las Yungas!«

Bevor ich fragen kann, warum uns das so glücklich macht, betritt Jakob das Miami. Wie aus dem Ei gepellt sieht er aus. »Kann's losgehen?«

»G-g-gleich, wir warten n-n-noch auf Ania und Simon.«

Zum Glück steigen die beiden in diesem Moment aus dem Fahrstuhl, denn Jakob hat schon wieder genervt das Gesicht verzogen. Diesmal setzt er sich ans Steuer, ich krabbele zu Ania und Simon nach hinten.

»Na, dann wollen wir mal!« Bevor die letzte Tür richtig zuklappt, gibt er auch schon Gas.

»Hast du's eilig?«, fragt Philipp.

»Es wird bald dunkel. Und ich habe keine Lust, im Dunkeln durch die Gegend zu irren.«

Las Yungas liegt an der Peripherie San Miguels, und als wir uns dem Viertel nähern, wird klar, was der Mann an der Rezeption meinte. Das riesige Areal ist von Zäunen und Gräben umgeben. Einfach hineinfahren ist nicht, man muss erst Wachhäuser mit Schranken und Sicherheitspersonal passieren. Wir versuchen unser Glück an der erstbesten Schranke und werden trotz Philipps wortreicher Erklärung, dass wir aus dem fernen Deutschland angereist seien, um unsere Großmutter mit einem Besuch zu überraschen, abgewiesen.

»Läuft ja super«, sagt Jakob und brettert mit dem Jimny immer am Zaun entlang bis zur nächsten Schranke. »Haltet jetzt bloß alle die Klappe. Ich mach das.«

Und er macht es. Er steigt aus dem Suzuki, geht mit seinem Sieger-Lächeln auf den Wachmann zu und beugt sich vertraulich zu ihm. Nach einer kurzen angeregten Unterhaltung drückt er ihm diskret ein Bündel Dollar-Scheine in die Hand, steigt wieder in den Wagen und fährt durch die sich öffnende Schranke.

»Mal gut, dass wir keine Terroristen sind«, sagt Philipp.

Hinter der Schranke liegen an schmalen Straßen große Villen auf weitläufigen Grundstücken. Die Pooldichte ist hoch, auf gepflegt gepflasterten Einfahrten stehen ebenso gepflegte SUVs. Die Menschen, die hier leben, haben es geschafft. Und sie zeigen es gern, denn es gibt keine Zäune und keine Mauern, die vor den Blicken der Nachbarn schützen.

Das Navi führt uns an den Rand des Viertels zu einem Anwesen, von dem man nur das Dach erahnt, weil es als einziges von einer hohen Hecke umgeben ist. Jakob parkt den Wagen am Straßenrand, in der anbrechenden Dämmerung starren wir alle wortlos die Hecke an.

»Und jetzt?«, fragt Philipp schließlich.

»Aussteigen. Klingeln«, sagt Ania.

Zusammen marschieren wir an der Hecke entlang bis zur Einfahrt und betreten das Grundstück. Das zweistöckige ockerfarbene Haus ist riesig und wirkt sehr modern. Nirgendwo brennt ein Licht, und bis auf das leise Tschuk-Tschuk einer Sprenkleranlage ist kein weiteres Geräusch zu hören. Entschlossen geht Jakob zum überdachten Eingang und schaut sich um. »Keine Klingel«, sagt er und donnert mit der Faust gegen die Holztür.

Im Inneren des Hauses regt sich nichts, alles bleibt still, Jakob donnert weiter und ruft nun auch laut: »Holá, Holá!«

Nun biegt ein älterer Mann um die Ecke des Hauses, er trägt Arbeitshosen, seine Arme sind bis zu den Ellenbogen mit Erde verschmiert, vielleicht ist es der Gärtner. »Sí, por favor?«

Jakob erklärt ihm auf Englisch, dass wir aus Deutschland kommen und Frau Gonzales besuchen möchten.

»La señora no está en casa.«

»No problem.« Mein Bruder setzt sich entspannt auf die Eingangsstufe. »We will wait. We've got plenty of time.«

Der Mann, der bis eben nicht unfreundlich wirkte, runzelt die Stirn und verschwindet wieder, nur um eine Minute später in Begleitung eines deutlich jüngeren breitschultrigen Kerls zurückzukommen. Beide haben Gartengeräte in den Händen, eine Spitzhacke und eine Art Sense. Ich wäre eigentlich dafür, den geordneten Rückzug anzutreten, aber Jakob rührt sich nicht von der Stelle.

»La señora no está en casa«, wiederholt der Mann. »No tienen nada que hacer acá! Vayanse, o llamo a la policía!«

»Pass mal auf, Freundchen …« Jakob ist aufgestanden. »Ich hab keine Ahnung, was du von mir willst. Wir bleiben jedenfalls hier.«

Überraschend schaltet sich nun Ania ein. Sie geht auf die beiden Männer zu und redet in fließendem Spanisch auf sie ein. Auch wenn der Ältere ständig den Kopf schüttelt, entspannt sich die Situation, beide Typen beginnen sogar zu lächeln und unterhalten sich mit ihr. Das einzige Wort, das öfter fällt und das ich verstehe, ist »mañana« – morgen.

»Kommt«, sagt Ania schließlich zu uns. »Ist niemand da. Aber morgen früh wir sollen sie besuchen. Dann sie ist da.«

Jakob verschränkt die Arme vor der Brust. »Das sagen die doch nur, damit wir endlich verschwinden. Ich geh hier nicht weg, bevor die Alte auftaucht.«

Ania schaut ihn streng an. »Du kommst mit. Sonst sie rufen die Polizei. Willst du das?«

Er zögert. Nachgeben war noch nie eine seiner Stärken, schon gar nicht, wenn er Anweisungen von *Bediensteten* erhält. Aber dann setzt er sich tatsächlich in Bewegung, geht zum Auto, und wir folgen ihm. Auf der gesamten Rückfahrt motzt er vor sich hin: von »Die haben uns doch verarscht. Morgen stehen wir wieder vor verschlossener Tür« über »Das läuft ja super« und »So eine hirnrissige Aktion, ich glaub's echt nicht« bis »Ich hab's gleich gewusst. Wenn man euch Vollidioten einfach machen lässt …«. Wir hören ihm schweigend zu, denn er hat recht. Richtig durchdacht war das alles nicht.

Jakob brettert ohne Umwege zum Sheraton. »Ab an die Bar«, befiehlt er. »Ich kann jetzt wirklich einen vertragen.«

Philipp muss man das nicht zwei Mal sagen, er seufzt

zufrieden. Auch ich finde, dass ich mir nach den Reisestra-
pazen ein Bierchen verdient habe. Wir setzen uns an den Tresen und bestellen, Ania fingert aus ihrer Handtasche Simons
Fingerhut.

»D-d-den hast du dabei?«

»Natürlich. Muss ich achten auf deinen Bruder.«

»Warum sprichst d-d-du so g-g-gut Spanisch?«

»Hab ich gearbeitet bei deutscher Familie auf Mallorca,
drei Jahre. Darum.«

»Das wusste ich g-g-gar nicht.«

»Du weißt nicht viel über mich.«

»D-d-dann erzähl doch mal.«

»Was?«

»Alles!«, sage ich wagemutig und greife schnell nach meinem Bier.

Ania nickt. Dann erzählt sie von Anfang an und in aller Ausführlichkeit, beginnend mit ihrer Kindheit in einem
kleinen Dorf nahe der ukrainischen Grenze. Das wird eine
lange Nacht, denke ich und finde es kein bisschen unangenehm.

Während sie aus ihrem Leben berichtet, werden meine
Brüder immer betrunkener, auch Simon, der einen Fingerhut nach dem anderen ausleckt. Irgendwann werden ihre Be-
stellungen von der Barfrau ignoriert. Wahrscheinlich sind sie
hier im Sheraton ein derartiges Gegröle nicht gewohnt.

»Wenn dieser kleine Pampashase nicht gleich die Drinks
rüberwachsen lässt, zieh ich ihm das Fell über die Ohren!«,
lallt Jakob.

»Pampaschhasssse«, nuschelt Philipp.

»Ist genug. Wir gehen.« Ania rutscht von ihrem Hocker
und hakt Simon unter. »Jakob in sein Zimmer. Wir nehmen
Taxi.«

Zum Abschied umarmt mich Jakob länger, als mir lieb ist. »Hassu Opas Tagebuch dabei?«, haucht er mir mit einer mörderischen Fahne ins Ohr.

Ich klopfe auf meine Jacke. »K-k-klar. Immer d-d-dicht am Mann.«

»Gib her! Den Scheiß willllich jetzt auch ma lesen.«

Und mit der abgewetzten Kladde wankt er zum Fahrstuhl.

SAN MIGUEL DE TUCUMÁN, AUGUST 1954

Eine unerhörte Frechheit ist es, wie der Herr hier mittlerweile ein- und ausspaziert! Dabei geriert er sich, als würde ihm alles gehören, und wagt es tatsächlich, den Angestellten Sachen aufzutragen. Vor meinen Augen und Ohren! Immer unter dem Vorwand, mir unter die Arme greifen zu wollen. Als sei ich schwer krank und hätte Hilfe nötig. Nun gut, eine Woche habe ich tatsächlich das Bett gehütet mit dieser vermaledeiten Grippe. Jetzt ist sie ausgestanden, aber Señor Gonzales macht keine Anstalten, seine vorgeblichen Patientenbesuche aufzugeben.

Aber ich weiß doch, wem seine Fürsorge gilt. Ständig scharwenzelt er um Hedwig herum. Und sie lässt es sich gefallen und kokettiert. Wahrscheinlich denkt sie, ich würde es nicht merken. Dabei ist es wahrlich nicht zu übersehen. Gestern habe ich den Gärtner und das Hausmädchen ertappt, wie sie die beiden beobachteten und miteinander tuschelten. Als sie mich bemerkten, taten sie natürlich so, als wäre nichts, und verschwanden. Was für eine Demütigung!

Dabei hatte ich gehofft, den Doktor los zu sein, damals vor drei Jahren, als ihn der Ruf nach Buenos Aires ereilte zu seiner Professur. Und dass Hedwig plötzlich öfter zu Ausflügen in die Hauptstadt aufbrach, darüber konnte ich hinwegsehen. Insgeheim war ich doch froh, dass sie aus dem Haus war und ich vor ihren Bösartigkeiten verschont, meine Kleine ein paar Tage sicher vor den ständigen Mäkeleien ihrer Mutter. Herrliche Tage waren das, voller Ruhe und Harmonie.

Damit ist es nun vorbei, umsonst gehofft. Vor ein paar Wochen stand er wieder vor der Tür, der Médico. Auf mein Nachfragen, was ihn denn zurück in die Provinz verschlagen habe, antwortete er nur vage. Und als ich Hedwig darauf ansprach, sagte sie, sie wisse es nicht. Vielleicht hat er sie tatsächlich im Unklaren gelassen, falls er beruflich gescheitert ist, wie ich vermute.

Jedenfalls werde ich diesem Zustand ein Ende setzen. So geht es nicht weiter, nicht in meinem Haus! Ich lasse mich nicht vorführen von diesem argentinischen Fatzke. Hedwig habe ich heute Morgen schon gesagt, dass ich nicht gedenke, irgendwelche horrenden Arzthonorare zu begleichen, weil der Herr so gern seine freie Zeit bei uns verbringt. Natürlich ist sie sofort schnippisch geworden und hat gemeint, es sei schließlich genug Geld da. Außerdem solle ich bloß nie vergessen, wem ich unser Auskommen zu verdanken hätte, nämlich ihr allein, und dass ihr davon deshalb mehr als die Hälfte zustünde.

Als ich erwiderte, dass es streng genommen weder ihr noch mir oder den anderen zustünde, da nichts davon rechtmäßig erworben worden sei, dass wir es uns einfach angeeignet hätten, ist sie tatsächlich laut geworden. Sie hat mich als einen Abtrünnigen beschimpft. Und gesagt, wenn ich nicht mehr an die Sache glauben und zum Verräter würde, dann wüsste ich ja wohl, wo der Maurer das Loch gelassen hätte, und könnte zusehen, wo ich bliebe.

Dieses verfluchte Geld! Hätten wir uns nur nie darauf eingelassen. Dann hätte ich noch eine Heimat. Und vielleicht auch eine Frau.

DAMALS

»Ha, he, hi, ho, hu!« Aufmerksam beobachtete ich im Spiegel, wie mein Adamsapfel bei den Lauten auf- und abhüpfte. Und noch einmal. »Ha, he, hi, ho, hu!«

»Was machste denn da?« Simon enterte das Bad.

»Ich trainiere.«

»Was trainierste denn?«

»Sprechen. Und jetzt raus mit dir, aber d-d-dalli!«

Er trollte sich, und ich schmetterte erneut: »Ha, he, hi, ho, hu!« Dann schloss ich die Augen und begann mit meinen Atemübungen.

Dem Zustand des Glücks war ich in den vergangenen zwei Jahren tatsächlich ein Stück näher gerückt – dank zahlreicher Sitzungen bei Wolfram Harms. Ganz weg war das Stottern zwar noch nicht, aber es wurde weniger und weniger, und ich war zuversichtlich, es in nicht allzu ferner Zukunft für immer los zu sein. Mein Logopäde hatte mich verschiedene Sprechtechniken gelehrt und richtig zu atmen. Vor allem aber hatte er mir beigebracht, trotz meines Handicaps mit hocherhobenem Haupt durchs Leben zu gehen.

»Das ist nichts, für das du dich schämen musst, Johannes«, brummte er bei jeder Stunde gebetsmühlenartig mit seinem sonoren Bass. »Du bist so ein feiner Kerl! Stell dir vor, du würdest nicht stottern, dann wärst du ja unerträglich perfekt.« Und dann lachte er stets donnernd.

Die ständige Wiederholung, was für ein feiner Kerl ich sei,

hatte mich anfänglich irritiert. Nettigkeiten dieser Art war ich schließlich nicht gewohnt. Doch irgendwann fand ich selber, dass Harms gar nicht so falschlag. Und je mehr ich den feinen Kerl verinnerlichte, desto seltener verkeilten sich meine Konsonanten.

»Ha, he, hi, ho, hu!« Heute allerdings zerbröselte mein Selbstvertrauen nach und nach. Am Morgen war ich angesichts des bevorstehenden Ereignisses am Abend noch gut gelaunt aus dem Bett gefedert. Im Laufe des Tages wurde mir immer mulmiger, und mein Herz klopfte nicht schneller aus Freude, sondern vor Aufregung und nackter Angst. Ich wusste, was das für mein Sprachvermögen bedeutete, und versuchte nun, durch die bewährten Übungen der Aufregung Herr zu werden.

Denn gleich wollte ich glänzen, ich wollte schlagfertig sein und witzig, wortgewandt und souverän. Johannes, der Charmeur. Nicht Johannes, der Idiot. Ich hatte eine Verabredung, nicht irgendeine, sondern ein ernst zu nehmendes »Rendezvous«, wie Opa sich ausgedrückt hatte. Seine Wangen waren bei diesem Ausdruck ein wenig rot geworden, als riefe das Erinnerungen in ihm wach, und er seufzte tief und erleichtert. »Wurde aber auch langsam mal Zeit«, konnte ich in seinem Blick lesen.

Dabei hatte ich alles Menschenmögliche getan, damit niemand aus der Familie etwas von meinen anstehenden amourösen Verwicklungen erfuhr. Die dummen Sprüche wollte ich mir schenken. Aber leider hatte Margot, das Objekt meiner Begierde, gestern angerufen, um die verabredete Uhrzeit noch einmal zu bestätigen, und der Alte war schneller am Telefon gewesen als ich. Durch geschickte Fragen war er an alle benötigten Informationen gelangt und hatte beim Abendbrot vor versammelter Mannschaft stolz verkündet:

»Johannes hat ein Rendezvous!« Als ob er persönlich das für mich eingetütet hätte.

Kennengelernt hatte ich Margot in einer zu Tode langweilenden Vorlesung. Sie saß drei Reihen schräg vor mir, zart und zerbrechlich, schlang sich selbstvergessen wieder und wieder eine Strähne ihres pechschwarz gefärbten Haares um den Finger, während sie mit der anderen Hand in anmutigen Schwüngen etwas in ihr Notizbuch malte. Eigentlich war ich kurz davor gewesen, beim monotonen Singsang des Dozenten einzunicken, plötzlich aber war ich wie elektrisiert vom Anblick dieses wundersamen Wesens.

Nach der Vorlesung war ich ihr unauffällig gefolgt, hatte mir ein Herz gefasst und sie mitten auf dem Campus wie unabsichtlich angerempelt. »Oh, 'tschuldigung«, hatte ich gemurmelt und sie, wie ich befürchtete, dümmlich angestiert.

Sie schenkte mir trotzdem ein Lächeln und einen tiefen Blick aus ihren riesigen braunen, dick mit Kajal umrandeten Augen. »Macht überhaupt nichts«, sagte sie und verschwand.

Seitdem waren wir uns etliche Male im Hörsaal, der Mensa und der Bibliothek begegnet, immer hatte sie mir zugelächelt. Und dann hatte tatsächlich sie mich angesprochen, ob ich nicht mit ihr und irgendwelchen Kommilitonen einen Kaffee trinken wolle. Natürlich wollte ich und folgte ihr willig in die Abaton-Kneipe, wo wir uns zu einem unübersichtlichen Pulk Studenten an einen großen Tisch setzten. Die Gesellschaft dieser Fremden war mir nur recht, alle sprachen laut durcheinander, und ich hoffte, dass es gar nicht auffiele, wenn ich nur wenig sagte.

Es fiel nicht auf, denn hauptsächlich redete Margot, sie erzählte mir gleich ihr ganzes Leben. Ihren Namen sprach sie selber übrigens französisch aus, also ohne »t«, und ich fand, dass das wunderbar verrucht und exotisch klang. Ich erfuhr, dass sie im noblen Nienstedten aufgewachsen war, die Mutter Oberstudienrätin, der Vater Anwalt. »Kannste dir ja ungefähr vorstellen, Spießer wie sie im Buche stehen. Das ganze Programm hab ich als Kind durchlaufen, Reitunterricht, Ballett, Konservatorium für Musik und so, na, du weißt schon ...«

Als Junge vom Born hatte ich zwar keine Ahnung, behielt das aber für mich, nickte wissend und lauschte weiter fasziniert. Mittlerweile hauste sie in einer WG im Grindelviertel, studierte im Hauptfach Politik und wollte die Welt verändern. »Kapitalistenschweine wie meine Alten müssen weg, am besten Enteignung. Geht gar nicht anders, siehst du doch auch so, oder?«

Ich machte wieder den Wackeldackel und hörte, dass sie früher Punk gewesen war – »voll mit Iro und so, 'ne Zeit lang hab ich auch am Hauptbahnhof gepennt, aber die ganzen Drogis, voll hart, war nichts für mich«. Jetzt aber habe sie sich dem Existenzialismus zugewandt, würde Sartre lesen und de Beauvoir und Nietzsche und »das ganze obergeile Zeug, das hat mir endlich die Augen geöffnet«.

Ich nickte und nickte und nickte. Es hatte mich total erwischt.

Fortan trafen wir uns fast täglich im Abaton, Margot erzählte, ich hörte zu, und immer waren wir zwei unter vielen. Was mir zuerst Sicherheit gegeben hatte, nervte mich zusehends. Und deshalb fragte ich wagemutig, ob man sich nicht auch einmal abends treffen könne.

»Klar«, sagte Margot. »Morgen ist 'ne Veranstaltung beim

ASTA, Vorbereitung zu einer Demo, da können wir doch hin.«

»Äh, ich meinte mehr so nur wir b-b-beide, ohne die anderen …«

Als Treffpunkt hatte ich eine kleine, unscheinbare Pizzeria am Grindelhof vorgeschlagen, die keinen elitären Eindruck machte und von der ich glaubte, dass sie Margot gefallen könnte. Nach ihrer Zustimmung war ich im Schweinsgalopp in die Bibliothek gerast und hatte mir *Das Sein und das Nichts* von Sartre ausgeliehen. Ich wollte vorbereitet sein. In Windeseile zog ich mir den Schinken rein, ich verstand nicht annähernd die Hälfte, und das, was ich verstand, hielt ich für ausgemachten Schwachsinn. »Die menschliche Realität ist das Sein, insofern es in seinem Sein und für sein Sein einziger Grund des Nichts innerhalb des Seins ist«, las ich etwa und überlegte, ob dieser hässliche Vogel wohl viel gekifft hatte. Egal, zumindest hatte ich eine vage Ahnung, worum es ihm ging.

Und so belesen brach ich auf an diesem Abend, unter dem wohlwollenden Blick meines Großvaters und begleitet von den dämlichen Bemerkungen meiner Brüder. Mein Herzrasen hatte sich ein wenig gelegt, ich stieg einige Stationen vorher aus dem Bus, um den Rest der Strecke zu Fuß zu laufen.

Erhitzt von dem Marsch stand ich eine halbe Stunde zu früh vor dem Restaurant, wo Margot schon auf mich wartete. Verlegen und etwas unbeholfen umarmten wir uns zur Begrüßung und gingen hinein. Ein Kellner wies uns einen Platz zu, in einer ruhigen Ecke, servierte unaufgefordert Wein, brachte die Karte, nahm die Bestellung auf und schenkte jedes Mal nach, sobald er an unseren Tisch kam.

Mithilfe des Alkohols mimte ich den Mann von Welt, redete über dies und das und streifte dabei den guten, alten Jean-Paul ganz en passant. Ich glaubte, so etwas wie Bewunderung in Margots Blick zu lesen, die heute seltsam ruhig war. Unvermittelt legte sie ihre Hand auf meine, beugte sich über den Tisch und flüsterte atemlos: »Kommst du nachher noch mit zu mir? Du kannst auch bei mir schlafen …«

Donnerwetter, dachte ich, die geht ja ran. Besser kann's gar nicht laufen. »K-k-klar, wenn d-d-du möchtest«, sagte ich und merkte, wie mir das Blut nicht nur ins Gesicht schoss.

Ihre WG, die zwei Straßen entfernt lag, war ein heruntergekommenes Loch. Selbst im Dunkeln sah man, dass hier seit Jahren keiner mehr sauber gemacht hatte, der Holzfußboden war dreckig und fleckig, in der Küche türmte sich das schmutzige Geschirr, die Plakate mit Che Guevara und Co. an den Wänden hatten Risse und hingen auf halb acht. Nun war es nicht so, dass wir am Born zu übertriebener Hygiene neigten, aber dieser Zustand erstaunte mich doch. Ich versuchte, mir nichts anmerken zu lassen, und lehnte mich betont lässig an einen Türrahmen, während Margot den Inhalt des Kühlschranks inspizierte und sich eine Flasche unbestimmten Inhalts griff.

»Komm«, sagte sie, »wir gehen in mein Zimmer.«

Dort sah es ein wenig besser aus, unordentlich zwar, aber nicht vollkommen versifft. Auf ihrem Schreibtisch am Fenster stapelten sich Unmengen von Büchern, auch auf dem Boden, die Wände waren in einem fröhlichen Schwarz gestrichen, mitten im Raum stand ein Bett mit beachtlichen Ausmaßen und ebenfalls schwarzer Bettwäsche. Margot ließ sich auf die Kante plumpsen und klopfte auf den Platz neben sich. Da hockten wir dann nebeneinander, schweigend, und tranken abwechselnd aus der Flasche ein furchtbar süßliches Gesöff. Meinen Herzschlag spürte ich bis hoch zu den Schläfen, ich überlegte fieberhaft, was jetzt wohl die richtige Vorgehensweise wäre, frontale Attacke oder defensives Geplaudere, da schlang Margot ihre Arme um meinen Hals und fing an, mich wild zu küssen.

Ich war nicht der Bewandertste in diesen Dingen, meine Erfahrungen beschränkten sich bislang auf ein paar belanglose Knutschereien und angedeutetes Petting in schummrigen Partykellern. Zum Glück wusste Margot, wo's langging, und übernahm die Führung. Sie entledigte sich und mich der Klamotten, schaffte es im Eifer des Gefechts sogar, eine Packung Kondome unter dem Bett hervorzukramen und mir eine der Tüten überzuziehen. Leider war der Spaß bald vorüber, ich mochte sonst ein Spätzünder sein, doch jetzt zündete ich viel zu schnell. Margot schien das nicht zu stören, sie kuschelte sich in meine Armbeuge und schlief einfach ein.

Ich lag sicher noch eine Stunde wach, betrachtete staunend das zusammengerollte Wesen neben mir und grinste dümmlich vor mich hin. Hammer, dachte ich, voll der Hammer!

Margot und ich wurden in den nächsten Wochen unzertrennlich. Ich folgte ihr zu jeder Kundgebung, zu jeder Demonstration, ich klebte Plakate, ich diskutierte an ihrer Seite nächtelang in verräucherten Kneipen mit Gleichgesinnten über Imperialismus, Kapitalismus, Kommunismus und Sozialismus, im Grunde über alles, was auf -ismus endete.

Kurz überlegte ich sogar, meine Fächer zu wechseln und auch Politik zu studieren. Doch Margot überzeugte mich, bei meiner Wahl zu bleiben, gerade bei Amerikanistik. »Damit kannst du den Feind später von innen aushöhlen«, meinte sie. Das leuchtete mir sofort ein.

Dann bestand sie darauf, meine Familie kennenzulernen. Ich hatte ihr bislang wenig erzählt, nur dass ich ein paar Brüder und einen Großvater hatte und wir in Osdorf lebten, den Born hatte ich unterschlagen. »Logo«, sagte ich jetzt. »Fahren wir irgendwann m-m-mal hin.«

Doch sie insistierte, sie konnte verdammt hartnäckig sein. »Hast du was zu verbergen?«, fragte sie nur halb im Scherz.

Also setzte ich mich eines Nachmittags mit ihr in den Bus und fuhr zu unserer Hochhaussiedlung, die mir plötzlich noch schäbiger vorkam als sonst. Margot war nachhaltig beeindruckt. »Hier bist du aufgewachsen? Wahnsinn! Voll das Ghetto. Du bist ja ein echter Underdog!«

Mit großen Augen lief sie zwischen den Häusern hindurch, betrachtete die kaputten Fahrradständer, die Schmierereien an den Wänden, den Abfall, der herumlag. »Voll real alles. Das hier ist das wirkliche Leben, Johannes!«

So hatte ich es noch nie gesehen und entspannte mich etwas. Natürlich war unser Fahrstuhl mal wieder im Arsch, händchenhaltend stiegen wir die Treppen hinauf und knutschten in jedem Stockwerk. Oben wartete schon Opa bei geöffneter Haustür, ich sah sofort, dass er eines seiner besten Hemden trug. Ich hatte lediglich erwähnt, dass ich vielleicht mit einer Kommilitonin vorbeikäme, was für die Uni lernen.

Niemandem von der Bagage war es entgangen, dass ich in letzter Zeit kaum zu Hause war, auch nachts nicht. Fragen hatten sie keine gestellt, sie hätten auch keine Antworten bekommen. Aber natürlich barsten sie fast vor Neugier.

Margot ging auf Großvater zu und schüttelte ihm überschwänglich die Hand. Während sie auf ihn einredete, wie es

ihre Art war, ließ sie sich von ihm durch die Wohnung führen. In der Küche stieß sie schließlich auf Philipp und Simon,
setzte sich zu ihnen und fragte auffordernd: »Na? Und was
macht ihr so?«

Die beiden schauten sie erschrocken an – in ihrer komplett schwarzen Kleidung, mit den langen schwarzen Haaren, dem schon leicht verschmierten Kajal und ihren Unmengen an Silberschmuck. Ich fand, sie sah umwerfend aus. Opa
kochte hüstelnd Kaffee und stellte frischen Butterkuchen auf
den Tisch. Und dann erklärte Margot ihm die momentane
Situation der Arbeiterklasse, volle zwei Stunden lang.

Als wir aufbrachen, meine Brüder hatten sich längst in ihr
Zimmer verdrückt, machte der Alte einen ziemlich erschöpf-
ten Eindruck. »Das ist ja eine sehr, nun ja, aufgeweckte junge Dame«, raunte er mir zum Abschied zu.

Nach diesem ersten Besuch kam sie regelmäßig, aus mir
unerfindlichen Gründen fühlte sie sich wohl bei uns. Für
Philipp und Simon brachte sie haufenweise linke Pamphlete
von der Uni mit, die sie ihnen unter die Nase hielt. »Man
muss die Jugend frühzeitig für den Klassenkampf sensibili-
sieren, glaub mir, das ist voll wichtig.« Die Jugend bedankte
sich artig und schmiss das ganze Papier, sobald Margot gegangen war, ungelesen in den Müll. Großvater entzog sich
bald ihren Ansprachen ans Volk, indem er nach ihrer Ankunft schnell in seiner Kneipe verschwand. Margot verzieh
es ihm.

Nur eines machte ihr Sorgen. Berta. Dass wir Underdogs
eine Haushaltshilfe hatten, die für uns putzte und kochte,
wollte ihr nicht in den Kopf. »Das ist sooo bourgeois, das
geht gar nicht. Voll die Ausbeutung, Johannes, echt.«

Ich erwiderte, dass Berta ja Geld für ihre Tätigkeit be-
komme, verschwieg allerdings, dass der Wellingsbüttler

Vorstandsvorsitzende es zahlte. Ich ahnte, was das für Diskussionen nach sich ziehen würde, in Margots Augen kollaborierten wir wahrscheinlich mit dem Teufel.

»Geld!«, entrüstete sich Margot. »Du kannst die Würde eines Menschen nicht mit Geld kaufen, Johannes.«

Sie versuchte, Berta zur Kündigung zu überreden; die klappte einfach die Ohren an und putzte um die dozierende Margot herum.

Da meiner Freundin, offiziell bezeichnete ich sie nun so, Bertas Kochkünste nicht verborgen geblieben waren, gab sie ihre Befreiungsversuche irgendwann auf, kam lieber zum Essen und haute mächtig rein.

Alles in allem verstanden sich also alle sehr gut.

Dann kam der Sohn des Teufels zurück. Schon ein Jahr zuvor hatte Jakob in England sein Abitur gemacht. Und sein Vater ihn dazu verdonnert, gleich bei einem befreundeten Privat-Bankier in London ein Praktikum anzuschließen. Danach sollte er nach Oxford oder Cambridge zum Studieren gehen. Doch auch mein Bruder war mittlerweile volljährig und weigerte sich.

Und nun stand er einfach vor unserer Tür, breit grinsend, und schmiss seine Reisetasche in die nächstbeste Ecke.

»Du hättest wenigstens vorher anrufen können«, nörgelte Opa.

»Wieso denn? Ist doch mein Zuhause, oder?«

Margot, pünktlich zum Abendbrot angerückt, kam aus der Küche in den Flur zu uns. Sie musterte Jakob interessiert. Und er musterte Margot. Dann drückte er sein Kreuz durch, strich seine blonde Tolle aus der Stirn und steckte sich eine Kippe zwischen die Lippen. »Oha«, meinte er. »Wen

oder was haben wir denn da? Mal ein bisschen in der Alt-
kleidersammlung gewühlt?«

Und mit der häuslichen Harmonie war es schlagartig vorbei.

2008

»Wenn die heute wieder nicht da ist, raste ich aus!« Wie ein Berserker hämmert Jakob mit der Faust an die verschlossene Tür.

»Machst du doch schon …« Philipp schüttelt müde den Kopf.

Meine Brüder vermitteln nicht den taufrischesten Eindruck, auch Simon nicht, der im Gegensatz zu den anderen beiden wenigstens gute Laune hat. Es ist erst zehn Uhr am Morgen, um Viertel nach neun tauchte Jakob im Miami auf, genervt, dass wir anderen noch frühstückten.

Nun stehen wir da, wo wir gestern schon standen. Und das Haus wirkt genau so verlassen wie gestern, die Fensterläden geschlossen, alles ist ruhig, noch nicht einmal der Rasensprenger ist zu hören, und auch der Gärtner lässt sich nirgendwo blicken.

»Ich hab's euch doch gesagt! Wir hätten gestern nicht abhauen sollen. Jetzt ist die Alte gewarnt und hat bestimmt die Biege gemacht.« Jakobs Kopf ist hochrot angelaufen, ich befürchte, dass er kurz davor ist, die Tür einzutreten.

Während ich überlege, ob ich ihn davon abhalten oder dabei unterstützen soll, rollt ein schwarzer Mercedes-SUV langsam die Einfahrt herauf. Der Wagen hält an der rechten Seite des Hauses, der Gärtner steigt auf der Fahrerseite aus und nickt uns freundlich zu. Dann öffnet er die hintere Tür. Und da ist sie, die alte Frau, die Philipp und ich schon vom

Friedhof kennen, wieder ganz in Schwarz gekleidet, nur das Hütchen mit dem Schleier fehlt.

Mit einer für ihr Alter beachtlichen Geschwindigkeit marschiert sie an uns vorbei, ohne ein Wort, ohne uns eines Blickes zu würdigen. In aller Ruhe schließt sie auf und verschwindet im Inneren des Hauses. Die Tür lässt sie offen stehen. Mit einer Kopfbewegung bedeutet uns der Gärtner, ihm zu folgen. Schweigend setzen wir uns alle in Bewegung und gehen hinter ihm her. Im Eingangsbereich, einer Art riesiger Diele, zeigt er auf ein paar Stühle.

Wir schauen uns neugierig um und betrachten beeindruckt die vielen Gemälde an den Wänden, etliche im Stil alter Meister, die anderen aus den unterschiedlichsten Epochen, von der Romantik bis zum Expressionismus ist fast alles vertreten. Dazwischen stehen dunkle, schwere Holzmöbel; wenn es sie nicht gäbe, könnte man glauben, in einem Museum zu sein.

»Was für eine krude Mischung ...« Jakob geht kopfschüttelnd von Bild zu Bild.

Simon gesellt sich zu ihm und streicht vorsichtig mit dem Finger über eines der Werke. »Hast recht, passt nicht so richtig zusammen. Ist aber alles echt.«

»So'n Quatsch.« Jakob tippt sich an die Stirn. »Das wäre ja ein Vermögen wert.«

»Ey!« Simon rammt ihm seinen Ellenbogen in die Rippen. »Ich bin nicht total bescheuert, weißt du. Und wenn ich mich mit was auskenne, dann ist es Kunst. Die sind echt. Da, guck mal ...« Simon schnippst gegen einen Rahmen. »Das ist ein Degas, ich schwör's dir.«

»Is klar, ein Degas ... Du hast sie doch wirklich nicht mehr alle.«

Aus dem Nichts erscheint eine junge Frau, sie trägt tatsächlich ein Dienstmädchen-Dress, mit gestärkter weißer Bluse und grau gestreiftem Schürzchen. Wie bourgeois, schießt es mir durch den Kopf.

»Wenn Sie mir bitte folgen«, sagt sie in einwandfreiem Deutsch mit kaum merklichem Akzent. »Die Señora erwartet Sie.«

Wir gehen hinter ihr her durch einen langen, schummrigen Flur, an dessen Ende sie eine Tür öffnet. Wir betreten den großen Raum, offenbar ein Arbeitszimmer, in der Mitte thront ein wuchtiger Schreibtisch, davor steht stocksteif Señora Gonzales, hinter ihm verläuft über die ganze Breite eine Fensterfront mit Terrassentür, die einen Blick in den weitläufigen, gepflegten Garten erlaubt.

»Was wollt ihr hier?«, fragt die Alte.

»Wir haben ein paar Fragen an Sie«, ergreift Philipp als Erster von uns das Wort.

»Ein weiter Weg für ein paar Fragen …«

»Na ja, wenn Sie am Telefon mit uns gesprochen hätten, wäre uns der Weg erspart geblieben.«

»Wohl wahr.« Sie lacht meckernd, als hätte Philipp etwas sehr Komisches gesagt, geht um den Schreibtisch herum und setzt sich ächzend.

Uns bietet sie keinen Stuhl an, es gibt auch gar keinen, nur am anderen Ende des Raumes ein kleines geblümtes Sofa, definitiv zu weit weg für eine gesittete Unterhaltung. Notgedrungen bleiben wir stehen. Ich vermute, dass sie es exakt so will, damit wir gar nicht in Versuchung kommen, uns häuslich niederzulassen und länger als nötig zu bleiben.

»Also, dann fragt. Und fragt klug und präzise, damit ich mich nicht langweile.«

Ich merke, wie sich Jakob neben mir anspannt, fast kann ich seinen Kiefer knirschen hören. Zum Glück ist Philipp wieder schneller. »Zunächst einmal würden wir gerne wissen, wer genau Sie sind ...«

»Ha!« Mit ihrer knochigen Hand haut sie auf den Schreibtisch. »Kluge Fragen, habe ich gesagt! Ist das eine kluge Frage, Junge? Du weißt doch, wer ich bin.«

»Unsere Großmutter?«

»Sieh an, sieh an, es geht doch. Und jetzt frag endlich.«

»Warum haben wir Sie nie kennengelernt?«

»Weil ich es nicht wollte.« Ihre Antwort kommt wie aus der Pistole geschossen, eine Erklärung allerdings folgt nicht.

»Und warum wollten Sie das nicht?«

»Bist du sicher, dass du die Antwort hören willst? Sie wird dir, wird euch nicht gefallen.«

»Ja«, sagt Philipp schlicht.

»Eure Mutter war ein dreckiges, krankes Luder, eine Dirne, verdorben bis ins Mark. Der konnte man nicht beikommen, auch mit der besten Erziehung nicht. Und weiß Gott, ich habe alles versucht ... Sei's drum. Mit ihrer verkommenen Brut wollte ich nichts zu tun haben.«

»Jetzt passen Sie mal auf ...« Jakob ist einen Schritt vorgetreten, er hat die Fäuste geballt.

»Kann ich sitzen?« Ania meldet sich unvermittelt zu Wort. »Mir ist schwindlig. Wahrscheinlich ist Klima.«

Die Alte macht eine unwirsche Handbewegung zum Sofa. »Aus dem Osten?«, fragt sie, nachdem Ania Platz genommen hat.

»Polen.«

»So, so. Na, nach allem, was man hört, macht sich der Polack ja gehörig breit in Deutschland. Das war früher anders. Aber die Zeiten ändern sich. Leider.«

Falls Ania vorgehabt hatte, durch ein vorgeschobenes Unwohlsein die aufgeladene Atmosphäre zu entschärfen, ging dieser Schuss eher nach hinten los. Wieder lacht die Alte meckernd und schaut uns lauernd der Reihe nach an. Ich empfinde ihren Blick als derart unangenehm, ich kann ihn geradezu körperlich spüren, und lasse meinen schweifen. Er bleibt an einer gerahmten Schwarz-Weiß-Aufnahme hängen, die auf dem Schreibtisch steht. Ein Mann in Uniform. Sehr kurze, nach hinten gekämmte Haare. Nickelbrille. Ein kleiner Schnauzer. Er kommt mir bekannt vor, als hätte ich ihn oder ein Foto von ihm schon einmal irgendwo gesehen.

»Wer ist d-d-das?«, frage ich, ohne nachzudenken, und zeige auf das Bild.

»Ah, der Stotterer! Ich hätte schwören können, dass du deinen Rand hältst. Das ist mein Vorgesetzter, wie man ihn wohl heute nennen würde. Ein großer, ein ehrenwerter Mann. Immer der Sache verpflichtet. Bis zu seinem Tod. Gott hab ihn selig.«

»Vielleicht können wir zum Thema zurückkommen.« Philipps Stimme ist immer noch ruhig und beherrscht. »Warum haben Sie sich mit unserer Mutter überworfen?«

»Darüber werde ich nicht reden. Diese Vergangenheit wird ruhen.«

»So was Ähnliches hat Mama auch immer gesagt«, meint Simon freundlich.

Der Kopf der Alten zuckt in seine Richtung, sie betrachtet ihn angeekelt.

»Aber, sag mal, Jakob will's mir ja nicht glauben, die Bilder vorne, das sind doch Originale, ne?«, fragt mein kleiner Bruder ganz unbefangen.

»Simon, lass mal.« Philipp hat sanft eine Hand auf seinen Arm gelegt und wendet sich wieder der Schildkröte zu. »Wenn Sie nicht über unsere Mutter sprechen möchten, dann können Sie uns vielleicht etwas über unseren Großvater ...«

»Nein, nein«, fällt die Alte ihm ins Wort. »Der Bankert da drüben hat gerade die erste interessante Frage gestellt. Da ihr sowieso nichts erbt, dafür habe ich schon gesorgt, kann ich es euch auch verraten. Ja, das sind Originale. Alle. Sie gehörten eurem Großvater und mir. Mittlerweile gehören sie einer Stiftung.«

»Opa hat Kunst gesammelt?« Jakob hört sich an, als ob er gleich durchdreht.

»Gesammelt!« Die Alte lächelt böse. »Ihr habt tatsächlich nicht die leiseste Ahnung. Aber das war nicht anders zu erwarten. Und jetzt steht ihr hier, selbstgerecht und anmaßend, der feine Arzt, der ach so clevere Geschäftsmann, der linke Journalist und der Idiot, der sich's hat auf meine Kosten gut gehen lassen, und wisst rein gar nichts.«

»Auf Ihre Kosten? Wie meinen Sie das?«

»Ja, was glaubt ihr denn?« Die Alte wuchtet sich aus ihrem Stuhl hoch und sticht zornig mit ihrem gichtgekrümmten Zeigefinger in die Luft. »Wie hat denn euer Großvater alles finanziert? Euer Leben? Euer Studium? Von seiner mickrigen Rente etwa?«

»Jetzt hören Sie auf, das ist doch völlig absurd. Unser Großvater hatte etwas Geld beiseitegelegt, den Rest hat mein Vater zugeschossen.« Jakob schüttelt den Kopf.

»Dein Vater! Dass ich nicht lache! Nicht eine einzige Mark hätte der gute Mann für euch gezahlt, wenn ich sie ihm nicht gezwungenermaßen gegeben hätte.«

»Sie kennen meinen Vater?«

»Selbstverständlich. Er ist einer von uns, wie auch schon sein Vater einer von uns gewesen ist.«

»Einer von uns? Sie haben doch nicht alle Tassen im Schrank«, konstatiert Jakob trocken.

»Glaub doch, was du willst, Junge, das ist mir gleich. Denke nur gut nach. Wer ist zu wem gekommen? Habe ich etwa vor eurer Tür gestanden? Wenn ihr unbedingt die Wahrheit wissen wollt, dann müsst ihr sie auch ertragen.« Erneut mustert sie uns kalt, einen nach dem anderen, und liest den Zweifel in unseren Augen. Und erneut erklingt ihr hässliches Lachen, das nach und nach in einen rasselnden Husten übergeht. »Ich brauche frische Luft«, ächzt sie und öffnet die Tür nach draußen. Sie humpelt auf die Terrasse, dann dreht sie sich zu uns um. »Was steht ihr da wie die Ölgötzen?« Auffordernd klopft sie auf den Gartentisch und zeigt auf die Stühle. »Kommt schon, setzt euch. Oder habt ihr etwa schon genug?«

Zögerlich gehen auch wir hinaus und nehmen Platz, wir auf der einen Seite des Tisches, Señora Gonzales auf der anderen. Sie schließt die Augen, nur langsam beruhigt sich ihr rasselnder Atem. Das Dienstmädchen taucht auf und stellt ein Tablett mit gefüllter Karaffe, Gläsern und Eiswürfeln auf den Tisch. Bei dem leisen Klirren nickt die Alte zufrieden. »Hat er euch jemals sein Tagebuch gezeigt?«, fragt sie unvermittelt, die Augen immer noch geschlossen.

»Wir haben es nach seinem Tod bekommen, von seinem Anwalt«, antwortet Philipp.

»Ja, ja«, seufzt sie. »Der gute, alte Fritz ...«

»Lassen Sie mich raten – das ist bestimmt auch ›einer von uns‹.« Jakobs Sarkasmus ist nicht zu überhören.

»Wie recht du hast, Junge. Und, habt ihr es gelesen?«

»Nur überflogen«, sagt Philipp schnell.

»Dieses fürchterliche, sentimentale Geschreibsel!« Sie öffnet die Augen und richtet sich auf. »Aber so war er, euer Großvater. Ein Jammerlappen, ein Schwächling, feige auch, mit einem Hang zum Devoten.«

»Boah, mir reicht's jetzt.« Jakob ist wieder aufgestanden.

»Sie sind doch nur eine verbitterte alte Frau. Wahrscheinlich hat Opa Sie verlassen, und das haben Sie ihm bis heute nicht verziehen.«

»Setz dich hin«, herrscht die Alte ihn an. »Rausgeschmissen habe ich deinen Großvater, weil er nicht mehr zu ertragen war. Hatte plötzlich seine Moral entdeckt, sein Gewissen. Wollte beichten und Abbitte leisten, der dumme Hund.«

»W-w-wofür?«

»Wir haben uns nichts vorzuwerfen«, fährt sie fort, ohne meinen Einwurf zu beachten. »Wir standen auf der richtigen Seite. Stehen wir bis heute. Gehorsam bis in den Tod. Aber das versteht ihr nicht, das wollt, das könnt ihr gar nicht verstehen, verweichlicht wie ihr seid.« Ihr Atem geht keuchend, ihr Kopf ist hochrot angelaufen, ihre Finger krallen sich an der Tischplatte fest.

»Geht es?«, fragt Philipp und beugt sich besorgt nach vorn.

»Klar geht das«, raunt Jakob ihm gut hörbar zu. »Lass sie doch einfach abnippeln. Dann hat sich dieses Theater endlich erledigt.«

Mit zitternder Hand greift die Alte nach einem Glas, trinkt einen Schluck und fixiert danach Jakob. »Das könnte dir so passen! Dir erzähl ich jetzt mal was über deinen Großvater. Wollen wir doch mal sehen, wer danach Theater macht ...«

Sie atmet tief durch und dann legt sie los.

»Hat Heinrich euch überhaupt etwas gesagt, von früher? Nein? Dann wisst ihr also nicht, dass er in der Schutzstaffel war? Ja, genau, in der SS. Da macht ihr Augen, was! Euer feiger Großvater war ein ordentliches Mitglied dieser Helden-Truppe, kaum vorstellbar. Aber die SS, das waren nicht nur die Totenköpfe, das waren viele andere Abteilungen. In der Verwaltung. Ich gehörte auch dazu, nur zum Gefolge, eintreten durfte ich ja nicht als Frau. Aber ich habe als Schreibkraft für Fritz gearbeitet, im Hamburger Oberabschnitt ›Nordsee‹, und euer Großvater erst in der Finanzbehörde, später dann beim Zoll.

Vielleicht waren wir nur Rädchen im Getriebe. Aber wir haben das Getriebe zum Laufen gebracht und es am Laufen gehalten. Wir haben es doch erst möglich gemacht. Wir haben das Vaterland befreit aus den Klauen dieser Blutsauger, die an den Adern des deutschen Volkes hingen.

Jetzt guckt nicht so tumb, als wüsstet ihr nicht, wen ich meine. Die dreckigen Juden meine ich. Wie sie da promenierten an der Alster, in ihren Pelzen und mit ihrem Schmuck! Wie sie da hockten, in ihren feinen Geschäften, sich ins Fäustchen lachten und für etwas Besseres hielten! Und einfache, ehrliche Menschen wie meine Eltern hatten nichts zu beißen. Eine Schande war das!

Aber damit wurde aufgeräumt. Damit war Schluss. Dank des Führers. Und dank uns. Was glaubt ihr denn, wer die Deportationen organisiert hat? Das war zuallererst ein Verwaltungsakt, eine Mammutaufgabe. Die Finger habe ich mir wund getippt, Liste um Liste, Namen, Adressen. Tausende. Die Nächte habe ich durchgearbeitet, ich wusste doch wofür. Dann konnten sie abgeholt werden, diese Untermenschen, und wurden ihrer gerechten Strafe zugeführt.

Heinrich? Nein, der hatte nichts damit zu tun. Dafür war Fritz zuständig. Euer Großvater war Finanzbeamter. Er hat dafür gesorgt, dass alles, was sich dieses Pack angeeignet hatte, zum Wohle des deutschen Volkes veräußert wurde. Die Geschäfte, die Häuser, das ganze Hab und Gut. Beim Zoll dann war er verantwortlich für die Auktionen. Da war schon Krieg. Aus dem ganzen Reich und den besetzten Gebieten wurden sie herangeschafft, die Besitztümer dieser minderwertigen Rasse, und stapelten sich im Hafen, in den riesigen Liften.

Nachdem wir dann bombardiert worden waren und alles in Schutt und Asche lag, da konnten die Hamburger darauf bieten, da kam es unter den Hammer, Geschirr, Kleidung, alles, was man zum Leben brauchte und was fehlte. Und als wir begriffen, dass der Krieg wohl verloren war, da haben wir gehandelt. Denn die Sache war ja nicht verloren, die Ideale nicht, für die unsere Soldaten gefallen waren. Die Sache musste weiterleben. So haben Fritz, Heinrich und eine Handvoll Gleichgesinnter begonnen, einiges an Wert beiseitezuschaffen. Es stand ja alles da, mitten im Hafen! Es war ganz leicht, auch noch, als die Briten einmarschierten, es herrschte ja ein großes Tohuwabohu.

Dann haben die Männer es aufgeteilt unter sich, jeder ist woanders hin, nur Fritz blieb in Hamburg. Euer Großvater, der feige Waschlappen, musste gleich ganz nach Argentinien, und ich mit ihm, weil er solche Angst hatte, zur Rechenschaft gezogen zu werden. Aber was hatten wir denn Falsches gemacht? Rein gar nichts. Wir hatten immer nur getan, was die Pflicht eines jeden aufrechten Deutschen war.

Heinrich ist zu einem jammernden Haufen Elend geworden, das plötzlich Reue spürte. Als ob es irgendetwas zu bereuen gab! Was habe ich mich in ihm getäuscht! Ein Opportunist war er, ein Schwächling. Das habe ich leider viel zu spät erkannt. Gut, dass er endlich tot ist.«

Die Alte gibt ein kleines Keckern von sich und lehnt sich zurück. Sie hat erzählt, was sie erzählen wollte.

Und wir, wir schweigen. Minutenlang. Mein Blick ist starr nach vorn gerichtet und verliert sich im hinteren Teil des Gartens. Ich traue mich nicht, zu meinen Brüdern zu schauen, die ebenso regungslos dasitzen wie ich. Mein Kopf fühlt sich an, als hätte ihn jemand mit Watte ausgestopft, überdeutlich spüre ich den Pulsschlag an meinem Hals.

Schließlich bewegt sich Jakob, nimmt einen Schluck Wasser und räuspert sich.

»Also fassen wir das mal kurz zusammen«, sagt er sachlich. »Du blöde Mistsau hast deine Mitbürger denunziert, um dich persönlich zu bereichern. Und Opa hat dir dabei geholfen.«

»Ich habe mich nicht bereichert. Alles, was wir genommen haben, dient der Sache. Bis heute.«

»Wie meinst du das?«

»Wir unterstützen unsere Kameraden, alte und neue, weltweit. Wir halten die Bewegung am Leben.« Sie klingt tatsächlich stolz.

»Diese Bilder, diese ganzen Bilder …«, stammelt Philipp, seine Stimme ist brüchig. »Ihre Besitzer, die sind doch …«

»Hoffentlich elendig verreckt!«, sagt die Alte laut. »Und ein Teil dieser Bilder hat deine Ausbildung ermöglicht, Junge. Diese Bilder haben euch vier finanziert, bis ihr auf eigenen Beinen stehen konntet. Das hat euch euer feiner Großvater natürlich auch verschwiegen. Aber jetzt wisst ihr es. Wem ihr alles zu verdanken habt.«

Mir ist auf einmal übel. Ich stehe auf, leicht schwankend. »L-l-lasst uns abhauen«, sage ich zu meinen Brüdern und gehe schnurstracks über die Terrasse, durch Arbeitszimmer und Flur zur Haustür. Jakob, Philipp, Simon und Ania folgen mir wortlos. Wir verlassen das Haus, am Ende der Einfahrt drehen wir uns noch einmal um. Unsere Großmutter steht aufrecht auf dem Treppenabsatz des Eingangs. Auf ihren Lippen liegt ein triumphierendes Lächeln.

Simon geht ein paar Schritte zurück. »Gut, dass du bald tot bist«, ruft er.

DAMALS

»VWL? Die herrschende Klasse unterstützen? Das geht gar nicht!« Margot war zutiefst empört.

Gerade hatte Jakob am Küchentisch verkündet, dass er sich zum nächsten Semester für Volkswirtschaft einschreiben wolle. Nun blies er gelassen seine Rauchkringel in die Luft und sah meiner Freundin dabei zu, wie sie sich aufregte. »Pass mal auf«, sagte er. »Aus mir wird mal was. Im Gegensatz zu dir. Ich mein, was willst du denn mit deinem Wischiwaschi-Scheiß später machen? Taxi fahren?«

Margot und Jakob konnten sich vom ersten Moment an nicht ausstehen. Er verkörperte alles, was sie ablehnte. Und sie war alles, was er verachtete. Außerdem durchschaute er sie relativ schnell.

»Deine Tussi nervt echt. Verwöhntes Püppchen, das aus lauter Langeweile einen auf Weltverbesserer macht«, erklärte er mir.

»W-w-was?«

»Na, geht auf Demos, krakeelt rum und hockt dann wahrscheinlich sonntags bei den Kapitalistenschweinen am Mittagstisch, um sich ihren Scheck abzuholen. Ich mein, wer zahlt das denn alles? Ihr Studium, ihre Bude, ihre Klamotten, auch wenn die nicht viel gekostet haben können, so wie die aussehen? Doch sicher ihre Alten. Oder jobbt sie nebenbei?«

Ich schüttelte den Kopf.

»Siehste. Und wenn die irgendwann mal durch ist mit ihrem Existenzialistenkram, dann kehrt die zurück nach Nienstedten und setzt sich dort ins gemachte Nest.«

Natürlich jobbte Margot nicht. Sie weigerte sich, für das System zu arbeiten, das sie bekämpfte. Die monatlichen Zuwendungen ihrer Eltern betrachtete sie als das kleinere Übel: »Reparationsleistungen, für meine Kindheit, verstehste.«

Aber dieses Geld war auch ihr wunder Punkt, etwas, das nicht in ihr Selbstbild passte. Das hatte Jakob natürlich sofort raus und zog sie damit auf, so oft er konnte. Wenn sie in der Küche ihre Reden über die Unterdrückten und Armen schwang, behielt er gern das letzte Wort. »Wir haben das höhere Töchterchen vernommen«, sagte er etwa. »Und nun husch zurück in den Elfenbeinturm.«

Irgendwann platzte Margot der Kragen, natürlich zur besten Abendbrotzeit.

»Das sagt der Richtige!«, giftete sie. »Du liegst doch auch deinem Opa und deinem Vater auf der Tasche, wenn ich richtig informiert bin. Oder wer hat dieses dekadente Internat in England bezahlt?«

»Stimmt«, meinte Jakob trocken. »Aber erstens will ich nicht das Kapital abschaffen. Zweitens sind das in meinem Fall tatsächlich Reparationsleistungen, wie du es so gern nennst. Denn meine Mutter hat sich umgebracht, und mein Alter will mit seinem unehelichen Bastard sonst weiter nichts zu tun haben. Ich glaub, das ist mal eine Problematik, die jemand wie du eher nur vom Hörensagen kennt, oder? Und drittens verdien ich jetzt meine eigene Kohle.«

Alle blickten wir auf und Jakob neugierig an.

»Ich mach jetzt nämlich in Aktien.«

»W-w-was machst du?«

»In Aktien. Wall Street, Baisse, Hausse, falls euch das was sagt.« Und dann erklärte er uns in aller Ausführlichkeit, was er alles in London beim Praktikum gelernt hatte und dass er nun gedachte, an den internationalen Börsen zu spekulieren und im Handumdrehen ein Vermögen zu verdienen.

»Passt mal auf, in ein paar Monaten hol ich uns hier raus. Wir ziehen in 'ne piekfeine Bude, Eppendorf, Rotherbaum, Blankenese, könnt ihr euch aussuchen.«

»Wie wär's mit dem Kiez?«, meinte Philipp euphorisch. »Da ist immer was los!«

»Nee, in die Nähe von Hagenbeck. Da kann ich jeden Tag in den Zoo gehen«, sagte Simon.

Opa schüttelte den Kopf. »Ich weiß wirklich nicht, was ihr immer habt. Hier ist es doch gar nicht so schlecht.«

Ich enthielt mich einer Meinung, denn mir schwante nichts Gutes. Nach Sonny Crockett jetzt also Gordon Gekko, das konnte ja was werden.

»Du bist derartig aufs Geld fixiert, echt voll Scheiße!« Margot hatte endlich in den Kampfmodus zurückgefunden. »Dir würde ich sogar zutrauen, dass du FDP wählst!«

»Und? Was wäre falsch daran?« Überlegen blies Jakob den Rauch in die Luft.

»Scheiß Nazi-Partei!«

»Was?« Verblüfft beugte er sich nach vorn.

»Da haben sich die ganzen alten Nazis versammelt.«

»So'n Quatsch.«

»Kannste nachlesen. Voll unterwandert alles, seit den fünfziger Jahren. Und was die da heimlich aushecken! Ahnste gar nicht. Da muss man voll aufpassen, sonst wird's wieder so wie früher.«

»Du laberst so einen Müll, das glaub ich echt nicht ...«

»Und du musst dich mal richtig informieren, du tust doch immer so schlau. Aber von nix 'nen Schall. Kannst ja mal deinen Opa fragen, was damals so los war, damit du überhaupt weißt, wovon ich rede.«

Alle blickten wir automatisch zu Großvater, der den Kopf zwischen die Schultern zog, akribisch mit dem Messer die Brotkrumen auf seinem Teller zusammenschob und erwartungsgemäß nichts dazu sagte.

»Erzählen Sie das Ihrem Enkel doch mal«, wandte sich Margot nun auffordernd direkt an ihn. »Wie das früher alles war mit den Scheißnazis.«

Opa schwieg noch einen Augenblick, dann wuchtete er sich umständlich hoch.

»Schlimme Zeiten waren das«, nuschelte er. »Schlimme Zeiten. Mitmachen mussten ja alle, da konnte man sich nicht gegen wehren, sonst wär es einem selbst an den Kragen gegangen. Und wie schlimm es wirklich war, das haben wir erst hinterher erfahren, das wussten wir gar nicht, das konnte doch auch keiner ahnen …«

»Glaub ich nicht«, sagte Margot. »Das ist nur eine dieser typischen Ausreden, um sich vor der Verantwortung zu drücken.«

»Jetzt werde bloß nicht frech, Frollein!« Opa schnaufte. »Kein Respekt vor dem Alter. Und von Tuten und Blasen keine Ahnung. Aber so seid ihr jungen Leute! Ihr wisst überhaupt nicht, wovon ihr sprecht. Wir waren dabei, wir wissen es doch. Aber irgendwann muss es auch einmal …« Großvater brach mitten im Satz ab und verließ einfach die Küche, kurz darauf klappte die Haustür.

»Boah!« Margot sah uns mit großen Augen an. »Was war das denn?«

»Opa redet nicht von früher.« Simon legte ihr besänftigend eine Hand auf den Arm. »Ist so. Hat nichts mit dir zu tun.«

»Ja, aber habt ihr euch nie gefragt, warum? Wollt ihr denn nicht wissen ...«

»Nee, wollen wir nicht!«, fuhr Jakob sie an. »Du hältst jetzt endlich deine Klappe. Und lass bloß den alten Mann in Ruhe, sonst kannst du dir dein Essen in Zukunft woanders schnorren.«

Später am Abend, als ich Margot zum Bus brachte, fing sie noch einmal mit dem Thema an. »Ist doch komisch, oder? Ich mein, die Reaktion eures Opas. An eurer Stelle würde ich echt ...«

»D-d-das ist seine Sache, nicht unsere. Und vor allem nicht d-d-deine.«

»Wie kann man nur so ignorant sein! Versteh ich echt nicht.«

»Das g-g-geht dich nichts an. G-g-gar nichts.«

»Mensch, Johannes, überleg doch mal ...«

»Hör auf!« Fast brüllte ich. »K-k-kümmer dich doch um deine eigene Familie. Und fang am besten b-b-bei dir an!«

»Wie meinste das denn jetzt?«

»Jakob hat doch den Nagel auf den K-k-kopf getroffen – von w-w-wegen höhere Tochter und so ...«

»Vollidiot!« Beleidigt stieg Margot in den Bus.

Mit hängenden Schultern stand ich auf der Straße und schaute ihr hinterher. Unser erster Streit. Wegen Opa! Aber mein Bruder hatte recht. Sie sollte den Alten in Ruhe lassen. Der redete eben nicht. Und wir wollten auch nichts wissen.

Die Sache mit den Aktien ging natürlich schief. »Kleiner Anfängerfehler«, entschuldigte mein Bruder sich. »Aber lasst mich mal machen, ich krieg das schon noch auf die Reihe.«

Wir blieben also schön am Born, nur Jakob wechselte die Gegend. »Ich zieh aus«, verkündete er wenige Wochen, nachdem er wieder eingezogen war. »In so 'ne Art WG.«

»D-d-du? In eine WG?«

»Gehobenes Niveau, versteht sich. Winterhude. Irgend so ein Verein. Da hat mein Alter gewohnt, während seines Studiums. Ist sein Vorschlag.«

»Seit wann m-m-machst du, was dein Vater sagt?«

»Der kann mich mal. Aber das ist echt die einmalige Gelegenheit, hier rauszukommen! Ich schau's mir heute Nachmittag an. Kannst ja mitkommen, wenn du willst.«

»K-k-klar«, sagte ich und spürte einen kleinen Stich in der Magengegend. War das etwa Neid?

Der Verein lag in der Sierichstraße, ein schmales, zweistöckiges Gebäude aus roten Backsteinen. »Sieht doch ganz okay aus, find ich«, sagte Jakob, als er die Eingangsstufen hinaufging.

»Hmm«, machte ich nur. Der Druck in meinem Bauch verstärkte sich. Es sah mehr als okay aus, schließlich war die Sierichstraße, wenn überhaupt, für mich nur einen Katzensprung von piekfein entfernt – große, ehrwürdige Jugendstil-Villen reihten sich hier aneinander, die Alster lag in Wurfweite. Eine beschauliche, ruhige Gegend.

Jakob klingelte, und wir konnten hören, dass drinnen jemand eine Treppe hinunterpolterte. Aufgerissen wurde die Tür von einem Typen in unserem Alter mit deutlichem Übergewicht. Er musterte uns aus Schweinsäuglein, sein Gesicht hatte eine ungesunde rötliche Farbe, die Haut war teigig.

»Herein, herein!« Jovial wedelte er mit der Hand. »Einer von euch muss Jakob sein …«

»Bin ich«, sagte mein Bruder und nickte.

Der Typ betrachtete ihn einen Augenblick von Kopf bis Fuß, sein Blick blieb etwas abschätzig an Jakobs heiß geliebter und abgewrackter Lederjacke hängen, dann streckte er ihm die Hand entgegen. »Ich bin Klaas, herzlich willkommen und immer hereinspaziert in die gute Stube.«

Wir marschierten hinter ihm her in einen schummrigen Flur, an dessen hoher Decke ein opulenter Kristalllüster mildes Licht verbreitete.

»Und du bist?«, wandte sich Klaas an mich.

»Mein Bruder. Johannes«, sagte Jakob schnell.

»Aha. Du suchst auch ein Zimmer?«

Ich schüttelte den Kopf.

»Na, davon hat euer Vater auch nichts gesagt. Ein grandioser alter Herr, Hut ab. Auf den könnt ihr wirklich stolz sein.«

»Hmm«, machte Jakob und dachte gar nicht daran, klarzustellen, dass das Arschloch nicht unser beider Vater war.

»Dann kommt mal mit nach oben, ich zeig euch das Zimmer. Jura wie euer alter Herr?«, fragte er Jakob auf dem Weg nach oben.

»Nein, VWL«, antwortete der.

»Auch gut, auch sinnvoll.«

In der ersten Etage öffnete er eine von vielen Türen und sagte wieder: »Hereinspaziert, hereinspaziert!«

Jakob und Klaas betraten den Raum, ich blieb noch einen Moment lang stehen und betrachtete irritiert das riesige Banner, das hier im Flur an der Wand hing. »Ehre – Freiheit – Vaterland.« Ach du Scheiße, dachte ich und ging den beiden hinterher.

Das Zimmer war schlicht, um nicht zu sagen spartanisch eingerichtet. Ein Bett, ein Kleiderschrank, eine Kommode, ein Schreibtisch vor dem Fenster, das allerdings einen schönen Blick in einen kleinen Garten bot. Die Möbel hatten allesamt schon bessere Zeiten gesehen.

»Das kannst du natürlich noch mit deinen persönlichen Sachen ausstaffieren. Kleiner Teppich rein, und schon wird's richtig gemütlich«, erklärte Klaas. »Und?«

»Mir gefällt's«, sagte Jakob und ignorierte meine unauffälligen Stupser mit dem Ellenbogen.

»Sehr schön. Das hatte ich auch nicht anders erwartet.« Klaas nickte zufrieden. »Du kannst fechten, habe ich gehört ...«

»Klar«, sagte Jakob. »Auf dem Internat gelernt, in England.«

»Sehr gut. Es geht doch nichts über eine anständige Ausbildung. Aber wir bringen es einem Fux natürlich auch bei. Die Mensur ist uns wichtig, wir sind nämlich pflichtschlagend. Ansonsten ist es wirklich locker hier, wir legen nur Wert auf Gemeinschaft und Geselligkeit, wirst schon sehen, unsere Kneipen und Kommerse machen einen Riesenspaß. Und unsere Germanenkneipe auf dem Kiez lernst du auch kennen, versteht sich.« Klaas zwinkerte Jakob vertraulich zu.

»Klingt gut«, sagte mein Bruder.

»Sehr schön. Na, dann kommt mal mit, ich zeig euch noch den Rest, Bäder, Küche, Gemeinschaftsräume.«

Nach einem kurzen Rundgang landeten wir wieder unten bei der Haustür.

»Und?«, fragte Klaas. »Wann kommst du?«

»Ist Mitte nächster Woche okay?«

»Jederzeit. Ruf nur kurz vorher mal durch, damit wir Bescheid wissen.«

Die beiden schüttelten sich zum Abschied sehr männlich die Hand, ich bekam von Klaas einen flüchtigen Klopfer auf die Schulter.

»Sehr herzliche Grüße an euren alten Herrn«, rief Klaas uns noch hinterher. »Und richtet ihm doch aus, dass wir alle große Lust hätten, mal wieder einen seiner schönen Vorträge zu goutieren!«

Schweigend brachten Jakob und ich etliche Meter zwischen uns und diesen Ort. Dann blieb ich abrupt stehen.

»D-d-das machst d-d-du nicht, oder?«

»Was?«

»D-d-da einziehen.«

»Natürlich. Warum denn nicht? Ist doch nett, und das Zimmer ist ziemlich okay. Nichts Dolles, aber mein eigenes Reich.«

»D-d-das ist eine B-b-burschenschaft!«

»Und? Muss doch nichts heißen.«

»D-d-du tickst nicht mehr richtig. Hast d-d-du das etwa nicht gesehen?«

»Was, Johannes?« Jakob klang zusehends genervt.

»D-d-das Plakat. Oben im Flur. Ehre. Freiheit. V-v-vaterland.«

»Meine Güte, echt, ist doch wurst. Andere hängen sich Che Guevara oder Lenin an die Wand, ohne groß drüber nachzudenken. Und die sind eben ein bisschen anders drauf. Ist mir, ehrlich gesagt, auch scheißegal. Ich hab mit denen nichts weiter zu tun, ich wohn da nur.«

Ich starrte ihn fassungslos an.

»Jetzt pass mal auf, Johannes. Ich zieh aus. Punkt. Und die Typen da werden mit Sicherheit nicht meine besten Freunde.

Bisschen fechten, zusammen saufen, um die Häuser ziehen, mehr wird nicht laufen. Ansonsten mach ich mein eigenes Ding und halt mich aus allem anderen raus. Ist doch ganz einfach.«

Damit lag er allerdings völlig daneben, aber so was von.

2008

»Ich fühle mich total gerädert. Was ist mit euch?« Philipp lässt seinen Kopf ermattet auf meinen Küchentisch sinken und schaut uns aus rot geäderten Augen an.

Jakob grinst. »Na ja, mal eben knapp dreiundzwanzigtausend Kilometer in fünf Tagen, was erwartest du? Wir sind nicht mehr die Jüngsten. Das steckt der Körper nicht so einfach weg. Deiner schon gar nicht.«

»Sehr witzig, wirklich.« Philipp gähnt.

Energisch haue ich mit der Faust auf den Tisch. »K-k-könnten wir jetzt endlich zur Sache k-k-kommen, verdammt noch mal?«

Die anderen schauen mich erstaunt an. Ich habe tatsächlich gebrüllt. Meine Nerven liegen blank.

»Koche ich Kaffee, du kommst zur Sache«, meint Ania lakonisch aus dem Hintergrund und klappert mit den Bechern.

Gestern Abend sind wir in Hamburg gelandet und dann alle Mann hoch zu mir. Sogar Jakob war zu fertig, um noch in irgendeinem Fünf-Sterne-Schuppen ein Zimmer zu beziehen.

Gesprochen haben wir seit der Offenbarung der Alten nur wenig. Nach einer schweigenden Fahrt durch das sonnenbeschienene San Miguel de Tucumán ergriff Philipp in der Lobby des Miami als Erster wieder das Wort. »Ich weiß nicht, wie's euch geht. Mir geht's jedenfalls nicht gut. Und nein, ich möchte nicht darüber reden. Nicht jetzt. Ich muss das sacken lassen. Lasst uns was essen, lasst uns was trinken, lasst uns über irgendeinen banalen Quatsch sprechen. Und dann ab nach Hause. Okay?«

Keiner antwortete ihm, aber alle waren einverstanden.

Wir gingen essen, wir gingen trinken, wir unterhielten uns über Belanglosigkeiten, wir gingen ins Bett. Nach kurzer Zeit hörte ich Simons ruhige Atemzüge und Philipps leises Schnarchen. In meinem Kopf allerdings drehte sich das Gedankenkarussell in aberwitziger Geschwindigkeit, ich war hellwach, also stand ich noch einmal auf, irrte durch das stille Hotel und fand mich an der verwaisten Bar wieder. Ich trat einfach hinter den Tresen, schnappte mir eine Flasche und ein Glas und starrte mit leerem Blick ins Dunkle.

»Kannst du nicht schlafen?« Plötzlich stand Ania neben mir.

Ich schüttelte den Kopf, nahm ein weiteres Glas und schenkte ihr ein.

»Erzähle ich dir Geschichte. Von meinem Opa. Willst du hören?«

Ich nickte und nahm einen kräftigen Schluck.

»War kein guter Mann. Aber Leben hat ihn dazu gemacht. Hatte immer Wut, hat geschlagen seine Frau und seinen Sohn, meinen Vater. Und mein Vater hat geschlagen seine Frau und seine Kinder. Hat Wut geerbt und wusste nicht, warum er ist wütend, immerzu. Hat erst erfahren, kurz vor Tod von Vater. Da hat Opa gesagt, viel zu spät ...« Ania greift nun selbst nach der Flasche.

»W-w-was hat er gesagt?«

»Hat gesprochen über Krieg. Wir wussten, dass er war Soldat, dass er war gefangen und musste arbeiten für Deutsche. Aber wussten nicht, was er hat erlebt. Dann er hat gesagt, dass er war auf große Hof in Bayern. Musste schuften Tag und Nacht mit anderen Polen. Aber Arbeit war nie gut genug für Bauer. Gab Strafen, jeden Tag, jahrelang. Gab Prügel mit Peitsche. Im Winter Männer mussten draußen stehen, ohne Schuhe, Stunden. Im Sommer gab kein Wasser, wenn Arbeit war nicht gut. Und Männer hatten immer Hunger, gab nur dünne Suppe und altes Brot. Viele sind gestorben an Hunger. Aber Bauer hatte genug zu essen, immer Gemüse und Fleisch. Und eines Tages Opa hat gestohlen ein Huhn. Hat geschlachtet und gegessen mit Kameraden. Bauer hat gemerkt und wollte Dieb fangen. Hat gesagt, es gibt Belohnung für Verrat. Aber keiner hat verraten. Und Bauer hat genommen einfach einen Mann und hat ihn totgeschlagen – für Huhn. Und alle mussten sehen. Auch Opa musste sehen, wie Mann starb – für ihn.« Ania nimmt einen großen Schluck, direkt aus der Flasche.

»D-d-das ist eine fürchterliche G-g-geschichte.«

»Ja. Aber weißt du, was ist auch fürchterlich, was ist noch schlimmer? Dass Opa nicht erzählt hat. Hat Geschichte in sich getragen ganzes Leben nach dem Krieg. Ganze Wut, ganze Schuld. Keiner hat gewusst, keiner konnte helfen. So Geschichte hat kaputtgemacht Opa. Hat kaputtgemacht ganze Familie.«

»Und d-d-du glaubst, wenn er drüber g-g-geredet hätte, wäre alles anders gekommen? Er hätte seinen Sohn nicht g-g-geschlagen und der nicht seine K-k-kinder?«

»Ja, bin ich sicher. Du musst reden, Johannes. Dann kannst du verstehen. Und wenn du verstehst, du kannst verzeihen. Und vergessen.«

»Ich finde nicht, d-d-dass man alles verzeihen k-k-kann. D-d-das, was deinem Großvater widerfahren ist, halte ich f-f-für unverzeihlich.«

»Vielleicht. Aber mit Verzeihung er hätte weniger Wut gehabt. Und wenn mein Vater gewusst hätte, er hätte verziehen meinem Opa. Du musst reden, Johannes. Und du kannst verzeihen.«

»Nein! Ich w-w-weiß, worauf du hinauswillst. Aber w-w-wenn es stimmt, was meine G-g-großmutter erzählt hat, werde ich ihr n-n-nicht verzeihen. Niemals.«

»Nicht alte Frau, Johannes. Sie ist Fremde für dich. Aber Opa, Opa kannst du verzeihen.«

Anias Geschichte ist mir nicht mehr aus dem Kopf gegangen. Natürlich ist mir klar, dass meine Brüder und ich miteinander sprechen müssen. Wir müssen Worte finden für das, was wir gehört haben. Für Opas Geschichte. Unsere Geschichte.

Nach meiner dämlichen Brüllerei ist mir die Aufmerksamkeit der anderen jedenfalls sicher. Meine Brüder sehen mich an, abwartend, schweigend.

»L-l-lasst uns endlich reden«, sage ich.

»Über Oma?«, fragt Simon.

»G-g-genau.«

»Nenn diese alte Hexe nicht Oma«, fährt Jakob seinen kleinen Bruder an. »Wir kennen diese Frau überhaupt nicht. Und keiner von uns weiß, ob sie tatsächlich unsere Großmutter ist. Wahrscheinlich ist alles, was sie gesagt hat, erstunken und erlogen.«

»G-g-glaub ich nicht.«

Philipp kommt wieder in die Senkrechte. »Ich leider auch nicht. Weshalb sollte sie uns eine derartige Lüge auftischen?«

»Weil sie böse und verrückt ist.«

»Die ist nicht verrückt. So was merke ich«, meint Simon.

»Nee, aber böse mit Sicherheit.« Philipp lacht freudlos. »Wir sollten mehr über diese ganze Sache herausfinden.«

»Und wie?« Jakob blinzelt ihn angriffslustig an.

»Einfache Recherche. Über d-d-die C-c-container im Hafen zum Beispiel. Und vielleicht g-g-gibt's so was wie ein Verzeichnis v-v-von SS-Angehörigen, vielleicht steht Opa d-d-da drin. Philipp und ich b-b-besuchen noch mal Friedrich Löwe, d-d-der weiß mit Sicherheit mehr, als er b-b-bisher gesagt hat. Und d-d-du fährst zu d-d-deinem Vater.«

»Den hab ich seit ungefähr zehn Jahren nicht mehr gesehen. Zum Glück. Der redet bestimmt nicht mit mir!«

»D-d-da fällt dir schon was ein …«

»Und was soll ich machen?«, fragt Simon. »Alle haben was zu tun, nur ich nicht. Das ist ungerecht.«

Ich schaue meinen kleinen Bruder an und wundere mich nicht zum ersten Mal in diesen Tagen darüber, wie er sich hält. Durchgedrücktes Kreuz. Klarer, aufmerksamer Blick.

»D-d-du hast die Bilder noch einigermaßen im K-k-kopf, die wir im Haus g-g-gesehen haben?«

»Logo.«

»G-g-gut. Find was raus d-d-darüber, im Internet steht b-b-bestimmt was.«

»Klingt nach Plan.« Ania knallt den Kaffee auf den Tisch, dazu eine Pfanne mit Rührei und Speck und nickt mir zu. »Aber erst essen. Gibt Kraft.«

Nach dem Frühstück verzieht sich Simon mit meinem Laptop ins Arbeitszimmer. Jakob will noch duschen, bevor er zu seinem Vater fährt. Philipp und ich brechen sofort zur Heimhuder Straße auf.

»Schon komisch, wie gut es Simon die ganze Zeit geht«,

sagt er auf der Fahrt zu mir. »Normalerweise flippt der in Stresssituationen doch sofort aus. Aber kein Anfall, nicht ein einziger, seit wir unterwegs sind!«

»Und w-w-woran liegt das, Herr Doktor?«

»Ich habe nicht die leiseste Ahnung, ehrlich. Müsste man mal einen Psychiater fragen, ich bin ja nur Chirurg. Aber es ist mir auch egal, Hauptsache, es bleibt so.«

In der Heimhuder Straße will Philipp wieder über die Mauer nach hinten in den Garten steigen, aber ich bestehe darauf, dass wir erst einmal ordnungsgemäß klingeln.

Friedlich Löwe persönlich öffnet uns die Tür. »Ah!«, sagt er zur Begrüßung. »Ich habe schon mit Ihnen gerechnet, wenn auch nicht so schnell. Kommen Sie, kommen Sie.«

Er führt uns dieses Mal nicht in das Arbeitszimmer, das eigentlich gar keines ist, sondern in seine Küche, einen großen, hellen Raum mit Kräutern auf der Fensterbank, Kupfertöpfen auf dem Herd und alten, gepflegten Holzmöbeln. Alles sehr einladend, perfekt unperfekt. Ich bin erstaunt, das Ambiente wie aus einer Wohnzeitschrift passt nicht zu ihm.

»Schön, nicht?«, fragt er, als könnte er meine Gedanken lesen. »Meine Enkelin ist Innenarchitektin, und auch wenn sie mittlerweile auf der ganzen Welt tätig ist, macht es ihr Freude, zwischendurch das Haus, in dem sie aufgewachsen ist, Zimmer für Zimmer herzurichten.« In seiner Stimme schwingt Stolz mit, sein Blick wandert unwillkürlich zu einer gerahmten Fotografie an der Wand, auf der eine pausbäckige junge Frau mit kräftigen blonden Haaren in die Kamera lächelt. Dann räuspert er sich. »Ich wollte mir gerade einen Tee aufbrühen. Darf ich Ihnen auch etwas anbieten?«

»Nein, danke«, sagt Philipp knapp.

»Nun gut, wie Sie wollen. Aber setzen Sie sich doch wenigstens. Ich bin gleich bei Ihnen.«

Wir hocken uns auf die Küchenstühle, während Löwe mit Kessel und Tasse hantiert. Dann kommt er zu uns. »Sie sehen beide ein wenig müde aus«, konstatiert er. »Kein Wunder, nach der ganzen Anstrengung, die Sie auf sich genommen haben.« Als er unsere Blicke sieht, lächelt er. »Hedwig hat mich nach Ihrem Besuch angerufen. Sie war, gelinde gesagt, etwas aufgeregt. Nun, Sie haben Ihre Großmutter ja kennengelernt. Eine beeindruckende Frau, nicht wahr?«

»F-f-finden Sie?«

»Unbedingt. Etwas eigentümlich von Zeit zu Zeit, auch streitlustig, aber sehr willensstark, sehr klug, den rechten Weg hat sie bis heute nicht verlassen.«

»*Rechter* Weg!« Philipp lacht sarkastisch. »Das haben Sie aber nett gesagt. Die Dame ist ein verdammter Nazi.«

»Nun ja, ich weiß nicht, was daran falsch sein soll, zu dem zu stehen, woran man glaubt. Es zeugt doch eher von Charakter, seine Haltung zu zeigen, gerade wenn sie nicht opportun ist. Und wenn Sie sich einmal umschauen in meiner Generation, in der Ihrer Großmutter, dann werden Sie schwerlich jemanden finden, der kein Nationalsozialist war. Die einen eben mehr überzeugt, die anderen weniger.«

»Frau Gonzales ist wohl eher eine von denen, die mehr überzeugt waren. Und anscheinend hat sie nichts dazugelernt. Wenn alles stimmt, was sie uns erzählt hat, hat sie außerdem schwere Verbrechen begangen.«

»Ach, Verbrechen!« Friedrich Löwe breitet theatralisch die Arme aus. »So ein großes Wort! Sie hat Fehler gemacht, sicher, aber wer macht denn keine? Dagegen ist doch keiner von uns gefeit, wir sind schließlich alle nur Menschen.«

»Sie hat Juden denunziert und in den Tod geschickt! Und was ist eigentlich mit Ihnen? Sie gehören doch auch zu diesem Pack ...«

»Junger Mann, ich bitte Sie. Ich muss mich in meinem Haus nicht von Ihnen beleidigen lassen.«

»Gehören Sie dazu oder nicht?«

Friedrich Löwe schürzt die Lippen und legt seine fleckigen Hände flach auf den Tisch. Ich befürchte schon, dass er nicht mehr sagen wird. Aber ich irre mich.

»Nun, Hedwig hat Ihnen schon alles erzählt, leider mehr, als sie ... Aber lassen wir das. Ja, wenn Sie so wollen, gehöre ich dazu, selbstverständlich. Auch wenn ich in einigen Punkten heute nicht mehr mit Ihrer Großmutter übereinstimme und mir eine moderatere Sichtweise zu eigen gemacht habe. Trotzdem bin ich nach wie vor davon überzeugt, dass dem deutschen Volk eine Vormachtstellung in der Welt gebührt. Dass wir zu Höherem berufen sind. Sehen Sie sich doch an, was wir über die Jahrhunderte geleistet haben – kulturell, politisch, wirtschaftlich. Unerreicht! Das gilt es zu erhalten und auszubauen. Und dafür müssen wir die Reinheit unserer Rasse bewahren.«

»D-d-die Reinheit d-d-der Rasse?« Habe ich mich verhört?

»Natürlich, Johannes. Das sollte das vornehmste Ziel unseres Volkes sein. Ohne Ihnen zu nahe treten zu wollen, aber Sie sehen doch, was geschieht, wenn sich die Rassen mischen. Ihr jüngster Bruder ist das beste Beispiel dafür, der Ärmste.«

»Ihnen hau ich jetzt gleich ein paar auf ...« Philipp ist hochgefahren. Ich zerre ihn am Arm auf seinen Stuhl zurück. Nicht, weil ich denke, dass Löwe keine Schläge verdient hat. Ich möchte vorher nur so viel erfahren wie möglich.

»W-w-was ist mit unserem G-g-großvater? Hat der d-d-das auch geglaubt?«

»Nun, Ihr Großvater ...« Friedrich Löwe lehnt sich entspannt in seinem Stuhl zurück. »Ich sagte Ihnen bereits, wie sehr ich Heinrich geschätzt habe, wir standen uns wirklich nahe. Aber ich muss auch sagen, dass er im Laufe der Jahre merkwürdige Bedenken entwickelt hatte. Ihr Großvater war ein Zweifler, immer schon, das entsprach seinem eher zögerlichen Naturell. Aus irgendeiner falsch verstandenen Verantwortung heraus hat er Schuldgefühle entwickelt und war letztendlich für die Sache verloren. Für Hedwig war er damit zum Verräter geworden. So weit möchte ich allerdings nicht gehen. Er war einfach ein gebrochener Mann. Die Flucht aus der Heimat, der Verlust seiner Tochter, die Trennung von Hedwig, das hat er nicht verkraftet.«

»Apropos Tochter«, sagt Philipp. »Was ist mit unserer Mutter? Hat sie das alles gewusst?«

»Das entzieht sich meiner Kenntnis. Nachdem Ihre Mutter damals aus San Miguel verschwunden ist, hat Hedwig nie wieder ein Wort über sie verloren. Und auch Heinrich hat nicht über das, was wohl vorgefallen war, gesprochen. Gibt das Tagebuch keine Auskunft darüber?«

»K-k-keine Ahnung. Und was ist mit den B-b-bildern?«

»Was soll mit den Bildern sein?«

»Sie m-m-müssen sie zurückgeben!«

Friedrich Löwe lächelt verhalten. »Das wird kaum möglich sein. Die Gemälde gehören nicht Hedwig, sie gehören auch nicht mir. Sie wurden schon vor langer Zeit einer Stiftung zugeführt und dienen einer höheren Sache.«

»W-w-was für eine Stiftung?«

»Nun, Sie würden es ja sowieso herausfinden, also kann ich es Ihnen auch erzählen. Es ist die Stiftung zur Wahrung deutschen Kulturguts.«

»Zur Wahrung deutschen Diebesguts wäre vermutlich passender!«

»Nun, Philipp, ich kann Ihre Empörung durchaus nachvollziehen. Das sind ja auch viele neue Informationen, die Sie erst einmal einordnen müssen. Aber bedenken Sie dabei, dass nicht zuletzt auch Sie und Ihre Brüder von der Stiftung finanziell profitiert haben.«

»Aber warum haben wir das Geld bekommen? Frau Gonzales hat ja mehr als deutlich gemacht, dass sie mit uns nichts zu schaffen haben möchte.«

»Das haben Sie letztendlich Ihrem Großvater zu verdanken. Er hat Hedwig, nun ja, ein wenig unter Druck gesetzt. Heinrich hat ihr damit gedroht, die Geschehnisse rund um die Bilder publik zu machen.«

»Er hat sie erpresst?« Philipp starrt Löwe an.

»Wenn Sie so wollen, ja. Hedwig hat zwar nicht geglaubt, dass er seine Drohung in die Tat umsetzt, weil er sich damit selbst beschuldigt hätte. Aber ein Rest Zweifel blieb. Außerdem habe ich ihr dazu geraten, ihm das Geld zu schicken, schließlich sind Sie vier Teil ihrer Familie.«

»Ach, dann sind Sie also unser großer Wohltäter?«

Friedrich Löwe lächelt milde. »Nun, so weit würde ich nicht gehen, aber, …«

»Sie ticken doch nicht mehr ganz richtig!« Philipp ist erneut aufgestanden. Diesmal halte ich ihn nicht davon ab.

»Sie sind ein dreckiger Verbrecher. Ein gewöhnlicher Dieb. Ein verfluchter Mörder, auch wenn Sie sich Ihre feinen Hände nicht persönlich schmutzig gemacht haben. Ich zieh Sie zur Rechenschaft. Ich zeig Sie an, Sie Schwein, und die Alte gleich mit!«

Auch Friedrich Löwe hat sich nun erhoben. Wieder lächelt er verhalten. »Nun, davon kann ich Sie nicht abhalten. Aber als Anwalt kann ich Ihnen nur sagen: Das ist natürlich alles nicht justiziabel. Dafür haben wir schon gesorgt. Sie haben es schließlich nicht mit irgendwelchen Kretins zu tun! Und jetzt verlassen Sie bitte unverzüglich mein Haus.«

»Die Drecksau bring ich zur Strecke, das schwör ich dir!« Philipp sitzt auf dem Beifahrersitz neben mir und zittert am ganzen Leib.

»Alles k-k-klar mit dir?«

»Nee, nix ist klar. Fahr mal zur nächsten Tanke. Ich brauch was zu trinken.«

»M-m-meinst du nicht, d-d-du solltest …«

»Mensch, Johannes!«, schnauzt er mich an. »Ich bin schwerer Alkoholiker. Und gerade jetzt ist wohl nicht der richtige Zeitpunkt, um mich trockenzulegen, oder? Los, fahr zur Tanke da drüben!«

Er rennt in den Shop und kommt mit einer Flasche Wodka zurück, schließt die Augen und trinkt. »Schon besser«, sagt er, zittert aber immer noch.

»B-b-bist du sicher?«

»Jep. Ich bin zwar Säufer, aber ich bin auch Arzt, ich kenn mich aus. Alles gut, glaub mir.«

Als ich meinen Wagen in der Schanze parke, hat sich sein Zittern tatsächlich gelegt. Statt auszusteigen, bleiben wir wortlos nebeneinander sitzen.

»Ich komm mir vor wie in einem schlechten Film«, sagt Philipp schließlich.

»Wie meinst d-d-du das?«

»Ich mein, das kann doch alles gar nicht wahr sein. Eben war das Leben noch einigermaßen okay, und plötzlich tauchen da diese skurrilen Alt-Nazis auf … Ich warte die ganze Zeit darauf, dass jemand aus einem Busch springt und ›Versteckte Kamera‹ brüllt.«

»Die Chance ist eher g-g-gering.«

Philipp seufzt. »Ja, aber trotzdem ... Vielleicht hätten wir doch lieber die Finger von dieser Sache gelassen und nicht nachgebohrt.«

»Zu spät. Jetzt w-w-wissen wir's.«

»Und was machen wir – mit diesem Wissen?«

»D-d-die Arschlöcher anzuzeigen halte ich für eine aus-g-g-gezeichnete Idee.«

»Okay. Sag mal, wo ist eigentlich Opas Tagebuch abgeblieben?«

»Liegt oben, auf d-d-dem Nachttisch.«

Philipp schnappt sich seine Flasche, öffnet die Autotür und stiefelt entschlossen zu meiner Wohnung.

SAN MIGUEL DE TUCUMÁN, SEPTEMBER 1964

Alles bricht zusammen! Mein Leben ist, so scheint es mir, ein einziger Trümmerhaufen. Die Heimat verloren, die Frau an einen anderen – und jetzt auch noch die Tochter!

Nach unserem gestrigen fürchterlichen Streit ist sie einfach verschwunden. Natürlich habe ich herumtelefoniert, Freunde, Bekannte, Nachbarn, keiner weiß etwas über ihren Verbleib, alle sind besorgt. Nur Hedwig nicht! Reisende solle man nicht aufhalten, hat sie gesagt, und dass sie keine Tochter mehr habe. Diese kaltherzige Frau!

Ich habe im Zimmer meiner Kleinen nachgeschaut, ein paar Dinge fehlen, Kleidung, Schmuck. Sie hat wohl eine Tasche mit dem Nötigsten gepackt und ist gegangen, mitten in der Nacht.

Aber wohin? Wenn ich es nur wüsste, hinterher würde ich ihr sofort, sie zur Rückkehr bewegen, um eine Aussprache bitten. Aber ob sie überhaupt mit mir spräche? Nach dem, was sie gestern erfahren hat?

Hedwig hat ihr alles gesagt, alles, obwohl ich sie gebeten habe, es nicht zu tun. Es bringt doch nichts Gutes, über die Vergangenheit zu sprechen, wir können sie doch nicht ändern. Aber Hedwig meinte, unsere Kleine müsse es nun erfahren, damit sie endlich zur Vernunft komme und heraus aus dieser unheilvollen Liaison. Dabei kennt sie ihre Tochter doch, so ungestüm und unbesonnen, wie die Jugend nun einmal ist.

Und ihren eigenen Kopf hatte unsere Kleine schon immer. Je älter sie wurde, desto mehr hat sie sich Hedwig widersetzt, wollte von der Sache nichts wissen und hat sich Gesellschaft außerhalb unserer Kreise gesucht. Natürlich hat Hedwig diese Entwicklung mir angelastet. Viel zu weich und nachgiebig in meiner Erziehung sei ich, hat sie mir stets vorgeworfen.

Auch ich mache mir Vorwürfe. Dass ich meine Tochter nicht besser beschützt habe vor ihrer Mutter. Dass ich zu schwach war, um ihr wirklich beizustehen. Vielleicht rührt daher auch ihr ungesunder Hang zur Melancholie, der in den vergangenen Wochen immer schlimmer wurde. Wir würden ihr das Liebste auf der Welt nehmen, hat sie uns vorgeworfen. Und dass ihr Leben keinen Sinn mehr habe.

Hedwig hatte große Angst, dass sie durchbrennen könnte mit diesem Kerl. Dabei war sie anfangs ganz angetan von dem jungen Mann, den unsere Tochter vorstellte. Gute Manieren, forsches Auftreten, ausgezeichnete Bildung, mit besten Aussichten, sein Vater ist ein bekannter Viehhändler, der Sohn wird das Geschäft einmal übernehmen. Ich hatte gegen diese Verbindung nichts einzuwenden, auch nicht, als ich von seiner Herkunft erfuhr.

Aber Hedwig war außer sich, selbstredend. Ein Jud käme ihr nicht ins Haus, hat sie geschrien und dass unsere Tochter Schande über uns bringe. Verboten hat sie ihr den Umgang mit ihm, sie sogar unter Hausarrest gestellt. Genützt hat es nichts, sie haben sich heimlich weiter getroffen.

Ich habe es geahnt und nichts unternommen. Ich wollte meine Kleine doch nur glücklich sehen.

Hedwig hat es herausgefunden, ihren Augen entgeht nichts. Gestern hat sie unsere Tochter zur Rede gestellt und ihr die Wahrheit gesagt. Über das Geld. Über die Verbin-

dungen in unsere alte Heimat. Und dass sich jeder Jud vor-
sehen müsse, denn eines Tages würde man allen den Garaus
machen.

Wie von Sinnen war meine Kleine danach, die schwers-
ten Vorwürfe hat sie mir gemacht, dass ich ein Feigling sei,
ein Schmarotzer. Dass ich an meiner Schuld zugrunde gehen
solle. Und dann hat sie sogar die Hand gegen ihre Mutter
erhoben, in ihrer Raserei. Da musste ich doch dazwischen-
gehen!

Und nun ist sie nicht mehr da. Ich weiß weder ein noch
aus, ich befürchte das Schlimmste!

DAMALS

Zufrieden betrachtete ich das große Bild an meiner Wand, eine Kohlezeichnung von Simon. »Liegender Akt«, hatte er mir erklärt. »Bisschen schweinisch vielleicht, aber im Stil von Gustav Klimt.«

Mein kleiner Bruder hatte unbestreitbar Talent und mir sein neues Werk geschenkt, damit ich mein Zimmer aufhübschen konnte. Nach Jakobs Auszug schuf ich Tatsachen, brachte das olle Stockbett und die schäbigen Möbel zum Sperrmüll, schnorrte mir ein bisschen Kohle von Opa und fuhr nach Kaltenkirchen zu Ikea. Und jetzt hatte ich endlich mein eigenes Reich mit meinen eigenen Möbeln. Richtig modern sah es aus. Adieu Tristesse.

Zwar hatte ich das Zimmer schon für mich gehabt, als Jakob in England war, mich aber nie getraut, es anders einzurichten. Ich rechnete immer damit, dass mein Bruder plötzlich vor der Tür stünde und seinen ihm zustehenden Platz beanspruchte.

Jetzt war es anders. Er war freiwillig gegangen. Ich konnte nicht gutheißen, wohin, aber dass er weg war, war gar nicht so schlecht. Jedenfalls übernachtete Margot nun auch mal bei mir, und ich musste nicht immer in ihrer versifften Bude pennen. Deshalb hatte ich das Bett auch gleich eine Nummer größer gewählt, zwei Meter mal einszwanzig. »Ne richtige Lümmelwiese«, wie Philipp fachmännisch bemerkte.

Nachdem Jakob zu seinen Germanen gezogen war,

bekamen wir ihn die ersten Wochen kaum zu Gesicht. Dann schneite er von einem auf den anderen Tag wieder regelmäßiger herein, dann schlief er plötzlich öfter auf der unbequemen Couch im Wohnzimmer.

»Läuft w-w-wohl nicht so g-g-gut, was?«, fragte ich nicht ohne eine gewisse Häme.

»Nee, ist total okay, echt. Hab nur manchmal Heimweh.«

Ich glaubte ihm kein Wort.

»Manchmal gehen mir die komischen Regeln da 'n bisschen auf die Nerven, na ja, wird schon.«

»Wohl d-d-doch nicht so locker, hmm?«

»Nee, nee, alles in allem … Läuft schon, echt.«

Margot hatte ich lieber nicht erzählt, bei wem Jakob nun wohnte. Großvater hatte aber irgendwann spitzgekriegt, wo genau sein Enkel da eigentlich gelandet war. »Johannes«, sagte er mit Grabesstimme und zog mich am Arm zu einem vertraulichen Gespräch in die Küche. »Das musst du deinem Bruder wieder ausreden. Auf mich hört er ja nicht.«

»Hab's v-v-versucht.«

»Da kann er nicht bleiben. Auf keinen Fall. Mit diesen Leuten wollen wir nichts zu schaffen haben. Die haben Verbindungen, die sind gefährlich!«

»Woher w-w-willst du das d-d-denn wissen?«

»Das weiß ich eben. Du musst ihn da rausholen. Schon eurer Mutter zuliebe, Gott hab sie selig …«

»W-w-was hat denn M-m-mama damit zu tun?«

»Stell keine dummen Fragen.«

Der wird langsam echt alt und fängt an, wirres Zeug zu reden, dachte ich und tätschelte beruhigend seine Schulter.

»K-k-klar, ich kümmer mich.«

Das musste ich gar nicht. Jakob kümmerte sich selbst. Nach einem dreimonatigen Gastspiel in Winterhude zog er mitten in der Nacht wieder an den Born. Ich entdeckte ihn morgens auf dem Sofa, schnarchend, in voller Montur, auf dem Boden lagen in Plastiktüten seine Habseligkeiten und diverse Degen.

Ich platzte fast vor Neugier, ließ ihn aber ausschlafen, damit er nicht aus lauter Übellaunigkeit nichts erzählte. Als er endlich zwei Stunden später in die Küche humpelte und sich das Kreuz rieb, saß ich da und wartete schon mit der Thermoskanne voller Kaffee.

»Na, wieder d-d-da?«

Erwartungsvoll sah ich ihn an, aber er spannte mich auf die Folter, rauchte erst einmal in aller Ruhe eine Zigarette und trank seinen Kaffee.

Schließlich hielt ich's nicht mehr aus. »N-n-nun erzähl schon!«

»Ich geb's ungern zu, aber du hattest recht. Echte Pissnelken sind das mit ihrer scheiß Blut-und-Boden-Ideologie. Du weißt ja, was ich von deiner Freundin halte, aber die ist mir dann doch lieber als dieses rechte Gesocks.«

Und dann berichtete er von den Mensuren, die ihm anfänglich noch Spaß machten, bis er gerügt wurde, dass er sie nicht ernst genug nahm. Von den Kneipen, in denen man sich bis zum Anschlag volllaufen ließ, Soldatenlieder schmetterte und gern auch das Deutschlandlied, erste Strophe versteht sich. Von den Vorträgen, die gehalten wurden und die immer nur um eines kreisten – wie man das deutsche Volk aus seiner jetzigen Misere führen und ihm wieder zu Ruhm und Ehre verhelfen könne. »Gestern hat's mir schließlich gereicht. Da haben sie mal wieder über *Nigger* und Co. hergezogen, über deutsche Flittchen, die sich mit Ausländern einlassen, und was man mit denen machen müsste. Da bin ich mal kurz ausgetickt.«

»W-w-was haste denn g-g-gemacht?«

»Na ja, Klaas jedenfalls hat zwei gebrochene Rippen. Mindestens. Der blöde Fettsack. Und als sie dann alle auf mich loswollten, besoffen wie die schon wieder waren, hab ich mir 'nen Degen geschnappt. Da haben die Warmduscher Schiss gekriegt. Ich hab dann schnell meine Sachen gepackt und noch 'ne schöne Duftmarke hinterlassen …«

Bevor er sagen konnte, welche, klingelte es Sturm an der Tür. Ich öffnete, und Jakobs Vater rannte an mir vorbei.

»Du … du … du elender Bastard!«, brüllte er. »Was hast du dir dabei gedacht?«

»Wobei jetzt genau?«

»Du hast dein Zimmer verwüstet. Du hast die Wände mit linken Schmierereien verunstaltet. Du hast auf das Bild von Generalleutnant Mauss uriniert! Willst du etwa meinen guten Ruf ruinieren?«

»Weißt du was? Ich piss auf deinen Ruf, ich piss auf deine Burschen. Und jetzt verpisst du dich, oder ich schmeiß dich höchstpersönlich raus!«

Jakob war aufgestanden, mittlerweile überragte er das Arschloch um einen Kopf, und kam bedrohlich auf seinen Vater zu. Der wich etwas zurück und blökte: »Das wird ein Nachspiel haben. Das wird dir noch leidtun!«

»Ach, halt die Klappe«, sagte Jakob. »Und jetzt raus mit dir.«

Sein Vater machte wirklich auf dem Absatz kehrt und verschwand, nicht ohne die Haustür donnernd zuzuschlagen.

»Ich glaub, den sehen wir so schnell nicht wieder.« Jakob sah sehr zufrieden aus und grinste.

»W-w-war das klug?«, fragte ich vorsichtig, grinste aber mit.

»Der kann mir gar nichts. Seine Alte weiß doch immer

noch nicht, dass er sie betrogen und einen unehelichen Sohn hat. Der wird schön die Füße still halten, das schwör ich dir. Und Johannes …«

»W-w-was?«

»Mach dir mal keinen Kopf wegen deines Zimmers und so. Das mit den Aktien läuft jetzt langsam an, ich bin zurzeit ziemlich flüssig. Ich mach's mir ein paar Tage auf der Couch gemütlich, bis ich was Richtiges gefunden hab, okay?«

»Solange d-d-du willst«, sagte ich und umarmte ihn spontan, weil ich auf einmal so stolz auf ihn war.

Verlegen wand er sich aus meinen Armen. »Ey, du Softie, jetzt werd mal nicht gleich sentimental.«

Später am Tag, als wir seine Klamotten wegräumten und in den Schränken verstauten, deutete ich auf die Degen im Wohnzimmer. »Was ist d-d-damit?«

»Hab ich mitgehen lassen. Die sind richtig alt und richtig was wert. Die versilbern wir. Das Geld spenden wir für irgendeine ganz linke Sache. Und die Spendenquittung schick ich in die Sierichstraße.«

Jakob besetzte die Wohnzimmercouch nicht lange. Schnell fand er einen Unterschlupf in der Gegend zwischen Grindel und Hoheluft. Nichts Großartiges, ein Zimmer, Küche, Bad, zweiter Stock, mit wenig Aussicht in einen dunklen Hinterhof – aber immerhin eine echte eigene Wohnung, von der er zu Fuß zur Uni gehen konnte.

»Wird Zeit, dass du auch rauskommst«, sagte er zu mir. »Steig doch bei mir ins Aktiengeschäft ein. Dann kannste dir auch bald 'ne Bude leisten.«

Ich schüttelte den Kopf. »N-n-nee, ich kann d-d-doch Philipp und Simon nicht allein lassen.«

»Wieso allein? Opa ist doch da.«

»N-n-nee, lass mal. Ich fühl mich g-g-ganz wohl hier.«

Das war natürlich nicht einmal die halbe Wahrheit. Ich machte mir Gedanken um den Alten. Tüddelig war er geworden in der letzten Zeit. Ständig verlegte er Sachen wie Portemonnaie oder Brille und beschuldigte uns, dass wir sie vor ihm versteckt hätten. »Mensch, Opa«, sagte Philipp dann. »Wir sind doch keine kleinen Kinder mehr. Warum sollen wir denn deine Brille verstecken?«

»Damit ich nicht so genau mitbekomme, was ihr hier alles treibt! Aber da täuscht euch mal nicht! Ich sehe alles!«

Wirklich besorgniserregend fand ich, dass er immer seltener in seine geliebte Kneipe ging. Lieber guckte er stundenlang fern, gerne Reportagen und Dokumentationen, und wenn wir ihn fragten, was er Interessantes gesehen habe, wusste er es manchmal nicht mehr.

Auch Berta waren die Veränderungen aufgefallen. »Vielleicht gehst du mal mit deinem Großvater zum Arzt, Johannes«, meinte sie.

Aber zum Arzt wollte Opa nicht. »Was soll ich denn da? Ich bin gesund, mir geht's gut!«

»Einfach m-m-mal durchchecken lassen. Vorsorge und so. K-k-kann ja nicht schaden.«

»Papperlapapp, mir fehlt nichts.«

Ich aber hatte ein ungutes Gefühl. Jedenfalls kam es nicht infrage, dass ich den Born verließ. Auch mit Jakobs dubiosen Börsendeals wollte ich nichts zu schaffen haben. Andererseits war ich ständig knapp bei Kasse, und es stank mir, einmal im Monat vor dem Alten strammzustehen und um mein Taschengeld zu bitten. Das war unwürdig, in meinem Alter.

Bei der AStA-Stellenbörse knallte man mir verschiedene Angebote auf den Tisch – allesamt in der Gastronomie.

»N-n-nix mit Menschen, bitte«, sagte ich.

»Pfff, auch noch Sonderwünsche. Versuch's doch mal im Hafen.«

Das tat ich, fragte mich durch von Pontius zu Pilatus und landete bei Uwe in Waltershof. Irgendwie hatte Uwe keinen Nachnamen und war wohl das, was man als Hamburger Original bezeichnete, bärtig, breitschultrig, und früher mal zur See gefahren. Nun arbeitete er für eine Reederei und machte irgendwas mit Containern und Logistik und anderen Kram, den ich nicht recht verstand.

Uwe musterte mich von oben bis unten. »Student, hmm? Ich brauch hier Männer, die anpacken können und nicht klugscheißen.«

»K-k-kann ich.«

Uwe brach in schallendes Gelächter aus. »Du Hänfling?«

Aus mir unerfindlichen Gründen stellte Uwe mich trotzdem ein, er suchte noch »ein Mädchen für alles« und sah in mir offenbar die ideale Besetzung. Fortan kachelte ich also drei Mal in der Woche mit dem Rad bis Teufelsbrück, setzte mit der Fähre über nach Finkenwerder, dann zum Bubendey-Ufer und radelte weiter wie eine gesengte Sau nach Waltershof.

Vor meinem ersten Arbeitstag, der um sechs Uhr morgens begann und mittags endete, hatte ich noch stark romantisierte Vorstellungen von meiner zukünftigen Tätigkeit – harte, aber ehrliche Maloche unter wortkargen, aber herzensguten Gesellen, bei der einem immer eine frische Elbbrise um die Nase wehte. Hart war die Arbeit, zumindest das stimmte. Aber nachdem ich stundenlang durch Wolken stinkenden Schiffsdiesels gelaufen war, den Festmachern, die mich nicht ernstnahmen, beim Vertäuen geholfen hatte, mir dabei blutige Blasen an den Händen holte und mir abends jeder einzelne Knochen im Leib wehtat, war ich kurz davor hinzuschmeißen.

Doch ich biss mich durch, aus den Blasen wurden Schwielen, meine Oberarme immer dicker, und nach ein paar Wochen machten auch die anderen keine Scherze mehr auf meine Kosten. Uwe war zufrieden mit mir, bald setzte er mich überall ein, wo Not am Mann war. Ich lernte Gabelstapler fahren und half beim Löschen der Ladung, ich flitzte Gangways rauf und runter und unterstützte die Decksmänner bei ihrer Wache. »Der Jung is sich für nix zu schade«, sagte Uwe anerkennend.

Ich mochte den bärtigen Kerl, er wurde eine Art väterlicher Freund für mich, auch wenn wir nicht viel miteinander sprachen, wortkarg war man hier tatsächlich. Aber dank seiner ruhigen, bedächtigen Art und seines Zutrauens fühlte ich mich wohl in seiner Nähe.

»Das schaffsu schon«, sagte er stets. »Bis ja nich blöd.«

Margot, die anfangs wenig begeistert war, dass ich das System unterstützen und Geld verdienen wollte, beruhigte sich schnell wieder. »Hafenarbeiter!«, sagte sie mit Ehrfurcht in der Stimme. »Das ist echt sooo authentisch, Johannes. Vielleicht solltest du das Studium einfach schmeißen.«

Das wollte ich nun wirklich nicht, auch wenn es mir in Waltershof gefiel. Insgesamt gefiel mir mein Leben gerade richtig gut – ich studierte, ich hatte einen Job, ich hatte eine Freundin, und zu Hause lief es für unsere Verhältnisse einigermaßen ruhig.

Dann brüllte Uwe eines Tages quer über den Kai. »Hannes, komma her! Telefon. Is wohl wichtig.«

Ich wunderte mich. Wer sollte mich denn hier anrufen? Uwe drückte mir den Hörer in die Hand. »Dein Bruder.«

Es war Philipp, er heulte fast. »Johannes, die Polizei ist hier ...«

Jakob, dachte ich im ersten Moment – und im zweiten: Simon! Mir ging der Arsch auf Grundeis.

»W-w-was wollen d-d-die denn?«

»Die haben Opa aufgegriffen. Und weggeschlossen. Kannst du kommen? Schnell!«

2008

»Wir treten auf der Stelle«, sagt Jakob.

Seit einer Woche sind wir dabei, Informationen zusammenzutragen. Jetzt sind wir zwar schlauer, können aber nichts damit anfangen. Dafür haben sich unsere Befürchtungen alle bestätigt.

Simon konnte sich noch sehr genau an drei Bilder erinnern, die bei unserer Großmutter hängen. Er hat sie identifiziert – eines tatsächlich von Edgar Degas, *Fünf tanzende Frauen* –, alle wurden sie ihren jüdischen Besitzern geraubt, seit Kriegsende gelten sie als verschollen.

Ich bin durch staubige Archive gekrochen und habe mich wie eine Trüffelsau durch alte Dokumente gewühlt. Ich weiß nun, dass sich die Hamburger von 1938 bis 1945 völlig ungeniert am Eigentum ihrer etwa siebzehntausend jüdischen Mitbürger bereichert haben. Dass sich im Freihafen Tausende von Kisten, die sogenannten Lifte, stapelten mit dem Besitz auch niederländischer, französischer und belgischer Juden. Dass diese Dinge ab 1941 zu Schnäppchenpreisen an die Bevölkerung versteigert wurden – Möbel, Schmuck, Pelze, Gemälde. Dass besondere Preziosen auch gern unter der Hand weggingen. Alles organisiert von alteingesessenen Auktionshäusern, der Hamburger Finanz- und Zollbehörde. Und dass wohl am Ende des Krieges jedes zweite Hamburger Wohnzimmer mit Möbeln aus jüdischem Besitz ausstaffiert war.

Ein mir bekannter Historiker hat in meinem Auftrag Nachforschungen zu Friedrich Löwe und Großvater angestellt. Er hat sie beide gefunden, sowohl in der Zentralen Mitgliederkartei der NSDAP als auch in Personalunterlagen der Schutzstaffel. »Sesselpupser«, sagte er am Telefon. »Typische Schreibtischtäter. Sei mal froh, wenigstens war dein Großvater kein sadistischer KZ-Aufseher.«

Ich bin nicht froh. Unmittelbar oder mittelbar – Schuld ist Schuld.

Bei meinen Recherchen bin ich auch auf den Mann gestoßen, dessen Fotografie auf dem Schreibtisch unserer Großmutter steht. Es ist Heinrich Himmler. »Na prima«, hat Jakob dazu gesagt. »Und im Schlafzimmer überm Bett hängt wahrscheinlich Adolf.«

Er ist zu seinem Vater gefahren, der sich erst weigerte mit seinem Sohn zu sprechen und dann aber kaum zu halten war.

»Als ob er sein Leben lang nur darauf gewartet hat, mir das endlich mal um die Ohren hauen zu können«, meinte mein Bruder hinterher.

Von seinem Vater hat das Arschloch berichtet, dem glorreichen SS-Hauptsturmführer, gut befreundet mit Friedrich Löwe, gut bekannt mit unserem Großvater. Von einem mysteriösen Netzwerk »alter und neuer Kameraden«, das sich angeblich weltweit spannt, hat er erzählt. Von ihrem ehernen Zusammenhalt über Generationen hinweg – »Kinder, Kindeskinder – alle im rechten Geist erzogen«. Davon, dass das Tausendjährige Reich wieder auferstünde. »Noch wirken wir im Verborgenen. Aber unsere Zeit wird kommen. Und dann holen wir euch Vaterlandsverräter. Alle!«

Von Mutter hat er erzählt, über die er im Auftrag von Friedrich Löwe und Hedwig Gonzales unauffällig Erkundigungen hatte einholen sollen. Wie er »dieser Hure auf den

Leim gegangen« war und dass er nichts mehr in seinem Leben bereue als diesen Fehltritt. »Deine Mutter und du, ihr habt mein Leben vergiftet. Lass dich nie wieder bei mir blicken!«, lauteten seine Worte zum Abschied.

Philipp und ich waren gemeinsam bei der Hamburger Staatsanwaltschaft, um in Erfahrung zu bringen, wie wir Señora Gonzales oder Friedrich Löwe belangen können. Dort hat man uns sehr interessiert zugehört. Und dann sehr energisch abgewinkt.

»Das kann doch nicht sein«, insistierte Philipp. »Unsere Großmutter kann doch nicht straffrei ausgehen!«

»Das ist doch längst verjährt«, sagte der Staatsanwalt.

»Ich dachte, NS-Verbrechen können nicht …«

»Doch, natürlich. Kommt immer darauf an, um welche Verbrechen es sich handelt. Aber die meisten sind ad acta gelegt – wegen EGOWIG.«

»Wegen was?«

»Das Einführungsgesetz zum Ordnungswidrigkeitengesetz«, leierte der Jurist hinunter. »Wurde 1968 verabschiedet. Ich will Sie jetzt nicht mit juristischen Details langweilen, deshalb in aller Kürze: Mit einem Schlag verjährten damals die allermeisten NS-Verbrechen, sogar rückwirkend zum Mai 1960. Mordgehilfen, die man schon festgesetzt hatte, mussten freigelassen werden. Es gibt nämlich die feine Unterscheidung zwischen Mordgehilfe und Mörder. Und als Mörder galten zu der Zeit nur absolute Top-Nazis wie Hitler, Himmler, Heydrich. Tausende Ermittlungsverfahren konnten damals nicht mehr fortgeführt werden. Und wissen Sie, wer sich dieses Gesetz ausgedacht hatte?« Der Jurist lachte böse. »Ein ehemaliger NS-Staatsanwalt, der dann als

Ministerialdirigent in der Bundesregierung eine feine Karriere machte. Tja, so sieht's aus.«

»Aber m-m-man muss d-d-doch irgendetwas tun können!«

»Es tut mir wirklich leid. Und ich kann Sie ja auch verstehen. Nicht schön, so etwas in der eigenen Familie. Aber spinnen wir den Faden doch einfach mal weiter. Haben Sie die Aussage Ihrer Großmutter auf Band? Nein? Sehen Sie. Haben Sie die Bilder fotografiert? Nein? Aha. Was passiert denn wohl, wenn man die Dame in ihrer Wahlheimat vernimmt? Genau, sie streitet alles ab. Und für den unwahrscheinlichen Fall, dass man andere Beweise findet: Wo lebt die Dame denn? Exakt, in Argentinien. Wir stellen also einen Auslieferungsantrag. Und dann? Zieht der sich über Jahre, und falls er jemals durchkommt, hat Ihre Großmutter bis dahin das Zeitliche gesegnet. Glauben Sie mir, da ist nichts zu machen, gar nichts.«

Was unserer Frustration die Krone aufsetzt, ist schließlich die Stiftung zur Wahrung deutschen Kulturguts. Jakob hat sich dahintergeklemmt, weil er sich von uns allen am besten mit der Verschleierung von Vermögen auskennt. Sein Bericht ist mehr als ernüchternd.

»Das ist nicht nur irgendeine Stiftung«, hat er uns gerade erklärt. »Das ist ein Offshore-Trust auf Vanuatu.«

»W-w-wo?«

»Vanuatu, ein Inselstaat im Südpazifik, beliebt als Steueroase und für Geldwäsche. Hohe Diskretion, viel Geheimhaltung, minimale Finanzmarktaufsicht, sehr entgegenkommende Behörden. Der ideale Platz, um unrechtmäßig Erworbenes sicher aufzubewahren oder zu verwalten. Echt,

Hut ab! Das ist alles perfekt konstruiert, kein Rankommen.«

Niedergeschlagen sitzen wir, in meiner Küche. »Und jetzt?«, fragt Simon.

»Gehen wir mal langsam wieder zum Alltag über«, sagt Jakob. »Das hat genug Zeit gekostet. Und was hat es gebracht? Gar nichts. Außer, dass wir uns alle scheiße fühlen wegen unserer sauberen Familie. Aber wie heißt es so schön: Verwandte kann man sich nicht aussuchen. Und wir haben mit der ganzen Sache schließlich nichts zu schaffen.«

»Die Gnade der späten Geburt, wie?«, spöttelt Philipp.

»Genau. Muss auch mal gut sein jetzt.«

»Ich f-f-finde nicht, dass irgendwas g-g-gut ist. Aber ich finde, d-d-dass wir Verantwortung übernehmen sollten.«

»Wie denn?« Jakob zeigt mir einen Vogel. »'Ne Synagoge putzen, oder was?«

»Boah, du bist manchmal so ein Vollidiot!« Philipp verdreht die Augen.

»Ist doch wahr, Mensch. Mir ist schon klar, was Johannes eigentlich will. Er will was gutmachen. Aber unsere Großeltern haben dafür gesorgt, dass Menschen deportiert und umgebracht wurden. Das kannst du nicht wieder gutmachen. Damit müssen wir jetzt irgendwie leben.«

»Ich glaube, das kann ich nicht.« Philipp hat die Arme vor der Brust verschränkt. »Ich muss was tun. Irgendetwas. Ich hab das Gefühl, dass ich sonst durchdrehe.«

»Mann, ey, sieh zu, dass du wieder in deinem OP stehst. Dann kommste schon auf andere Gedanken.«

»Nix OP. Die haben mich rausgeschmissen.«

Jakob klappt der Mund auf und wieder zu. Nach einer Schweigeminute fragt er leise: »Der Alk?«

»Jep.«

»Ach, du Scheiße. Was sagt deine Frau dazu? Oder weiß sie das noch gar nicht?«

»Doch, seit vorgestern. Hab sie mal angerufen, bevor sie eine Vermisstenanzeige aufgibt. Sie will sich scheiden lassen.«

Als Philipp unsere langen Gesichter sieht, fängt er an zu lachen. »Jetzt guckt nicht so betroffen. Meine Ehe ist schon lange am Ende. War nur eine Frage der Zeit.«

»Ich kenne da einen guten Anwalt!« Jakob tippt wie ein Geistesgestörter auf seinem Blackberry herum.

Philipp lacht noch mehr, er kriegt sich überhaupt nicht mehr ein. »D-d-du drehst langsam echt d-d-durch.«

»Stimmt. Und genau dagegen muss ich auch etwas tun.«

»Schon mal über einen Entzug nachgedacht?«, fragt Jakob ernst. »In einer guten Klinik. Ich besorg dir einen Platz, ich kümmere mich um alles, wenn du willst. Kein Thema.«

»So 'n Quatsch. Wir klauen Oma die Bilder. Dann dreht auch keiner durch.«

Fast gleichzeitig wenden Jakob, Philipp und ich uns zu Simon. Aufrecht sitzt er da. Klare Augen, wachsam. Nein, er hat keinen Scherz gemacht. Der meint das ernst.

»Was für eine Schnapsidee«, sagt Jakob Stunden später.

»Im wahrsten Sinne des Wortes.« Philipp prostet ihm mit seinem Margarita zu.

Wir sind zu einer kleinen Tour durch die Schanze aufgebrochen, um auf andere Gedanken zu kommen. Und um Simon von seinen abwegigen Überlegungen abzubringen. Aber es nützt nichts. Auch nach seinem achten Fingerhut beharrt er darauf, dass wir die Gemälde stehlen müssen.

»Schnapsidee«, murmelt Jakob erneut. »Aber irgendwie

auch verdammt reizvoll. Müsste man mal durchspielen. In aller Ruhe. Und nüchtern, vor allem nüchtern.« Er rülpst.

Ich dränge zum Aufbruch, weil ich verhindern möchte, dass der dämliche Zweitgeborene weiter Öl ins Feuer kippt. Erstaunlicherweise hören meine Brüder auf mich, wir sind alle erschöpft, die letzten Tage haben uns geschlaucht.

Die Bilder klauen, denke ich beim Einschlafen, so ein Bullshit. Aber geil wär's schon.

Ich träume, dass mich ein überdimensionierter Moskito wie aus einem Horrorfilm in den Fuß sticht, und wache von den Schmerzen auf. Simon sitzt auf meiner Bettkante und kneift mir in den Zeh.

»Was 'n los?«, nuschele ich verschlafen.

»Kannst du auch nicht schlafen?«

»Eigentlich schon.«

Gerade will ich ihm sagen, dass er jetzt bitte nicht mitten in der Nacht wieder mit diesem Mist anfangen soll, da fängt er an zu weinen. Ich richte mich auf. »W-w-was hast du denn?«

»Das ist schlimm, was Opa gemacht hat.«

»Ja.«

»Aber weißt du, was noch schlimmer ist?«

»Nee?«

»Dass ich ihn immer noch lieb hab.«

»D-d-das kannst du ja nicht einfach abschalten. Und deswegen m-m-musst du dich auch nicht schämen. Du k-k-kannst dich für Opa schämen, d-d-das ist okay. Aber n-n-nicht für deine Gefühle«, sage ich und klopfe mit meiner Hand auf die freie Bettseite. Simon legt sich sofort hin und rollt sich zusammen.

Jakob klatscht laut in die Hände. »Aufstehen! Raus aus den Federn, hopp, hopp!«

Mit zusammengekniffenen Augen starre ich auf meinen Wecker. Sechs Uhr zweiundzwanzig, eine vollkommen gottlose Zeit.

»Los, hoch mit euch! Philipp hab ich auch schon geweckt. Wir müssen was besprechen.«

Verschlafen taumeln Simon und ich durch den Flur in die Küche. Dort hockt tatsächlich Philipp mit angezogenen Knien, den Kopf zwischen die Beine geklemmt, Jakob sitzt ihm vis-à-vis, zwischen ihnen auf dem Tisch dampfen Kaffee und gekochte Eier, frische Mett-Brötchen mit Zwiebeln und Orangensaft gibt es auch.

»B-b-bist du noch ganz d-d-dicht?«, frage ich und schnappe mir eine Metthälfte.

»Also. Passt auf«, sagt Jakob ungerührt. »Ich hab die ganze Nacht darüber nachgedacht. Wird nicht einfach. Aber wir ziehen das durch.«

»Was denn?« Philipp hebt müde seinen Kopf.

»Wir steigen bei der Alten ein und holen uns die Bilder.« Bevor einer von uns anderen auch nur den Mund aufmachen kann, erklärt er uns, was er sich so gedacht hat. Was nicht so einfach wird. Und wie wir es durchziehen.

Na prima, denke ich, nach *Miami Vice* und *Wall Street* jetzt also zur Abwechslung ein bisschen *Ocean's Twelve*.

DAMALS

»Mensch, was machste d-d-denn immer für Sachen?« Beruhigend strich ich Opa über den Rücken und versuchte, das genervte Kopfschütteln des Polizeibeamten zu ignorieren.

»Junger Mann, das ist schon das dritte Mal in diesem Monat, dass wir Ihren Großvater in diesem Zustand aufgegriffen haben. Da muss jetzt mal etwas passieren. So kann es nicht weitergehen.«

»Mein Großvater ist eben m-m-anchmal etwas verwirrt. Aber er tut d-d-doch keinem was!«

»Wissen Sie eigentlich, was so ein Einsatz kostet? Und schließlich sind wir auch nicht dazu da, um alte Leute von irgendwelchen Bäumen zu retten ...«

Ja, Opa war auf einen Baum geklettert. In Blankenese, unten an der Elbe. Ich hatte keine Ahnung, wie er überhaupt da hingekommen war. Eigentlich durfte er allein nicht mehr so weit weg von zu Hause. Das hatten wir ihm untersagt. Aber Opa hielt sich in letzter Zeit ungefähr so gut an Verbote wie Jakob.

Opa war dement. Das hatte man vor zwei Jahren diagnostiziert, als die Bullen ihn das erste Mal einkassierten. Nur mit seiner Unterwäsche bekleidet stand er auf einer Verkehrsinsel in der Nähe des Hauptbahnhofs und konnte sich an nichts erinnern. Die Polizisten lieferten ihn vorsichtshalber gleich in Ochsenzoll ein. Zum Glück durften Philipp und ich ihn noch am selben Tag aus der Psychiatrie abholen.

»Kein Fall für uns«, meinte der Arzt und drückte uns eine Überweisung zum Neurologen in die Hand. »Alzheimer, schätze ich. Ja, ja, das Alter kann ein Teufel sein.«

Als er am Born aus dem Taxi stieg, ging es Opa schon wieder prächtig, und er versuchte, den Vorfall mit ein paar lapidaren Bemerkungen zu entkräften, damit er nicht zum Arzt musste.

»Opa, guck dich doch mal an!«, brüllte Philipp, der noch immer ziemlich aufgelöst war. »Nur in Schlüpfer und Unterhemd!«

Der Alte wandte sich verlegen ab und wurde rot. »Na ja, ich geb's zu, ungewöhnlich ist das schon«, murmelte er. »Vielleicht war das einfach ein Bier zu viel.«

Es war nicht das Bier. Es war Opas Hirn, das irgendwie in Auflösung begriffen war. Das erklärte uns der Neurologe.

»Und w-w-was kann man d-d-dagegen tun?«

Der Arzt senkte bedauernd die Mundwinkel. »Wenig bis gar nichts. Demenz ist nicht heil- oder effektiv behandelbar. Sie ist ein schleichender Prozess, der mal langsamer, mal schneller voranschreitet. Es kann gut sein, dass die Episode, die er gerade durchlitten hat, für lange Zeit die einzige ist. Und es kann genauso gut sein, dass schon übermorgen etwas Ähnliches passiert«, erklärte er Jakob, Philipp und mir, während Großvater sich im Nebenzimmer wieder anzog, Simon hatten wir lieber bei Berta gelassen.

»Aber es muss doch irgendein Medikament geben!«, wandte Jakob ein.

»Ja, gibt es. Ich verschreibe Ihrem Großvater nun erst einmal einen Cholinesterase-Hemmer, der sollte seine geistige Leistungsfähigkeit stabilisieren. Versprechen Sie sich aber

keine Wunder! Gut ist es, wenn sie viel mit ihm spazieren gehen. Lassen Sie ihn Kreuzworträtsel lösen, spielen Sie Karten
mit ihm, Memory. Sollte der alte Herr irgendwie sehr unruhig werden oder gewalttätig, dann kann ich gegebenenfalls
auch Neuroleptika verordnen.«

»Gewalttätig?«, fragte Philipp gequält. »Worauf genau
müssen wir uns denn einstellen?«

»Nun ja …« Der Neurologe blickte kurz zur Decke. »Das
Leben mit einem Demenzkranken ist eine besondere Heraus-
forderung. Es kostet Zeit, Kraft und Nerven. Ich weiß ja
nicht, wie Sie familiär aufgestellt sind, aber vielleicht sollten
Sie sich frühzeitig nach einer guten Unterbringung erkundigen. Davon gibt es nämlich nicht so viele.«

Gewalttätig war der Alte bislang nicht geworden. Aber er
büxte gern mal aus. Jedes Mal schwärmten wir durchs Viertel und schwitzten Blut und Wasser, bis wir ihn fanden oder
Polizisten ihn nach Hause brachten.

Mit der Baum-Aktion hatte er allerdings den Vogel abge-
schossen. Fast bis ganz in die Krone war er geklettert. Ich
konnte mir gar nicht vorstellen, wie er das mit seinen mor-
schen Knochen bewerkstelligt hatte. Knapp vier Meter über
dem Boden hing er auf einem Ast, Spaziergänger hatten ihn
bemerkt und versucht, ihn zum Abstieg zu überreden. Als er
sich weigerte, riefen sie die Polizei. Und die schließlich die
Feuerwehr, die mit ordentlich Bohei und langer Leiter an-
rückte.

»Auf'm Baum diesmal?« Jakob, der am Abend bei uns
reinschaute, grinste sich einen, wurde aber gleich wieder
ernst. »Mensch, Johannes, so kann das nicht weitergehen.«

»D-d-du klingst wie der Bulle vorhin …«

»Überleg doch mal. Stell dir vor, der Alte wäre da runtergefallen! Oder der läuft mal vor ein Auto und bringt noch andere in Gefahr! Man kann nicht rund um die Uhr auf ihn aufpassen. Und bald bist du mit Simon und Opa allein, Philipp ist in einem Monat in Tübingen, der kann dir dann nicht mehr helfen.«

»D-d-du bist d-d-doch auch noch da.«

»Klar, erst mal, aber spätestens nächstes Semester geh ich ins Ausland. Und du hast auch ein Leben, du kannst dich nicht immer um alles kümmern.«

Ich wusste, dass Jakob recht hatte. Die Sache mit dem Alten überforderte mich. Er war zwar nicht bettlägerig, konnte sich auch noch allein an- und ausziehen, waschen, essen. In letzter Zeit jedoch litt er unter extremen Stimmungsschwankungen. Mal war er ängstlich und wollte partout die Wohnung nicht zum Spazierengehen verlassen. »Die warten schon da unten«, flüsterte er. »Die schnappen mich.« Wer unten wartete und ihn schnappen wollte, vermochte er nicht zu sagen. Dann wieder wurde er weinerlich und traurig, saß auf dem Sessel vor dem Fernseher und schluchzte.

Und ich war in ständiger Alarmbereitschaft. Kaum hörte ich eine Tür klappen, rannte ich schon los, um zu kontrollieren, ob er wieder stiften gegangen war. Wenn wir anderen tagsüber aus dem Haus waren, passte Berta auf ihn auf. Das war aber auch kein Dauerzustand, sie war nicht mehr die Jüngste und hatte schon öfter erwähnt, dass ihr alles langsam zu viel werde und sie sich zur Ruhe setzen wolle.

»Okay«, sagte ich also zu Jakob. »Und was m-m-machen wir?«

Jakob legte eine kleine Broschüre auf den Tisch und tippte mit dem Finger darauf. »Da! Ein gutes Altenheim. Von der Diakonie. Ganz in der Nähe. Mit Extra-Plätzen für

Demente. Die kennen sich aus. Ich war da, ich hab's mir angeschaut. Ist echt nicht schlimm. Und solange der Alte noch einigermaßen fit ist, kriegt er sogar sein eigenes, kleines Appartement. Und wenn's nicht mehr geht, na ja, dann kommt er auf die Pflegestation.«

»Ist d-d-da überhaupt was frei?«

»Klar, ich hab Opa angemeldet. Schon vor 'nem Jahr.«

»Ist b-b-bestimmt arschteuer. Wer soll d-d-denn das bezahlen?«

»Rate!« Jakob grinste wieder, sehr breit. »Und ich kann was dazugeben. Das mit den Aktien, das läuft.«

»Und w-w-wer sagt's Opa?«

»Das machen wir alle zusammen.«

Doch erst einmal mussten wir es auch noch Philipp und Simon beipulen. Philipp war nicht das Problem, der bereitete sich seit Jahren innerlich darauf vor, Arzt zu werden, und hatte zum Thema Demenz so viel Wissen angehäuft, dass man ihn durchaus als Fachmann auf diesem Gebiet bezeichnen konnte.

Simon krampfte sofort. Als er sich einigermaßen beruhigt hatte, herrschte Jakob ihn an: »Mann, ey, jetzt reiß dich mal zusammen. Willst du etwa den Alten versorgen? Nee! Also bleibt's an Johannes hängen. Und der hat schließlich schon dich an der Backe.«

Unter dem Tisch trat ich nach Jakob.

»Ich weiß«, sagte Simon traurig.

»Und außerdem«, fuhr Jakob fort, »ist das Heim hier in Osdorf. Kannste jeden Tag hin und den Alten besuchen, wenn du das unbedingt möchtest.«

»Na gut«, sagte Simon leise.

Ich hatte Butterkuchen gekauft, den leckeren, Kaffee gekocht, den Tisch gedeckt. Als Großvater mit Simon vom Spaziergang kam und Jakob, Philipp und mich im Wohnzimmer an der eingedeckten Tafel sitzen sah, schwante ihm sofort nichts Gutes.

»Was ist denn los?«, fragte er misstrauisch. »Es hat doch keiner Geburtstag, oder?«

Jakob erklärte ihm, was los war. Und Opa wurde natürlich renitent.

»Ich gehe in keine Anstalt!«, schrie er. »Das könnte euch so passen! Mich einfach wegsperren.«

»Niemand sperrt dich weg«, versuchte Philipp ihn zu beruhigen. »Das ist voll schön da, mit 'nem Park. Jeden Nachmittag gibt's Kuchen. Und die veranstalten Ausflüge, Spieleabende und so. Ist ein bisschen wie ein All-inclusive-Urlaub.«

Opa verschränkte die Arme vor der Brust. »Nur über meine Leiche!«

»Wenn's nicht anders geht«, meinte Jakob.

»Da bekommen mich keine zehn Pferde hin. Ich bin immer noch das Familienoberhaupt. Ich treffe hier die Entscheidungen.«

»Jetzt pass mal auf!« Jakob beugte sich zu ihm. »Ich weiß ja nicht, was dein bräsiges Hirn überhaupt noch kapiert. Aber du wirst in dieses Heim gehen. Da brauchen wir überhaupt nicht drüber zu diskutieren. Wenn du dich weigerst, lass ich dich entmündigen. Dann wirste tatsächlich weggesperrt. Für immer. Ganz wie du willst.«

Opa wurde blass und ließ den Kopf hängen.

Später, Philipp hatte Großvater und Enkel in ihr jeweiliges Bett gebracht, trat ich zu Jakob, der am offenen Fenster rauchte und in die Tiefe blickte.

»M-m-musste das sein?«

218

Mein Bruder drehte sich um und wischte sich etwas Feuchtes aus dem Augenwinkel. »Ging nicht anders. Glaub mir.«

Zwei Wochen später brachten wir Großvater in sein neues Zuhause. Sein Appartement hatte sogar zwei Zimmer, einen Schlaf- und einen Wohnraum mit Fernseher und Küchenzeile. Einen kleinen Balkon gab es auch. Alles tipptopp, sauber, gepflegt. Es roch nur etwas komisch, eine Mischung aus scharfen Putzmitteln und alten Menschen.

»Ist doch super hier, oder?«, sagte Jakob aufmunternd und zwinkerte der jungen Schwester zu, die uns in Empfang genommen hatte.

»Jetzt zeige ich Ihnen noch unsere Gemeinschaftsräume, da gibt es auch gleich schon Kaffee und Gebäck, und Sie können einige Ihrer neuen Mitbewohner kennenlernen«, sagte die Schwester fröhlich. »Und heute Abend ist ein kleines Klavierkonzert. Das wird sicher sehr, sehr nett.«

»Ich gehe nicht auf Konzerte. Nie«, nörgelte Opa.

»Ach, es ist doch nie zu spät, etwas Neues anzufangen«, meinte die Schwester, hakte Opa resolut unter und zog ihn mit sich.

In der ersten Zeit nach Opas Abgang spürte ich ein latent schlechtes Gewissen, weil wir ihn abgeschoben hatten. Andererseits fühlte ich mich aber auch, als hätte jemand eine Betonplatte von meinem Brustkorb gehoben. Klar, da war noch Simon, aber mit dem wurde ich fertig, glaubte ich.

Jakob hatte mir ein beeindruckendes Bündel Geldscheine in die Hand gedrückt. »Macht euch die Bude mal ein bisschen nett. Weg mit dem alten Plunder!«

Wir renovierten, wir kauften neue Möbel, und ich erlaubte Simon, die Wände in seinem Zimmer mit seinen Malereien zu verzieren. Da noch Knete übrig war, spendierte ich ihm einen Zeichenkurs an einer Kunstschule. Jakob schenkte ihm außerdem einen Computer – einen echten Mac. Simon sonnte sich in seinem neuen Wohlstand und radelte tatsächlich jeden Tag zu Opa.

»Weißte was?«, meinte er eines Tages zu mir. »Der kriegt Besuch!«

»W-w-wer soll d-d-den denn besuchen außer uns? B-b-berta?«

»Nee, ein Mann. Ein Freund. Hat mir die Schwester erzählt.«

»Opa hat k-k-keine Freunde. Haste ihn mal g-g-gefragt, wer das ist?«

»Klar. Opa sagt, er kann sich an keinen Besuch erinnern.«

Ich mutmaßte, dass es der Kioskbesitzer war, der hatte schließlich einen seiner besten Kunden verloren. Oder einer von den alten Saufkumpanen aus der Kneipe. Aber eigentlich war es mir egal, wer ihn besuchte, ich hatte andere Dinge im Kopf.

Margot und ich hatten uns getrennt. Streng genommen hatte sie mich verlassen, wegen eines Iraners, der aus politischen Gründen aus seiner Heimat geflohen war. Das war natürlich so authentisch, da konnte selbst ich nicht mithalten. Sie bestand darauf, dass wir Freunde blieben.

Mein Liebeskummer hielt sich in Grenzen. Die Luft war schon länger rausgewesen, ich hatte immer weniger Lust verspürt, meine freie Zeit auf irgendwelchen Demos und Kundgebungen zu verbringen, und Margot wurde immer genervter von meinem mangelnden Engagement und angeblichem Phlegma.

Großvater weg, Freundin weg, plötzlich konnte ich tun und lassen, was ich wollte. Und genau das war mein Problem. Was wollte ich eigentlich? Mein Studium dümpelte seit geraumer Zeit nur noch vor sich hin, ich brachte es nicht recht zum Abschluss und war mittlerweile mehr im Hafen als an der Uni, ziemlich orientierungslos schwamm ich in meinem Leben herum.

Uwe setzte mich auf den Topf. »Sach ma«, meinte er in einer Frühstückspause unvermittelt, als wir unsere belegten Stullen aßen. »Is ja nich so, dass ich dich loswerden will. Aber wo führt das denn eigentlich hin?«

»W-w-was?«

»Na ja, wissu ewig im Hafen malochen? Als Hilfsarbeiter?«

»Nee, aber erst m-m-mal ist es ja g-g-gar nicht so schlecht hier.«

»Erss ma? Weissu, wie lang du schon hier bis? Das is doch Verschwendung! Du wiss doch schreiben, hassu mir ma erzählt.«

Ich kaute an meiner Stulle und nickte.

»Dann mach das doch ma.«

»Ja, aber w-w-was denn? Und wer soll d-d-das dann lesen? Du?«

Uwe lachte. »Nee. Aber schreib ma was. Übern Hafen. Und dann schickste das an die Zeitung.«

Ich schrieb was. Über den Hafen. Über die Männer dort. Über die Arbeit. Über die Elbe. Und dann schickte ich es an eine große Hamburger Tageszeitung. Zwei Wochen später rief man mich an und lud mich zu einem »unverbindlichen Gespräch« ein.

Ich erzählte Uwe davon und war völlig runter mit den Nerven.

»Nu mach dir mal nich ins Hemd«, sagte der. »Läuft doch.«

2008

Einigermaßen entspannt lehne ich mich in dem gemütlichen breiten Sitz zurück und strecke meine Beine aus. Business Class ist schon ein anderer Schnack, denke ich und schaue zu Jakob, der neben mir pennt. Er hat mich zu dem Upgrade überredet. »Gönn dir doch mal was, Johannes. Die nächsten Tage werden hart genug.«

Ich denke an die nächsten Tage und mit meiner Entspannung ist es schlagartig vorbei. Wir befinden uns auf einer Kamikaze-Mission, es wird böse enden, davon bin ich überzeugt.

Aber meine Brüder sind wild entschlossen, bar jeglicher Vernunft. Und allein lassen werde ich sie auf keinen Fall. Wir ziehen es durch, gemeinsam.

Simons absurde Idee, die Bilder zu klauen, ist ganz nach Jakobs Geschmack. Vielleicht ist es ihm langweilig geworden in seinem bequemen Jetset-Leben, ein wenig Aufregung zwischendurch tut ihm sicher gut.

Warum sich Philipp hat breitschlagen lassen, kann ich nur ahnen. Ablenkung von seiner momentanen Situation. Blinder Aktionismus statt schmerzhaftes Verarbeiten.

Und Simon kann sein Glück kaum fassen, dass seine Brüder endlich mal auf ihn hören.

All meine Argumente, all meine Bedenken haben sie beiseitegewischt. Auch mein Einwand, dass ich keinesfalls im Knast enden wolle, schon gar nicht in einem argentinischen, hat sie nicht beeindruckt.

»Wir landen nicht im Knast«, hat Jakob gesagt. »Dafür sind wir zu clever. Und wir haben einen Plan.«

Teil dieses Plans ist es, dass Philipp, Simon und Ania schon vor zwei Wochen vorgeflogen sind. Zur Observierung, wie meine Brüder es nennen, als ob wir Privatdetektive wären!

Sie wollen herausfinden, ob unsere Großmutter zu bestimmten Zeiten das Haus verlässt. Wann der Gärtner da ist, wann das Dienstmädchen, wann die Angestellten frei haben. Sie haben reichlich Bargeld in den Taschen, für den Wachmann, der ihnen ungehindert Zutritt zu Las Yungas verschaffen soll und um einen Van zu mieten, von dem aus sie das Haus beobachten und mit dem wir die Bilder abtransportieren können.

»D-d-das fällt doch auf in dieser Gegend«, habe ich eingewandt. »Wenn d-d-da auf einmal ein fremder Wagen p-p-parkt.«

»Quatsch, da stehen doch ständig andere Autos. Lieferanten, Handwerker et cetera. Das merkt keine Sau.«

Auch, dass ich absolut dagegen bin, Ania in unsere Geschichte mit reinzuziehen, hat niemanden interessiert. Ania müsse mit. Wegen Simon. Und weil sie die Einzige von uns sei, die fließend Spanisch spreche. Das könne vielleicht noch von Nutzen sein.

Aber wir haben sie nur zur Hälfte eingeweiht. Wir haben ihr gesagt, dass wir die Lebensumstände der Alten durchleuchten wollen, um vielleicht doch noch gegen sie vorzugehen. Von unserem Raubzug weiß sie nichts, sie wird nicht daran teilnehmen. Darauf habe ich bestanden. Falls wir erwischt werden, kommt sie vielleicht mit einem blauen Auge davon.

Ich habe meine Brüder auch überzeugt, dass wir die Bilder, sofern uns der Diebstahl gelingt, nicht in einer Kiste mit dem Flugzeug transportieren. »Viel zu riskant. Arg-g-gentinischer Zoll. D-d-deutscher Zoll. G-g-gerade an den Flughäfen sind d-d-das alles scharfe Hunde.«

»Und wie schaffen wir den Scheiß außer Landes?«, hat Jakob gefragt.

»M-m-mit dem Schiff natürlich. In C-c-containern kann man sich Frachtmeter m-m-mieten. Da gibt's zwar K-k-kontrollen, die sind aber n-n-nicht so streng. Aber wir k-k-können auch Pech haben und die K-k-kiste wird geöffnet. Und d-d-dann sind wir dran.«

Auch diese Warnung wird in den Wind geschlagen. Jakob hat Simon beauftragt, auf Vorrat zu malen. »Mach mal so zehn bis fünfzehn Bilder, verschiedene Größen.«

»Was soll ich denn malen?«

»Was weiß ich. Bunte Blumen, glückliche Esel, dösende Gauchos, irgend so einen südamerikanischen Folklore-Scheiß. Die schneiden wir dann vor Ort passend zurecht und pappen sie über die echten. Das sieht auf den ersten Blick keiner. Tarnen und täuschen!«

Simon hat vorsichtshalber gleich zwanzig Bilder gemalt, mehrere Nächte durch, zum Glück hat er auch das Manische unserer Mutter geerbt.

Ich habe Uwe angerufen. Der arbeitet immer noch im Hafen, von Ruhestand hält er nichts. Ich habe ihm erklärt, dass ich eine Kiste verschiffen möchte, von Buenos Aires nach Hamburg.

»Kein Ding, mach ich klar für dich. Spezialpreis, ne, solls ja nich arm werden, mien Jung.«

»Super, d-d-danke. Kriegen wir die K-k-kiste in Hamburg diskret von Bord?«

»Oha, was'n da drin?«

»K-k-kunsthandwerk.«

»Echt?«

»Nee! Aber ist b-b-besser, wenn du's nicht so g-g-genau weißt.«

»Na gut, dann frach ich ma nicht weiter.«

»D-d-du musst das aber auch nicht …«

»Nu mach dir ma nich ins Hemd. Läuft schon.«

Meinem Ressortleiter habe ich erzählt, dass ich an einer Geschichte dran bin über alte Nazis in Argentinien.

»Puh. Olle Kamellen. Hatten wir eigentlich zur Genüge. Aber fahr mal trotzdem. Vielleicht findet sich irgendein neuer Dreh«, hat er mir seinen Segen gegeben.

Wenn ich zurück bin, werde ich ihm sagen müssen, dass sich die Story zerschlagen hat. So was kommt leider vor.

Jakob ist noch einmal ein paar Tage nach London geflogen, Geschäfte abwickeln.

Dann hat Philipp angerufen. Sie hätten alle Infos, die wir bräuchten. Es könne losgehen.

Jakob ist aufgewacht und blinzelt mich an. »Wie lange noch?«

»Ungefähr 'n-n-ne Stunde, dann sind wir in B-b-buenos Aires.«

»Sehr gut, mir reicht's mit der Scheißfliegerei.«

»Ich d-d-dachte immer, dass es d-d-dir nichts ausmacht.«

»Früher nicht. Mittlerweile schon. Immer unterwegs, nirgendwo richtig zu Hause. Nervt.«

»Wirklich?«

»Hab in letzter Zeit öfter überlegt, ob ich nicht mal langsam sesshaft werden sollte. Auf meine alten Tage.« Jakob lacht.

»D-d-dann mach das doch. Leisten k-k-kannst du es dir ja.«

»Ich denk drüber nach. Ernsthaft.«

Sechs Stunden später landen wir in San Miguel de Tucumán. Die anderen holen uns vom Flughafen ab, mit dem Van – ein amerikanisches Modell, dunkelgrau, getönte Scheiben. »Ein echtes Gangsterauto«, sagt Simon stolz.

»Ja, t-t-toll. Und so unauffällig.«

Wir fahren in die Stadt hinein und wieder heraus. Philipp hat ein Häuschen am Rand gemietet. Versteckt liegt das schneeweiße Gebäude hinter einer großen Hecke an der Straße. Den Van kann man auf das Grundstück fahren, bis an die Haustür. Das Haus ist sehr nett, luftig und hell, nach hinten raus gibt es einen kleinen Garten, umgeben von einer Mauer, die vor den Blicken der Nachbarn schützt.

Jakob und ich beziehen schnell unsere Zimmer und gehen dann zu unseren Brüdern, die am Gartentisch auf uns warten. Ania haben wir einkaufen geschickt, fürs abendliche Barbecue, argentinische Steaks bis zum Abwinken. Philipp zückt ein Notizbuch und schlägt es auf.

»Also, es ist folgendermaßen …«

»Sollten w-w-wir das nicht d-d-drinnen besprechen?«, frage ich und deute auf die umliegenden Häuser.

»Nee, da ist keiner. Mach dir mal keine Sorgen. Also, soweit wir es herausgefunden haben, führt unsere Großmutter ein recht langweiliges Leben. Sie verlässt nur selten das Haus, die Einkäufe werden alle gebracht. Abends macht sie manchmal einen kleinen Spaziergang, manchmal nicht. Darauf können wir uns nicht verlassen. Der Gärtner ist irgendwie immer da, vielleicht hat er auf dem Grundstück eine Wohnung. Oder im Haus. Das wissen wir nicht. Das Dienstmädchen kommt morgens um acht und geht abends um zehn.«

»Also haben wir k-k-keine Chance, unbemerkt ins Haus zu k-k-kommen?«

»Doch, haben wir!« Philipp schwenkt sein Notizbuch durch die Luft. »Am Sonntag. Da geht sie gegen zehn in die Kirche. Die ist etwas weiter weg, also nicht in Las Yungas. Das wissen wir, weil wir ihr hinterhergefahren sind. Der Gärtner ist dabei, der chauffiert sie. Er wartet auch auf sie und rührt sich mit dem Mercedes nicht vom Fleck. Und das Dienstmädchen kommt an diesem Tag erst am Mittag, wenn die Alte wieder da ist. Wir haben also gut zwei Stunden, in denen niemand im Haus ist.«

»Und die geht jeden Sonntag zur Kirche?«, will Jakob wissen.

»Na ja, wir haben's jetzt zwei Mal erlebt, länger sind wir noch nicht da. Aber alte Leute sind Gewohnheitstiere. Es würde mich echt wundern, wenn sie von ihrer Routine abweicht. Außerdem sehen wir ja, ob sie wegfährt.«

»Alarmanlage?«, fragt Jakob.

»Nö. Simon ist nachts mal probeweise ums Haus geschlichen. Keine Kameras, kein Alarm, noch nicht mal ein Bewegungsmelder. Die Alte fühlt sich wohl ziemlich sicher.«

»Hat euch irgendjemand entdeckt? Gesehen? Blöde Fragen gestellt?«

»Nö.«

»Na dann.« Jakob klopft auf den Tisch. »Übermorgen ist Sonntag. Auf geht's.«

Mir ist plötzlich schlecht.

Den folgenden Tag lümmeln wir im Garten herum, spielen Boccia, die Kugeln haben wir im Schuppen entdeckt, gucken argentinisches Fernsehen, starren Löcher in die Luft. Die Idee zu einer Sightseeingtour durch die Altstadt, die angeblich sehr schön sein soll, haben wir verworfen. Wir wollen nicht durch einen dummen Zufall dem Gärtner oder dem Dienstmädchen vor die Füße stolpern.

Die Stunden ziehen sich so zäh wie ein altes Kaugummi. Einmal steht Ania neben mir und schaut mich durchdringend an. »Was ist los?«

»N-n-nichts. Was soll los sein?«

»Du weißt schon, ihr seid komisch.«

»M-m-müde. Uns steckt der Flug in d-d-den Knochen.«

»Bei Philipp und Simon steckt nichts in Knochen.«

Ich mache eine möglichst lässige Handbewegung. »Ach, ist nur so'n fauler Tag. T-t-tut auch mal gut.«

»Soll ich nicht fragen?«

»Jep.«

»Dann sag doch gleich.«

Auch diesen Abend gibt es Steaks satt. »Wenn wir schon mal hier sind«, meint Jakob. Dazu nur Wasser, kein Bier, Philipp nippt verhalten an seinem Wodka. Wir gehen zeitig ins Bett, und ich bin mir sicher, dass meine Brüder genau so schlecht einschlafen können wie ich.

Am nächsten Morgen sind wir um sieben Uhr dreißig in der Früh abfahrbereit, dabei soll es erst in einer Stunde losgehen. Philipp überprüft wiederholte Male den Van, auf der Ladefläche liegen Decken und Planen, um die Bilder darunter zu verbergen, und jede Menge dicke Seile.

»Wofür sind d-d-die?«

Philipp zuckt die Schultern. »Keine Ahnung. Hab ich einfach mal besorgt. Kann man immer brauchen.«

Als wir losfahren wollen, steht Ania plötzlich vor uns. »Komm ich mit«, sagt sie und klettert in den Van.

»Auf g-g-gar keinen Fall!«

»Bin ich dumm?«, fragt sie in die Runde.

Wir schütteln alle den Kopf.

»Glaub ich kein Wort! Männer-Ausflug, ha! Habt ihr was vor! Komm ich mit, vielleicht ihr braucht Hilfe.«

Ich schaue Simon scharf an. Der hebt die Hand zum Schwur. »Kein Wort«, flüstert er. »Ehrlich, ich hab kein Wort gesagt.«

»Meine Herren, dann nehmen wir sie halt mit!« Jakob deutet auf seine Armbanduhr. »Wir müssen los. Wir haben keine Zeit für irgendwelche Diskussionen.«

Ania nickt zufrieden und schnallt sich an.

Das Wachhäuschen in Las Yungas passieren wir ohne Zwischenstopp, der Security-Mann grüßt mit überschwänglichen Handbewegungen und winkt uns einfach durch. Ich will gar nicht wissen, was das gekostet hat. Um kurz nach neun parken wir in der Nähe des Hauses, weit genug, damit man uns nicht sofort bemerkt, nah genug, dass wir sehen können, ob jemand kommt oder geht.

Um neun Uhr siebenunddreißig verlässt der SUV das Grundstück. Wir warten, bis er außer Sichtweite ist, starten den Van, rollen langsam die menschenleere Straße hinab, auf die Einfahrt, und stellen den Wagen an die rechte Seite des Hauses.

»Du bleibst jetzt aber im Auto und stehst Schmiere«, raunt Jakob Ania zu.

Wir steigen aus, Philipp läuft zur Haustür und drückt vorsichtig die Klinke herunter. »Abgeschlossen!«, zischt er.

Ach was, denke ich.

Wir gehen um das Haus herum bis auf die Terrasse. Auch die Glastür ist verriegelt. Jakob zückt einen Schraubenzieher, mit ein paar geschickten Handgriffen hat er das Schloss aufgehebelt.

»Woher k-k-kannst du das denn?«

»Schon vergessen? Ich komm vom Born.«

Wir schleichen durch Arbeitszimmer und Flur in die Eingangsdiele und beginnen sofort damit, die Bilder von den Wänden zu nehmen. Ein Knarren von oben stoppt uns. Alle schauen wir zur Treppe.

Dort steht unsere Großmutter in einem Morgenmantel, wie ein Geist sieht sie aus. »Was macht ihr da?«, herrscht sie.

»Warum bist du nicht in der Kirche?«, fragt Philipp fassungslos zurück.

»Mir ist nicht wohl«, sagt sie und mustert uns abwartend.

Dann lächelt sie plötzlich, es ist kein freundliches Lächeln. »Ich habe geschlafen. Wisst ihr, was mich aufgeweckt hat?«

Sie schnalzt genüsslich mit der Zunge und kommt langsam die Treppe herunter. »Der Alarm. Ihr Idioten habt den Alarm ausgelöst.«

Mit ihrem krummen Finger deutet sie an die Decke. Unsere Blicke folgen ihrem Finger. In einer Ecke hängt ein schwarzes Kästchen, sehr klein, sehr unauffällig. Wenn man nicht weiß, dass es da ist, übersieht man es leicht.

Unsere Großmutter lacht jetzt. »Ihr Idioten! In spätestens zehn Minuten wimmelt es hier von Polizei.«

»Bis dahin sind wir längst wieder verschwunden«, sagt Jakob ungerührt, nimmt das Seil, das ihm über die Schulter hängt, und geht auf die Alte zu. Er greift nach ihren knochigen Händen und versucht, sie zu fesseln.

Sie tritt nach meinem Bruder. Und dann beginnt sie zu kreischen. Sie kreischt und kreischt. Sie hört überhaupt nicht mehr auf.

DAMALS

Rüdiger, mein »Führungsoffizier«, wie er sich selbst gern nannte, hetzte an meinem Schreibtisch vorbei und warf mir im Lauf meine Lederjacke zu.

»Los, los, los«, schrie er. »Schnapp dir dein Diktiergerät und komm!«

Hektisch wühlte ich in der Schublade, fand das Verlangte und rannte hinter ihm her. Wenn Rüdiger schrie, hatte ich zu flitzen. Ich stand ganz am Ende der Nahrungskette.

In der Tiefgarage hatte ich ihn endlich eingeholt, er saß schon im Auto. »Was'n?«, japste ich.

»Los, los, los! Steig ein! Erzähl ich dir, sobald wir auf der Autobahn sind.«

Rüdiger war ein miserabler Fahrer. Im Stadtverkehr sprach man ihn besser nicht an, weil er dann sofort die Übersicht verlor. Also wartete ich, bis er auf die A1 bog und sich auf der rechten Spur bei hundertzwanzig Stundenkilometern eingegroovt hatte.

»Solingen. Brandanschlag. Mehrere Tote, viele Verletzte. Alles Türken. Lief gerade über den Ticker.«

»Und? Weiß man schon, w-w-wer dahintersteckt?«

»Nee, aber was glaubst du denn? Mann, Mann, Mann!« Rüdiger kratzte sich am Kopf und beschleunigte auf flotte hundertfünfundzwanzig. »Ich mein, nach Hoyerswerda und Rostock-Lichtenhagen konnte man ja noch sagen: Scheiß Ossis, kein gesamtdeutsches Problem. Aber jetzt? Vor 'nem halben Jahr erst der Anschlag in Mölln. Wenn sich nun in Solingen bestätigt, dass wieder Rechte dahinterstecken ... Mann, Mann, Mann!«

Knappe fünf Stunden später waren wir in Solingen. Zum Tatort kamen wir mit dem Auto erst gar nicht durch. Wir ließen den Wagen stehen und liefen die restlichen zwei Kilometer zu Fuß. Die Straße vor dem betroffenen Haus war großräumig abgesperrt, vor den roten Flatterbändern standen die Menschen, viele weinten, es schien, als sei ganz Solingen auf den Beinen. Darunter natürlich die Kollegen. Funk, Fernsehen, Print, alle waren sie da.

»Los, los, los«, sagte Rüdiger. »Ich such mal die Einsatzleitung. Du sammelst O-Töne, so viele wie möglich. Jung, Alt, Deutsche, Ausländer, alles, was du kriegen kannst. Wenn du das Glück hast, irgendwo einen Neo-Nazi zu sehen, ran da!«

»Aber wir wissen d-d-doch noch gar nichts. Sollten wir n-n-nicht erst mal rausfinden, was g-g-genau ...«

»Auf keinen Fall. Du musst dir die Leute jetzt schnappen, wo alles noch ganz frisch ist. Wo sie ihr Herz auf der Zunge tragen. Wenn die erst Zeit hatten, nachzudenken, kriegst du nur die üblichen Phrasen zu hören. Los mit dir!«

Rüdiger war, trotz seiner zahlreichen Macken, ein echter Hauptgewinn für mich. Er hatte damals mein Geschreibsel über den Hafen in die Finger bekommen, er hatte mich einbestellt und mir erklärt, dass es schon mal gar nicht schlecht sei, dass es aber auch noch besser gehe, und mich gefragt, ob ich nicht ein Praktikum machen wolle. Wollte ich, klar. Nach dem Praktikum hatte er mir das Volontariat verschafft, für das ich mein Studium schmiss, und seit einigen Wochen war ich nun stolzer Jung-Redakteur, immer schön unter seinen Fittichen.

Er war wohl das, was man einen rasenden Reporter nannte, im wahrsten Sinne des Wortes, ständig in Bewegung, sein Adrenalinspiegel auf Höhe Unterkante Oberlippe. »Ich hab mein Ohr immer auf der Schiene. Und ich hör das Vibrieren schon, bevor der Lokführer überhaupt weiß, dass er losfahren soll«, war einer seiner Lieblingssprüche.

Doch er konnte nicht nur Sprüche klopfen, er war auch wirklich gut, einer der Besten, alles, was ich bis dato konnte, hatte ich von ihm gelernt.

Wir blieben zwei Tage in Solingen. Es war die Hölle. Auf einer Pressekonferenz erfuhren wir, dass Unbekannte einen Brandsatz gelegt hatten – mitten in der Innenstadt, in einem Wohnhaus, das von türkischen Familien bewohnt wurde. Fünf Frauen und Mädchen starben in Folge des Feuers, zwei von ihnen beim Sprung aus dem Fenster. Sie wollten sich vor den Flammen retten. Siebzehn Menschen wurden zum Teil lebensgefährlich verletzt.

Am Tag nach dem Anschlag kam es zu Krawallen, türkische Jugendliche randalierten durch die Straßen, Fensterscheiben gingen zu Bruch, verfeindete Gruppen aufeinander los. Irgendwann rückte sogar die GSG 9 an, es war ein bisschen wie im Krieg.

Wenige Tage später, wir waren längst wieder in Hamburg, nahm die Polizei vier Tatverdächtige fest. Rüdigers Vermutung bestätigte sich: Die jungen Männer zählten zur rechtsextremen Szene. »Der Bodensatz unserer Gesellschaft«, sagte Rüdiger. »Abschaum. Werden wir die denn nie los? Mann, Mann, Mann!«

Am selben Abend fuhr ich zu Opa, ich war mal wieder dran mit Besuch, und mir graute ein wenig davor. Nachdem der Alte sich im Heim erst einigermaßen stabilisiert und eingelebt hatte, ging's mit ihm seit einem Jahr rapide bergab. Er faselte oft unzusammenhängenden Kram, immer öfter erkannte er uns nicht mehr, er hatte Angstzustände, er hatte Albträume, es war ein einziges Trauerspiel. Demnächst würde er auf die Pflegestation verlegt werden.

Der zuständige Arzt, ein desillusionierter Mittfünfziger, hatte gemeint: »Verabschieden Sie sich von Ihrem Großvater, so wie Sie ihn kannten. Das ist vorbei. Und das wird sich jetzt ziehen. Über Jahre. Körperlich ist er nämlich topfit. Leider. Das wird dauern.«

Ich fand Opa im Gemeinschaftsraum, er hockte auf einem Stuhl und starrte mit leerem Blick an die Wand, wo der Fernseher hing, es war beste *Tagesschau*-Zeit. Ich war mir nicht sicher, ob er es allein hierhergeschafft oder ob man ihn platziert hatte, damit er woanders nicht dumm im Weg herumstand.

»Na, Opa«, sagte ich, »guckst du ein b-b-bisschen Nachrichten?«

»Pssst!«, machte er und legte den Finger auf die Lippen.

Ich setzte mich zu ihm, gemeinsam schauten wir nun in die Glotze. Dort gab es nur ein Thema, Solingen rauf und runter, natürlich. Aktuelle News, Hintergrundberichte, anschließend eine Reportage über Neo-Nazis in Brandenburg. Ich fragte mich, warum man sich eigentlich auf die Dumpfbacken im Osten einschoss, da Solingen eindeutig im Westen lag, sah aber trotzdem fasziniert zu, wie martialisch anmutende Kerle im Stechschritt den rechten Arm in die Höhe rissen und »Heil, Hitler!« brüllten.

Neben mir war Opa aufgestanden, auch er reckte seinen

Arm in die Luft und brüllte kräftig mit. Entsetzt versuchte ich, ihn auf seinen Stuhl zurückzuziehen, er schlug nach mir. Eine Schwester kam zu Hilfe, gemeinsam schafften wir Opa in seine Wohnung und ins Bett. Er bekam ein paar Tropfen verabreicht und beruhigte sich ein wenig, jedenfalls grüßte er nicht mehr lautstark den Führer.

»Machen Sie sich nichts draus«, meinte die Schwester aufmunternd. »Das haben unsere alten Leutchen manchmal. Da kommen wohl ein paar schöne Erinnerungen zurück.«

Sie ging, ich blieb an Opas Bett, er nickte ein, schreckte aber kurz darauf hoch. »Johannes«, flüsterte er.

Zumindest erkannte er mich. »Na, alles g-g-gut?«

»Sind sie wieder da?«

»Nee, Opa, hier ist k-k-keiner.«

»Ich habe sie doch gesehen. Die sind zurück!«

Ich drückte seine schlaffe Hand. »Nee, k-k-keiner ist zurück. Musst d-d-dir keine Sorgen machen.«

»Doch, doch«, beharrte er, »die sind da. Die waren nie weg.« Dann schlief er ein.

Ich allerdings machte mir Sorgen. Nicht um Opa. Da war Hopfen und Malz verloren, das war traurig, aber nicht zu ändern. Simon bereitete mir Kopfzerbrechen. Dabei stand es, von außen betrachtet, gar nicht so schlecht um ihn. Er hatte sein Abi bestanden, und zwar besser als man hätte erwarten können. Er hatte sich an der Hochschule für Bildende Künste beworben, das strenge Auswahlverfahren durchlaufen und war tatsächlich angenommen worden. Ich hatte mit ihm gezittert und gelitten, und als der positive Bescheid kam, war ich total ausgeflippt. Simon nicht. Er quittierte die Zusage mit einem Achselzucken.

Wenn es meinem Bruder an etwas nicht mangelte, dann war es Emotionalität. Aber jetzt: nichts. Keine Freude, kein Urschrei, noch nicht einmal einer seiner Krämpfe, gar nichts. Das fand ich merkwürdig. Überhaupt wurde er immer in sich gekehrter, sprach nur wenig, saß manchmal einfach so da und schaute teilnahmslos aus dem Fenster. Ich bekam es mit der Angst zu tun.

Mit Jakob wollte ich nicht darüber sprechen, ich konnte mir ungefähr vorstellen, was er sagte – irgendetwas zwischen »Soll sich mal zusammenreißen« und »Kauf ihm doch was Schönes«. Also rief ich Philipp in Tübingen an.

Der hatte gerade sein Physikum hinter sich gebracht, mit Bravour versteht sich, und war in meinen Augen schon der beste Arzt der Welt. Ich erklärte ihm, was mich umtrieb und fragte bang: »Meinst d-d-du, der hat 'ne Depression? Wie M-m-mama?«

»Scheiße. Weiß ich nicht. Ferndiagnose ist immer schwierig. Aber dass er was hat, wissen wir ja seit ewigen Zeiten. Krampft er viel?«

»Nee, n-n-nur wenn er aufgeregt ist. Aber ist er ja nicht. Im G-g-gegenteil. W-w-was mach ich denn jetzt mit ihm?«

»Keine Ahnung. Vielleicht schleppst du ihn doch mal zum Spezialisten. Mann, ey, das hätten wir längst machen sollen. Das haben wir schleifen lassen. Aber ging ja immer. Irgendwie.« Philipp seufzte.

»Was d-d-denn für ein Spezialist?«

»Psychiater natürlich. Ein Orthopäde bringt uns nicht weiter.«

Ich wälzte Telefonbuch und Gelbe Seiten, Psychiater gab es zuhauf. Nur wusste ich nicht, ob die was taugten. Die einzige Anlaufstelle, die mir etwas sagte, war Ochsenzoll. Ich rief dort an und vereinbarte einen ambulanten Termin.

Simon sagte ich die Wahrheit. Dass ich mir Sorgen machte und dass es vielleicht ganz gut sei, wenn er mal untersucht würde. Er zuckte mit den Achseln und kam widerspruchslos mit.

Schon als wir auf das Klinikgelände fuhren, hatte ich kein gutes Gefühl und wäre am liebsten sofort wieder umgekehrt. »Das haben wir schleifen lassen«, fuhren mir Philipps Worte durch den Kopf. Deshalb parkte ich meinen klapprigen Golf und zog meinen Bruder hinter mir her, bis wir im Sprechzimmer des Arztes saßen.

Prof. Dr. Dr. Karlsen war mir auf Anhieb unsympathisch, ein dürrer Kerl, fast zwei Meter groß, mit raubvogelartigen Gesichtszügen, lange, dünne und gebogene Nase, kleine Augen, die unablässig blinzelten. Ich schob meine Abneigung gegen ihn auf die gesamte Situation, denn er war überaus freundlich, besonders zu Simon, sprach mit sanfter Stimme und hörte mir geduldig zu, in keiner Weise irritiert von meinem Stottern.

Er fragte mich sehr höflich, ob ich damit einverstanden sei, während der folgenden Untersuchung den Raum zu verlassen. Ich setzte mich artig vor die Tür. Als der Professor sie nach einer knappen Stunde wieder öffnete, zog er mich beiseite. »Ich möchte Ihren Bruder gerne ein, zwei Tage hierbehalten. Zur weiteren Diagnostik.«

Als er mein Gesicht sah, fügte er schnell hinzu: »Beunruhigen Sie sich bitte nicht. Aber wir sehen bei uns gern den ganzen Menschen. Und dafür braucht es nun mal etwas Zeit. Sind Sie damit einverstanden?«

Ich nickte, er hielt mir einen Wisch hin, ich Trottel unterschrieb.

»Ich b-b-besuch dich morgen«, rief ich Simon hinterher, als man ihn abführte. Er zuckte mit den Schultern.

Am nächsten Vormittag fuhr ich wieder nach Ochsenzoll, der Professor war nicht zu sprechen, irgendein Oberarzt erklärte mir im Vorbeieilen hektisch: »Schwere klinische Depression. Gut, dass Sie Ihren Bruder vorbeigebracht haben!« Sehen dürfe ich ihn allerdings nicht, vielleicht in ein, zwei Tagen.

»Aber Sie sagen ihm, d-d-dass ich hier war, oder?«

»Sicher doch.«

In den folgenden Tagen bretterte ich jeden Morgen zur Psychiatrie, stets war der Professor unabkömmlich, stets musste ich mit einem anderen Weißkittel sprechen, fast täglich wechselte die Diagnose – von Depression über akute psychotische Störung bis zu Schizophrenie, eine Gefahr für sich und andere. Besuchen durfte ich Simon immer noch nicht. Als ich darauf bestand und mich weigerte, einfach wieder zu gehen, tat man erstaunt. »Sie haben doch die Vollmacht unterzeichnet! Jetzt regen Sie sich mal ab. Wir wissen schließlich, was das Beste für Ihren Bruder ist.«

Am nächsten Tag schlich ich zur geschlossenen Station und schlüpfte schnell durch die Tür, als ein Arzt heraustrat.

Eine Schwester erwischte mich, wie ich suchend umherirrte. »Was machen Sie hier?«

»Ich m-m-möchte meinen Bruder b-b-besuchen«, antwortete ich, lächelte möglichst gewinnend und nannte ihr den Namen.

Sie schaute in ihre Unterlagen. »Kein Besuch.«

»W-w-wenn Sie mich jetzt nicht sofort zu m-m-meinem Bruder bringen, ruf ich d-d-die Polizei!«

Sie hob eine Augenbraue, bedeutete mir aber, ihr zu folgen. Wir gingen durch einen langen Flur, vor einer der zahlreichen Türen blieb sie stehen und zeigte auf ein Sichtfenster. »Da. Da ist Ihr Bruder.«

Ich presste meine Nase an die Scheibe, der Raum sah aus wie ein normales Krankenzimmer. In einer Ecke hockte Simon auf dem Boden, er wirkte vollkommen apathisch.

»Ist natürlich sediert«, sagte die Schwester, als sei das eine Selbstverständlichkeit.

Unauffällig versuchte ich, die Klinke herunterzudrücken.

»Ist natürlich abgeschlossen«, sagte die Schwester. »Kein Besuch.«

Ich verließ fluchtartig die Station, raste wie ein Berserker in die Innenstadt, wo Jakob mittlerweile als Broker in einer Bank arbeitete. Als ich ihm erklärt hatte, was los war, war er kurz davor, mir ein paar reinzuhauen.

»Was hast du gemacht?«, schrie er. »Simon in die Psychiatrie eingeliefert?«

»N-n-nicht eingeliefert. D-d-die wollten ihn nur untersuchen ...« Ich flennte fast.

»Du bist doch total bescheuert, du Vollidiot. War doch klar, dass die ihn wegsperren, so wie der drauf ist!«

Zusammen fuhren wir quer durch die Stadt zurück nach Ochsenzoll, in Jakobs Porsche, den er kackfrech mitten vor der Ambulanz abstellte. Ein Pfleger belehrte ihn sofort, dass man dort keinesfalls parken dürfe.

»Schnauze! Und jetzt bringen Sie mich sofort zu Professor Karlsen. Ist mir scheißegal, ob der Zeit hat. Sofort!«

Einem wie Jakob widersprach man nicht, einem mit Porsche, feinem Sakko, teurer Armbanduhr und wildem Blick, eben anders als einem stotternden, verunsicherten Etwas in ausgebeulter Jeans.

Der Professor hatte tatsächlich Zeit und führte uns mit ausgesuchter Höflichkeit in sein Büro.

»Warum halten Sie meinen Bruder hier widerrechtlich fest?«, kam Jakob sofort zur Sache.

»Also widerrechtlich ist seine Unterbringung sicherlich nicht …«

»Was genau fehlt ihm denn?«

Der Psychiater kam auf die unterschiedlichen Diagnosen zu sprechen und schwurbelte herum.

»Schnauze!«, unterbrach Jakob ihn. »Sie haben also nicht die leiseste Ahnung, Sie Stümper. Passen Sie auf. In spätestens zehn Minuten steht mein Bruder vor der Tür, abmarschbereit, oder ich mache Ihnen das Leben zur Hölle. Ich verklage Sie, ich wende mich an die Presse, Ihre Karriere ist am Arsch. Sie glauben gar nicht, wozu ich fähig bin. Und welche Mittel mir zur Verfügung stehen.«

Der Professor glaubte ihm, keine acht Minuten später stand Simon vor uns, und wir konnten ihn nach Hause bringen.

»Ey«, sagte Jakob zu mir, als er ging, »noch so'n einsamer Alleingang, und ich reiß dir den Kopf ab.«

2008

»Mach doch mal einer was!« Jakob umklammert verzweifelt die kreischende Alte, die noch über erstaunliche Kräfte zu verfügen scheint. Er hat erhebliche Schwierigkeiten, sie festzuhalten.

Ich stürze zu ihm und drücke ihr den Mund zu. Sie röchelt, ich ziehe meine Hand wieder weg, weil ich Angst habe, dass sie erstickt. Sie kreischt.

Jetzt ist Philipp neben uns. Er greift in seine Jackentasche und zieht eine von Simons Spritzen hervor. Er rammt sie in den Oberschenkel unserer Großmutter und injiziert ihr die volle Dosis.

Sie ist fast augenblicklich still, noch nicht mal ein Röcheln ist zu hören, ihr Mund steht offen, etwas Speichel läuft heraus. Jakob lässt sie los, mit einem dumpfen Klatschen fällt sie auf den Terrakottaboden, ihre Gliedmaßen merkwürdig verdreht. Philipp kniet sich neben sie und fühlt nach ihrem Puls. »Scheiße«, murmelt er.

»Ich bring dann mal die Bilder ins Auto«, meint Simon ungerührt. »Bevor die Bullen da sind.«

Doch jetzt klopft es energisch an der Haustür, irgendjemand ruft irgendetwas auf Spanisch. Eine Frau, sehr aufgeregt. Auf einmal hören wir auch Anias besänftigende Stimme. Vor der Tür entspinnt sich ein Gespräch, Schritte entfernen sich, dann ist es ruhig.

Jakob klemmt sich mehrere Bilder unter die Arme, wir anderen tun es ihm gleich. Wir gehen. Keiner von uns schaut noch einmal zu der Alten.

Wir haben das Areal von Las Yungas schon verlassen, als drei Polizeiwagen an uns vorbeibrettern. Philipp drosselt die Geschwindigkeit des Vans noch mehr.

»Gib G-g-gas!«

»Immer schön sutsche«, sagt er. »Wir wollen nicht angehalten werden.«

Jakob dreht sich zu Ania. »Wer war das vorhin, die Frau vor der Tür?«

»Nachbarin.«

»Was wollte sie?«

»Hat Schreie gehört von alter Frau.«

»Und? Was hast du gesagt? Mensch, jetzt lass dir doch nicht alles aus der Nase ziehen!«

»Da war Kammspinne. Im Haus. Sehr giftig. Alte Frau hat sich gefürchtet. Ich habe totgemacht und in Garten gebracht. Bin ich netter Mensch, oder?«

»Bist du, ohne Scheiß.« Jakob lächelt.

In einem mir Bauchschmerzen verursachenden Schneckentempo fahren wir zu unserem Ferienhaus. Im Schutz der Hecke leeren wir den Van, tragen die Bilder ins Wohnzimmer und legen sie vorsichtig auf die Holzdielen. Zwölf Stück. Auch *Fünf tanzende Frauen.*

Simon beginnt sofort, Maß zu nehmen, und holt dann seine vorbereiteten Leinwände, um sie zuzuschneiden.

»Sollen wir dir helfen?«, fragt Philipp.

Unser Kleiner schüttelt den Kopf. »Auf keinen Fall. Das muss ich allein machen. Das ist Kunst. Echte Kunst. Die darf nicht beschädigt werden.«

Wir lassen ihn in Ruhe arbeiten und setzen uns auf die Terrasse. Lange sagt keiner ein Wort.

Dann räuspert sich Jakob. »Nur mal so am Rande: War die Alte etwa tot?«

»Noch nicht ganz.« Philipp reibt sich die Augen. »Aber ich glaube nicht, dass sie's übersteht. Nicht bei der Menge an Lorazepam.«

»Daran stirbt man doch nicht!«

»Hast du 'ne Ahnung! So ein Bulle wie Simon natürlich nicht. Aber das ist eine alte, schwache Frau. Und ich weiß nicht, welche Medikamente sie sonst noch nimmt. Da kommt's leicht zu unschönen Wechselwirkungen.«

»D-d-dann haben wir sie vielleicht umgebracht?«

»So'n Quatsch!« Jakob nimmt einen tiefen Zug von seiner Zigarette. »Das war eine Verkettung unglücklicher Umstände. So was wie ein Unfall, quasi.«

»Alte Frau war böse. Sehr böse.« Ania steht auf. »So. Ich mache Essen. Gibt Steak.«

Wir reden nicht viel an diesem Abend. Jeder hängt seinen Gedanken nach. Beim leisesten Geräusch fahren alle zusammen. Wahrscheinlich rechnen die anderen genau wie ich damit, dass jede Sekunde ein Sondereinsatzkommando das Häuschen stürmt und uns hopsnimmt. Aber nichts passiert. Simon beendet seine Arbeit fachmännisch, wir schlagen die Bilder vorsichtig in Decken ein, stellen sie in die vorbereitete Kiste, sorgfältig nagelt Jakob den Deckel zu.

Wieder gehen wir zeitig in unsere Betten. Auch morgen haben wir viel vor.

Wir packen. Wir machen sauber, wir hinterlassen das Ferienhaus in einem einwandfreien Zustand. Wir legen den

Schlüssel bei den Nachbarn in einen Blumenkasten, so ist es mit dem Vermieter vereinbart. Wir sind korrekte Deutsche, wir halten uns an derartige Vereinbarungen.

Dann beginnt unser Törn. Fast eintausenddreihundert Kilometer wollen wir fahren, hinunter an die Küste, nach Buenos Aires. Dort sticht morgen das Containerschiff in See, das unsere Kiste an Bord nehmen wird. Einen Tag später werden wir den Van am Flughafen abgeben und unseren Flieger gen Heimat besteigen. Zeitlich trennen uns nur noch zweiundsiebzig Stunden von Hamburg. Die Kiste allerdings wird länger brauchen und erst in etwa vier Wochen anlanden. Wenn alles gut geht.

Wir wechseln uns ab beim Fahren. Wir halten uns streng an die Geschwindigkeitsbegrenzungen und alle anderen Reglements. Ständig blicken wir in die Außenspiegel. Niemand jagt hinter uns her, mit Blaulicht und Sirenen.

Ania hat das Radio eingeschaltet, immer wenn Nachrichten kommen, stellt sie es lauter und hört konzentriert zu. »Nichts«, sagt sie jedes Mal.

Irgendwann fahren wir an einer riesigen weißen Fläche entlang, die sich so weit erstreckt, dass wir ihr Ende nicht mit bloßem Auge erkennen können. »Was ist das?«, fragt Simon.

»Salzwüste«, antwortet Ania.

Sie wirkt merkwürdig, diese Salzwüste, surreal, unwirklich. Wie alles in den vergangenen Tagen.

Je weiter wir uns von San Miguel de Tucumán entfernen, desto mehr lässt aber die Anspannung nach. Nach sieben Stunden sagt Philipp: »Wisst ihr was? Ich glaube nicht, dass noch ...«

»Halt die K-k-klappe! Bloß nichts b-b-beschreien.«

Nach fünfzehn Stunden haben wir Buenos Aires erreicht,

fahren zu unserem Hotel in der Nähe des Flughafens und checken ein.

»Heute Abend geben wir uns aber endlich mal wieder zusammen die Kante«, meint Philipp. »Ich fühl mich echt nicht gut, wenn ich immer der Einzige bin, der trinkt.«

Wir sind alle einverstanden.

Als wir am folgenden Nachmittag zum Hafen kurven und Jakob ununterbrochen seinen Blackberry malträtiert, klingelt das Ding schrill. Es klingelt dauernd. Als ob die ganze internationale Finanzwelt anriefe, um meinem Bruder Informationen zu entlocken. Dank diverser Zeitverschiebungen zwischen den Kontinenten schrillt das Ding auch nachts.

Jakob geht ran. »Yes?« Er hört einige Sekunden zu, dann meint er gedehnt: »Ach, Herr Löwe ...«

Philipp, der am Steuer sitzt, geht voll in die Eisen und fährt rechts ran. »Herr Löwe, Sie reden dummes Zeug. Ich bin in London, im Meeting. Ich habe weder Zeit noch Lust, mir diesen Schwachsinn anzuhören«, sagt Jakob und legt auf.

»Oh, K-k-kacke! Was w-w-wollte der?«

»Wissen, wo ich gerade bin. Wo wir gerade sind. Und ob wir uns etwa in Argentinien aufhalten.«

»K-k-kacke, dass kriegt d-d-der doch mit Leichtigkeit raus ...«

»Und wenn schon!« Jakob wirft seine Tolle aus der Stirn. »Wir können uns aufhalten, wo wir wollen. Und was will er denn machen? Uns anzeigen wegen Diebstahl? Von Raubkunst? Da kommt er aber in Erklärungsnöte.«

»M-m-mord!«

»So'n Quatsch. Die Alte sitzt längst wieder putzmunter

auf ihrer Terrasse und kreischt, weil die Bilder futsch sind«, sagt Jakob leichthin, aber nicht überzeugend.

Philipp fädelt sich in den Verkehr ein. »Wir sehen jetzt mal zu, dass wir die Kiste loswerden.«

Uwe hat mir aufgeschrieben, an wen wir uns wenden sollen. An einem der Container-Terminals treffen wir Señor Hieros, einen sehr kleinen, sehr schnauzbärtigen Mann, der uns freundlich begrüßt und sofort einen Arbeiter auf einem Gabelstapler heranwinkt. Der lädt unsere Kiste auf und fährt mit ihr von dannen.

»Wenn wir die mal wiedersehen ...«, murmelt Jakob.

Ich stoße ihm meinen Ellenbogen in die Rippen und löchere Señor Hieros auf Englisch, ob er auch tatsächlich verstanden hat, wohin die Reise geht.

Der lächelt verschmitzt, nickt und verabschiedet uns gleich wieder.

»Kann man diesem Gaucho wirklich trauen?«

»Mann, Jakob, d-d-du musst nicht immer von d-d-dir auf andere schließen.«

Keine achtundvierzig Stunden später setzt unser Flugzeug sanft auf der Landebahn auf. Wir sind zu Hause. Wir haben es geschafft. Unbeschadet. Wenigstens äußerlich.

Kaum haben wir die Maschine verlassen, klingelt auch schon das Blackberry. Jakob wirft einen flüchtigen Blick darauf und geht nicht ran. Wir sehen zu, dass wir unsere Koffer vom Gepäckband holen und streben zum Ausgang. Ein Zollbeamter stellt sich uns in den Weg. »Wenn Sie mir bitte folgen!«

Jakob versucht noch zu diskutieren. Es nützt nichts, wir müssen mit, alle fünf. Man verteilt uns auf verschiedene kleine, kabinenartige Räume. Schweigend sehe ich einem Beamten dabei zu, wie er in aller Ruhe meinen Koffer auseinandernimmt. Von nebenan höre ich Jakobs Stimme pöbeln.

»Sie waren geschäftlich in Buenos Aires?«, fragt der Zöllner.

»Nein.«

»Also privat?«

»G-g-genau. Sightseeing.«

»Haben Sie Freunde oder Verwandte in Argentinien?«

»Nein.«

Mit einem kleinen Messer trennt er nun das Innenfutter des Koffers von der Hartschale.

»D-d-darf ich Ihnen auch eine Frage stellen?«

»Bitte.«

»Was soll d-d-das hier?«

»Wir haben einen anonymen Hinweis bekommen, dem wir nun nachgehen.«

Er klappt den Deckel des Koffers wieder zu. Mehr als dreckige Wäsche hat er nicht gefunden. »So. Wenn Sie jetzt bitte Jacke, Hose und Schuhe ausziehen. T-Shirt und Unterhose können Sie anlassen.«

Ausgiebig inspiziert er meine Sneaker, schüttelt die Hose aus, sucht nach versteckten Nähten. Aus der Innentasche meiner Jacke zieht er Opas Kladde. Er blättert sie auf. »Was ist das?«

»D-d-das Tagebuch meines G-g-großvaters«, sage ich und versuche, ganz ruhig weiterzuatmen. »Er ist vor K-k-kurzem verstorben.«

»Das tut mir leid.« Er steckt es in die Innentasche zurück und händigt mir meine Klamotten aus. »Entschuldigen Sie bitte die Unannehmlichkeiten. Ich wünsche Ihnen eine gute Heimfahrt.«

Fast zeitgleich kommen Jakob und ich aus unseren Kabinen. Sein Zöllner macht einen aufgebrachten Eindruck, er hat einen hochroten Kopf.

»Sie hören noch von mir«, sagt Jakob beim Weggehen.

»Na, w-w-wieder schön einen auf d-d-dicke Hose gemacht?«

»Klar, was denkst du denn?«

»Meint ihr, dass das ein Zufall war?«, fragt Philipp, als wir endlich alle im Großraum-Taxi sitzen.

»Nein, d-d-das war Löwe.«

»Aber warum? Was hat er davon? Selbst wenn wir so dämlich gewesen wären, die Gemälde in den Koffern zu schmuggeln, wiederbekommen hätte er sie ja trotzdem nicht.«

»Schikane«, mutmaßt Jakob. »Der Wink mit dem Zaunpfahl: Achtung, ich weiß Bescheid! Aber soll er doch. Der kann uns gar nichts.«

Das sieht Friedrich Löwe anders. In den Tagen nach unserer Ankunft klingelt es fast stündlich auf allen Kanälen. Der Anwalt scheint jede unserer Telefonnummern zu kennen. Wir ignorieren seine Anrufe. Irgendwann wird er schon aufgeben, glauben wir.

Er gibt nicht auf. Er sucht mich in der Redaktion heim. Mit den Worten »Besuch für dich, Johannes!« führt die Redaktionsassistentin ihn in mein Büro und bietet ihm auch noch einen Kaffee an.

»D-d-der Herr will keinen Kaffee«, sage ich. »D-d-der Herr geht gleich wieder.«

Irritiert verlässt die junge Frau das Zimmer, vermutlich haben ihre Eltern sie Respekt vor dem Alter gelehrt.

»Johannes, nur eine Minute Ihrer Zeit. Bitte!«

Ich schaue Friedrich Löwe abwartend an.

»Sie sind ein besonnener Mensch, Johannes, deshalb bin ich auch zu Ihnen gekommen und nicht zu einem Ihrer Brüder. Ich möchte Ihnen ein Geschäft vorschlagen.«

»Ein G-g-geschäft?«

»Genau. Lassen Sie es mich so formulieren: Mir sind Dinge abhandengekommen, wertvolle Dinge. Diese Dinge würde ich gerne zurückerwerben. Und ich hoffe, dass Sie mir dabei behilflich sein können. Es soll Ihr Schaden nicht sein.«

»D-d-die Minute ist um«, sage ich. »Raus!«

»Hat der irgendwas über die Alte gesagt?«, fragt Jakob, nachdem ich meinen Brüdern von Löwes Besuch erzählt habe.

»K-k-kein Wort.«

»Hmm, merkwürdig. Und er will uns die Bilder abkaufen?«

»K-k-klang so.«

Jakob denkt einen Augenblick nach. »Wir fahren zu ihm«, sagt er dann. »Wir hören uns sein Angebot an.«

»Bist du irre?« Philipp streicht sich erschrocken durch sein spärliches Haar.

»Denk dran: Der kann uns nichts. Und ich will wissen, was mit der Alten ist. Ihr nicht?«

Philipp, Simon und ich schauen betreten zu Boden.

Friedrich Löwe führt uns erneut in seine Küche. Vielleicht glaubt er, dass die angenehme Atmosphäre Einfluss auf den Gesprächsverlauf nimmt. Wir haben uns vorher abgesprochen. Wir werden ihm nur zuhören, wir werden keinesfalls irgendetwas zugeben.

Der Anwalt kommt zügig zur Sache. »Ihren Besuch interpretiere ich als ein gewisses Interesse. Das freut mich sehr. Bestimmt haben Sie sich schon Gedanken gemacht, inwieweit man Ihnen entgegenkommen müsste, damit aus diesem Interesse eine Kooperation entsteht.«

»Nein«, sagt Jakob, »haben wir nicht.«

»Ah, ich verstehe. Sie warten auf ein Angebot. Das hätte ich mir denken können.« Friedrich Löwe lächelt. »Was halten Sie von einskommafünf Millionen?«

»Ich denke, da ist sicher noch Luft nach oben ...« Jakob lächelt sein Finanzhai-Lächeln.

Friedrich Löwe hüstelt. »Nun ja, eventuell ... Da müsste ich mich zwar noch einmal rückversichern, das kann ich nicht allein entscheiden. Aber ich glaube durchaus, dass man da noch etwas an der Schraube drehen kann.«

»Ich kenne meine Geschäftspartner ja gerne persönlich, zumindest aber mit Namen. Wer außer Ihnen dreht denn da noch an der Schraube?«

»Die Stiftungsmitglieder.«

»Die da wären?«

»Nun, selbst wenn ich Ihnen die Namen nennen dürfte, würden sie Ihnen doch nichts sagen. Aber seien Sie versichert, dass ich, sobald wir uns geeinigt haben, befugt bin, das Geschäft zu einem Abschluss zu bringen. Das ist im Sinne aller Stiftungsmitglieder.«

»Auch im Sinne unserer Großmutter?«

Friedrich Löwe blickt meinen Bruder irritiert an. »Wie meinen Sie das? Posthum?«

Philipp gibt ein komisches Geräusch von sich, etwas zwischen Gurgeln und Japsen. Der Anwalt blinzelt erstaunt durch seine Colaböden. »Ach, ich bin davon ausgegangen, dass Sie ... Nun, Ihre liebe Großmutter ist von uns gegangen. Ein plötzlicher Herzstillstand. Sehr, sehr traurig, ja, aber es hat niemanden verwundert. In dem Alter!«

»Sie machen gar nicht so einen traurigen Eindruck«, stellt Jakob fest.

»Nun ...« Friedrich Löwe blickt kurz sinnierend zur Decke, dann legt er bedächtig seine Hände übereinander auf den Tisch. »Manchmal ist der Tod ja eine Erlösung. Auch für die Hinterbliebenen, nicht wahr? Familie, Freunde ... Ich erwähnte es Ihren Brüdern gegenüber schon einmal, dass Ihre Großmutter mit Leidenschaft ihre Überzeugungen vertreten hat. Und dass wir nicht immer einer Meinung waren. Tatsächlich hat sich in den letzten Jahren eine Kluft aufgetan, zwischen dem, was Hedwig wollte, und was die anderen Stiftungsmitglieder für richtig hielten. Es gab Dissonanzen. Es wurde unnötig Staub aufgewirbelt. Nichtsdestotrotz sind wir alle erschüttert über ihr plötzliches Ableben.«

Jakob klopft sich amüsiert auf die Schenkel. »Das wird ja immer besser! Dieses ›plötzliche Ableben‹ kommt Ihnen gar nicht so ungelegen, was?«

Friedrich Löwe schürzt die Lippen und schweigt.

»Na gut.« Jakob steht auf und nickt uns zu. »Das Gespräch war sehr aufschlussreich. Wir gehen dann mal.«

»Ja, aber sollten wir nicht vorher noch weiter über die Details sprechen?«, fragt der Anwalt.

»Wissen Sie, was Sie mit Ihrem Angebot machen können? Schieben Sie sich's so lange hinten rein, bis Sie Hämorrhoiden bekommen.«

»Überlegen Sie es sich!«, ruft uns Friedrich Löwe hinterher. »In aller Ruhe. Das Angebot steht. Und Sie können mit den Bildern weiter nichts anfangen.«

»Der Scheißkerl hat leider recht«, konstatiert Philipp resigniert. Wir sitzen in meiner Lieblingskneipe direkt vor meiner Haustür und haben gerade gedanklich verschiedene Szenarien durchgespielt. Es nützt nichts. Wir können mit den Bildern wirklich nichts anfangen.

Wir haben zwar beschlossen, sie zu verkaufen und den Erlös zu spenden. Aber sobald wir das versuchen, werden potenzielle Interessenten leicht ihre Herkunft feststellen. Die Gemälde sind als Raubkunst gelistet. Dann wird man Fragen haben, wie sie in unseren Besitz gelangt sind. Dann wird man mit Nachforschungen beginnen. Und dann stellt man vielleicht fest, dass wir sie gestohlen und dabei aus Versehen unsere Großmutter umgebracht haben. Das ist also keine Option.

Der Schwarzmarkt fällt auch flach. Wir kennen uns nicht aus. Wir haben keine Kontakte, auch wenn Jakob natürlich behauptet, die könne er ganz easy besorgen. Es ist einfach zu riskant. Außerdem wollen wir nicht, dass die Bilder wieder in dubiose Hände geraten.

»Was machen wir denn nun, wenn die Bilder in Hamburg sind?«, fragt Philipp.

»Keine Ahnung. Aber wir haben noch drei Wochen Zeit, um darüber nachzudenken. Und wenn ich mir die Schinken selbst im Wohnzimmer an die Wand nagle: Die braunen Kackfressen kriegen die nicht!«, meint Jakob.

»Warum hast du dann vorhin angefangen zu schachern?«

»Reine Neugier. Ich wollte nur mal wissen, was geht. Über was für Mittel die so verfügen. Sagt mal, wer war eigentlich die Blondine?«

»Welche Blondine, um Himmels willen?«

»Die an der Wand, in Löwes Küche, auf der Fotografie.«

»Ach so. Seine Enkelin, glaub ich.«

»Was macht'n die?«

»Innenarchitektin.«

»Hmm. Johannes, find mal was raus über die.«

»W-w-warum?«

»Weiß ich noch nicht. Mach einfach mal.«

Es ist offensichtlich gerade Zeit für Gedankensprünge, denn Simon, der bis jetzt sehr still war, fragt plötzlich: »Wo ist Opas Tagebuch?«

Ich klopfe auf meine Jacke.

»Mann, das Ding sollten wir echt wegschmeißen!«, kommt es von Jakob.

»Nein!« Simon guckt ihn entsetzt an. »Das ist doch auch ein Erinnerungsstück.«

»Na super, und was für eins!«

»Gib!«, fordert Simon mich auf.

»Ich w-w-weiß nicht …«

»Ich halte das auch für keine gute Idee«, sagt Philipp.

»Oh Mann, manchmal seid ihr so scheiße zu mir!« Simon steht auf. »Jeder von euch hat es schon gelesen. Nur ich nicht. Keine Sorge, ich verkrafte das, ich kipp nicht aus den Latschen. Los, gib!«

Zögerlich fummle ich es aus der Tasche und reiche es ihm, er nimmt es vorsichtig in seine großen Pranken. »Ich geh dann schon mal hoch, hab ja 'nen Schlüssel.«

An der Kneipentür dreht er sich noch einmal kurz zu uns. »Und manchmal seid ihr nicht nur scheiße, manchmal seid ihr auch echt 'n bisschen blöd. Das mit den Bildern, das ist doch total einfach. Die geben wir zurück, an ihre Besitzer. Was denn sonst?«

SAN MIGUEL DE TUCUMÁN, OKTOBER 1978

Was muss ein Mann denn noch alles aushalten! Was kann er überhaupt aushalten? Hedwig verlangt, dass ich ausziehe. Sie erträgt meinen Anblick nicht, sie will die Scheidung.

Dabei sehen wir uns doch kaum mehr. Ständig ist sie bei ihrem Médico oder in der Hauptstadt, um irgendwelchen Geschäften nachzugehen. Als ich einmal fragte, was das für Geschäfte seien, hat sie mich nur angeschrien. Es gehe mich nichts an, mich elenden Verräter.

Jetzt will sie mich wohl endgültig aus dem Weg haben, damit sie ganz nach ihrem Kopf schalten und walten kann. Habe ich denn nicht auch ein Wörtchen mitzureden, was mit den Bildern geschieht, mit dem ganzen Geld?

Ach, will ich es überhaupt? Wenn ich einmal ehrlich zu mir selber bin, so muss ich wohl sagen: Ich will mit alldem nichts mehr zu schaffen haben. Wären wir doch nie so weit gegangen! Könnte ich es nur aus meinem Gedächtnis tilgen! Ich wäre ein anderer Mensch. Aber was geschehen ist, ist geschehen.

Was mich aufrecht hält, sind die Briefe, ein Quell der Freude. Der gute Fritz hatte mir die Adresse verschafft, unter der Hand versteht sich, Hedwig darf davon nichts wissen, sie ist zu allem fähig.

Ich habe meiner Kleinen geschrieben, sie ist in Hamburg, in der alten Heimat. Wieder und wieder, fast zwei Jahre lang, ohne eine Antwort zu erhalten. Doch dann kam ein

Brief, fünf Monate ist es her. Ja, er war voller Vorwürfe und Zurechtweisungen. Aber das war mir gleich. Endlich ein Zeichen!

Seitdem korrespondieren wir fleißig. Ich habe versucht, ihr zu erklären, was uns damals zu unseren Schritten bewogen hat, dass wir gar nicht anders konnten, dass keiner anders konnte und alle mitmachten. Und dass man die Vergangenheit auch einmal ruhen lassen muss. Sie schrieb, dass sie nicht wüsste, ob sie mir verzeihen könne. Aber ich bin zuversichtlich.

Dafür berichtet sie aus ihrem Leben, ich bin so erleichtert, dass es ihr gut geht, dass sie ihr Auskommen hat, leidlich. Ich werde Mittel und Wege finden, ihr unter die Arme zu greifen.

Vier Kinder hat sie schon und muss sie allein großziehen. Was mit dem Vater ist, hat sie noch nicht geschrieben. Aber vier Söhne! Und ich habe vier Enkel! Sie hat mir Fotografien geschickt, allesamt Prachtburschen! Ich bilde mir ein, dass sie mir sogar ein wenig ähnlich sehen. Ich habe sie sofort lieb gewonnen, besonders den Jüngsten. Er wirkt so zart und zerbrechlich, als ob er einer besonderen Fürsorge bedürfe.

Nun habe ich mir ein Herz gefasst und angefragt, ob ich sie einmal besuchen kann. Ich warte gespannt auf die Antwort. Aber ich glaube, ich darf hoffen.

DAMALS

In der Kirche erklangen die ersten Takte des Brautchors aus Wagners *Lohengrin*. Alle Gäste erhoben sich von den harten Holzbänken. Simon blieb sitzen. Ich stupste ihn an. Nun stand auch er auf und nestelte an seiner Fliege herum. Ich sah ihm an, dass er sich unbehaglich fühlte. Ich fühlte mich ebenfalls nicht besonders wohl in meinem Anzug. Neben mir wiegte sich Opa hin und her und summte mit. Ich glaubte nicht, dass er wusste, wo und warum er hier war.

Sein Arzt meinte, es würde schon schiefgehen, wir müssten halt gut auf ihn aufpassen und darauf achten, dass er artig seine Tabletten nahm.

»Das ist eine Hochzeit«, flüsterte Opa mir zu.

Ich nickte.

»Können Sie mir sagen, wer da heiratet?«

Ich beugte mich zu seinem Ohr. »Dein Enkelsohn heiratet, Opa. Philipp.«

»Ach! Wirklich?«

Ich wollte es nicht glauben, als mein Bruder die frohe Botschaft verkündete. Ich fand, er beging einen Fehler.

»Du b-b-bist viel zu jung«, sagte ich.

»Du hast gerade diese geile Stelle als Oberarzt angetreten. Willst du nicht erst mal Karriere machen? Heiraten kannst du doch immer noch«, sagte Jakob.

»Sie ist schwanger«, sagte Philipp.

»Kann ich Blumen streuen?«, fragte Simon.

All unsere Argumente, dass eine Schwangerschaft schon lange kein Grund mehr war zu heiraten, dass er die Frau erst drei Monate kannte, dass er sein Leben verpfuschen würde, fruchteten nichts. Philipp wollte heiraten. Und das nicht nur aus einem falsch verstandenen Pflichtgefühl heraus. »Ich gründe eine Familie«, meinte er mit leuchtenden Augen.

Jakob regte sich richtig darüber auf. »Die Tussi hat ihn doch weichgekocht. Wieso hat der's denn auf einmal so mit Familie?«

»Vielleicht weil er selber k-k-keine richtige hatte.«

»Wieso? Der hatte doch uns. Und Opa.«

»Eben.«

Ein wenig konnte ich Philipp verstehen. Familie – Vater, Mutter, Kind, das war etwas, das auch bei mir kurz unterhalb des Solarplexus ein leichtes Ziehen auslöste. Auf die Frau meines Lebens, die dafür infrage käme, wartete ich allerdings noch. Natürlich hatte es nach Margot noch andere gegeben, aber die *eine* war nicht darunter gewesen.

Und ich bezweifelte, dass Philipp die richtige Wahl getroffen hatte. Kurz nachdem er die Bombe hatte platzen lassen, stellte er uns seine Zukünftige vor. Anneliese, so hieß sie, sah uns und hasste uns. Die Antipathie beruhte auf Gegenseitigkeit. Sie war zickig, sie hatte eine schrille Stimme, sie hing an Philipps Arm wie eine Ertrinkende und zupfte ständig an ihm herum. Außerdem betonte sie schon in der ersten Viertelstunde des Kennenlernens drei Mal, dass sie ja nicht aus zerrütteten Verhältnissen stamme.

Sie hatte sehr wohl registriert, dass Jakob im Porsche angerauscht kam. Sie versuchte, ihn auszuhorchen, wie viel er denn verdiene. Jakob wich ihr aus. Daraufhin erzählte sie ungefragt, wie viel Geld Philipp mit nach Hause bringe und dass sie sich, seiner Stellung angemessen, in Hannover nur in besseren Kreisen bewegten. »Da können einige Leute noch so viel Geld scheffeln, da kommen die trotzdem nie hin.«

Ich gewann langsam den Eindruck, dass sie nicht die hellste Kerze auf der Torte war. Mir stellte sie nur eine einzige Frage, nämlich ob Journalismus überhaupt ein richtiger Beruf sei: »Ich meine, schreiben kann doch wirklich jeder, oder?«

Ich wollte ihr gern ausführlich antworten, sie fiel mir mitten im Satz ins Wort. »Du, ist ja auch egal. Ich lese sowieso nicht so gerne. Und schon gar keine Zeitung.«

Simon war ihr während der Unterhaltung immer dichter auf die Pelle gerückt, was sie komplett ignorierte.

Philipp grinste die ganze Zeit dümmlich und pfiff sich schon vor der Vorspeise, wir hatten uns in einem Restaurant getroffen, den dritten Martini rein. Nach der Hauptspeise und vier Bieren entschuldigte er sich auf die Toilette.

»Krankenschwester, hmmm?« Jakob fixierte Anneliese über den Tisch hinweg.

»Ja, und? Was dagegen?«

»Überhaupt nicht.« Jakob starrte weiter.

»Na ja, nicht mehr lange. Wenn das Baby erst mal da ist …«, sie strich sich über den noch nicht vorhandenen Bauch, »… dann arbeite ich natürlich nicht mehr. Muss ich auch nicht, Philipp verdient schließlich genug.«

»Genau«, sagte Jakob. »Dann bist du ja Arztgattin.«

Anneliese nickte zufrieden.

»Jetzt pass mal auf. Mein Bruder ist ein verliebter Trottel. Ich nicht. Tussis wie dich kenn ich zur Genüge. Und eins kann ich dir versprechen: Philipp wird dich nicht ohne Ehevertrag heiraten.«

»Was willst du denn damit sagen?«

»Das weißt du ganz genau. Tu nicht blöder, als du bist.«

Als Philipp von den Örtlichkeiten zurückkehrte, wurde Anneliese ganz plötzlich übel, und sie mussten gehen.

Die Braut schritt jetzt durch den Mittelgang, am Arm ihres Vaters. In der Bankreihe links neben uns schluchzte ihre Mutter. Annelieses Eltern waren erstaunlich nett, der Vater ein bodenständiger Elektroinstallateur, die Mutter Hausfrau, die ihren Mann tatkräftig bei der Buchhaltung unterstützte. Einfache, ehrliche Leute, wie man so sagt. Ich hatte keine Ahnung, warum die Tochter derart missraten war.

Jakob konnte sich tatsächlich durchsetzen. Philipp und Anneliese hatten vor der standesamtlichen Trauung einen Ehevertrag unterzeichnet. Sie hatte sich mit Händen und Füßen dagegen gewehrt. Aber ein paar Synapsen im Hirn des Oberarztes funktionierten noch, er hatte nicht nachgegeben.

Natürlich kreidete sie diese Niederlage seinen Brüdern an, sie hatte sogar versucht, uns von der Hochzeit auszuladen. Ohne Erfolg. Und jetzt standen wir da, in dieser rappelvollen Kirche, inmitten fremder Menschen, und fühlten uns unwohl in unseren Anzügen. Bis auf Jakob, der eine blendende Figur machte in seinem maßgeschneiderten Teil. Aber wirklich entspannt wirkte er auch nicht. Mit verkniffenem Mund sah er dabei zu, wie das Verderben in einem weißen Kleid und mit Ballonbauch auf unseren Bruder zuschwebte.

Die Feier war ziemlich lahm, viele der Gäste gaben sich maniert. Mehrmals bemerkte ich, wie Anneliese zu Opa blickte und angewidert das Gesicht verzog, weil ihm das Essen übers Kinn kleckerte. Ich fand, dass er sich für seine Verhältnisse ziemlich gut hielt.

Wir brachen früh auf, Jakob schob Großvaters Gesundheitszustand vor, Philipp war enttäuscht.

»Bleibt doch noch«, bettelte er. »Es fängt doch gerade erst an, lustig zu werden. Und ihr seid hier doch meine einzigen Verwandten!«

»Was willste denn«, sagte Jakob. »Hast dir doch gerade Neue gesucht.« Er klang verletzt.

Kurz nach Philipps Eheschließung verkündete unser Finanzgenie, dass er seine Zelte mal wieder abbrechen und für unbestimmte Zeit nach New York ziehen würde – »der Spur des Geldes folgen«, wie er meinte. Simon flippte total aus, als er davon erfuhr, und bekam einen Krampf nach dem anderen.

Ich verstand gar nicht, warum ihn das so aufregte. Jakob hatte schließlich schon öfter im Ausland gelebt, das Internat in England, zwei Auslandssemester in Singapur. »Verstehst du das denn nicht?«, fragte er mich. »Alle gehen weg, alle verlassen mich.«

»Ich g-g-geh nicht weg. Ich b-b-bleib bei dir.«

»Das sagst du doch nur so. Damit ich keinen Stress mache. Ausgezogen biste doch schon!«

Das stimmte, allerdings war ich nur bis zur Schanze gekommen. Endlich hatte auch ich mich getraut, Osdorf zu verlassen, und mir eine andere Wohnung gesucht. Ich wollte nicht mehr am Arsch der Heide leben, sondern dort, wo mal ein bisschen was los war. Simon hatte ich angeboten, mitzukommen. Er mochte nicht, schon weil er dann nicht mehr in Opas Nähe war, den er immer noch täglich besuchte. Also hockte er allein in der großen Bude am Born, hielt sich mit ein paar Gelegenheitsjobs über Wasser und verschwand ansonsten in seiner Scheune, die er in der Nähe von Rissen angemietet hatte, um seine Skulpturen zu fertigen.

Ich wusste gleich, dass das kein optimaler Zustand war, aber ich fand es ganz gut, es mal ohne Bruder-Zwangs-WG zu probieren. Jetzt merkte ich, dass es nicht funktionierte. Man konnte Simon nicht einfach sich selbst überlassen.

Philipp rückte an zum Krisengespräch mit Jakob und mir. Er brachte gleich eine ganze Tasche voller Medikamente mit, die er nacheinander auf den Tisch legte. »Gegen die Krämpfe. Zur Beruhigung. Und das da ist ein Stimmungsaufheller. Den kann er ruhig täglich nehmen.«

»Mann, wir können den doch nicht dauernd mit Pillen vollstopfen«, sagte Jakob.

»Dann muss er betreut werden.«

»Nee! Der kommt auf keinen Fall wieder in die Klapse. Du hast sie doch nicht mehr alle!«

Philipp rollte genervt mit den Augen. »Das mein ich doch gar nicht, du Idiot. Als ob ich meinen Bruder in die Klapse stecken würde!«

»Die glorreiche Idee hattet ihr ja schon mal ...«

Simon hatte mir sein Gastspiel in Ochsenzoll sofort verziehen, Jakob bis heute nicht.

»Ich meine doch, dass wir irgendeine Lösung finden müssen. Einen persönlichen Betreuer, den wir für Simon engagieren. Wenn wir alle zusammenlegen, kriegen wir das hin.«

»K-k-klingt gut.«

»Und er muss auf alle Fälle weg vom Born. Der darf den Alten nicht mehr so oft sehen. Das macht ihn fertig. Jedes Mal ist er traurig, wenn Opa ihn nicht erkannt hat.«

»Und wie willst du Simon das verklickern?«, fragte Jakob.

»Der schwärmt doch immer so. Von seiner Scheune, von der ganzen Natur da draußen. Fährt er total drauf ab. Wir schicken den aufs Land. Das tut ihm gut, frische Luft, ordentlich Bewegung, da kommt er innerlich zur Ruhe.«

»Aufs Land, hmm? Irgendein Resthof vielleicht. Kann man was draus machen, aus so einer Schrott-Immobilie, ist gar keine schlechte Investition. Grundbesitz rentiert sich immer.«

Ich brauchte Wochen, um Simon zu überzeugen, dass Philipps Idee eine gute Lösung war. »Dann sehe ich dich überhaupt nicht mehr!«, sagte er.

»Ich k-k-komm dich doch besuchen.«

»Und was soll das für ein Betreuer sein, der sich um mich kümmert? Ich bin doch kein kleines Kind.«

»Nein, aber d-d-du brauchst jemanden, der ...«

»Ich will eine Frau!«

»D-d-du kriegst eine Frau.«

Die nächste Hürde war Opa. Aber sie war leichter zu nehmen, als ich dachte. Großvater baute immer weiter ab. Mittlerweile wusste er überhaupt nicht mehr, wer wir waren. Manchmal beschimpfte er Simon sogar, weil er Angst hatte vor diesem Fremden. Mein kleiner Bruder war untröstlich.

»Geh nicht m-m-mehr hin.«

»Aber dann ist er ganz allein.«

»Simon, er merkt es d-d-doch gar nicht. Und er ist auch nicht allein, d-d-da sind jede Menge Leute, die sich um ihn kümmern.«

Das Argument mit der Natur war schließlich ausschlaggebend. »Meinst du, ich könnte eine richtige Wiese haben, für mich allein?«

»Ich such w-w-was mit Wiese.«

»Und Blumen?«

»K-k-klar, wo 'ne Wiese ist, g-g-gibt's auch Blumen.«

»Und ein Wald, mit Tieren, Rehe und so?«

»Auf d-d-dem Land ist überall Wald.«

»Na gut.«

Jakob war längst in New York, Philipp wie fest getackert in Hannover, die Geburt des Nachwuchses stand unmittelbar bevor, Anneliese erlaubte ihm nicht, sich weiter als zehn Kilometer von seinem Wohnort zu entfernen. Also blieb wieder alles an mir hängen. Ich ackerte mich durch Immobilienanzeigen, sprach mit Maklern, fuhr kreuz und quer durch Schleswig-Holstein und Niedersachsen zu Besichtigungen. Meine komplette Freizeit ging dafür drauf. Schließlich fand ich den Hof bei Bad Oldesloe.

»Ist ganz schön weit weg von Hamburg«, nörgelte Jakob am Telefon. »Gibt es denn nichts, was ein bisschen dichter an der Stadtgrenze liegt?«

»Nein, alles viel zu t-t-teuer.«

»Mensch, Johannes, das kann nicht sein. Du musst dich da nur mal richtig reinhängen.«

»Such d-d-doch selber, du Arsch.«

Stattdessen überwies er lieber das Geld.

Zwischendurch wurde Philipp Vater. »Eine Tochter, eine Tochter!«, jubelte er durch den Hörer.

Ich freute mich wirklich für ihn, Simon war vollkommen aus dem Häuschen. »Wir sind Onkel!«, brüllte er und tanzte herum.

Wir wollten natürlich sofort nach Hannover und unsere Nichte begutachten, aber Philipp ließ uns auflaufen. »Ja, klar … Irgendwann, sicher … Aber nicht jetzt gleich.«

»W-w-warum nicht? Wir m-m-müssen doch mit dir feiern.«

»Machen wir, klar. In ein paar Wochen. Weißt du, Anneliese ist gerade sehr empfindlich. Keine Ahnung, vielleicht bekommt sie eine Wochenbett-Depression. Jedenfalls will sie niemanden sehen.«

Und uns schon gar nicht, fügte ich in Gedanken hinzu.

»Ich meld mich wieder«, sagte Philipp. »Wenn's passt.«

Es dauerte fast ein Jahr, bis ich meine Nichte das erste Mal zu Gesicht bekam.

Ich konnte es verschmerzen. Wir alle gingen schließlich unserer eigenen Wege. Die eingeschworene Bande vom Born gab es längst nicht mehr. Die Sorge um Simon hatte uns alle noch zusammengehalten. Aber das war ja auch geklärt.

Bei unseren seltener werdenden Treffen in den folgenden Jahren hatten wir uns immer weniger zu sagen. Normal, redete ich mir ein. Jeder hatte seine Welt und die nur wenig Berührungspunkte mit den Welten der anderen.

Wie sich's eben so verläuft, dachte ich manchmal, wenn ich nicht einschlafen konnte. Und dann spürte ich einen Stich, einen fast körperlichen Schmerz in meinen Eingeweiden. Am nächsten Morgen war er stets vergangen. Ich hatte genug anderes um die Ohren.

2008

»Erzählen Sie zum Schluss doch bitte noch etwas von Ihrer Kindheit. Wissen Sie, unsere Leserinnen und Leser lieben diesen persönlichen Touch, sie wollen den echten Menschen erfahren. Also, wie sind Sie aufgewachsen?« Jakob lächelt sein charmantestes Sonnyboy-Lächeln in die Kamera seines Laptops.

Via Skype ist er mit Monika Wippert verbunden, der erfolgreichen Innenarchitektin mit beeindruckenden beruflichen Stationen wie Los Angeles, Tokio und auch Tel Aviv. Seit knapp zwei Stunden interviewt er sie, angeblich ist er freier Journalist und schreibt für alle namhaften Wohnzeitschriften der Republik. Geduldig hat er sie erzählen lassen, über räumliche Wahrnehmung, Nutzbarkeit und Umnutzbarkeit, über grundlegende formale Gestaltung, Farb- und Lichtkonzepte.

Kluge Fragen hat er ihr gestellt, nachgehakt, sie bestätigt und ihr geschmeichelt. Richtig warm geworden sind sie miteinander. Nun kann er zu dem kommen, was er wirklich von ihr wissen will.

Es war nicht schwierig, die Enkelin von Friedrich Löwe ausfindig zu machen und mehr von ihr zu erfahren. Im Internet stieß ich schnell auf ihr Bild, sie ist zwar nicht mehr so jung wie auf der Fotografie in der Küche, aber ich habe sie sofort erkannt.

Sie hat eine Homepage, auf der sie unter dem Punkt Biografie auch Persönliches feilbietet – ihre Eltern kamen bei einem Autounfall ums Leben, als sie acht Jahre alt war, aufgewachsen ist sie danach bei ihrem Großvater, der sie stets förderte und forderte und selbstlos unterstützte. »Er ist meine Inspiration bis heute. Der Quell meines Schaffens. Ihm habe ich alles zu verdanken«, hat sie sich nicht entblödet zu formulieren. Auch Monika Wippert weiß, was ihre Kunden lieben.

»Mein Großvater ...«, beginnt sie nun.

Jakob lächelt aufmunternd und schaut angemessen interessiert. Ich halte mich die ganze Zeit diskret im Hintergrund und achte darauf, dass Kamera und Band einwandfrei laufen, wir zeichnen das Gespräch auf.

»... alles zu verdanken«, endet Monika Wippert nach einem mehrminütigen Monolog.

»Sie stehen Ihrem Großvater also sehr nah. Wie bewerten Sie denn seine Vergangenheit?«

»Bitte? Ich verstehe nicht ganz, was Sie meinen ...«

»Ich wiederhole es gern noch einmal: Wie bewerten Sie die Vergangenheit Ihres Großvaters?«

»Ich weiß wirklich nicht, worauf Sie hinauswollen.«

»Ihr Großvater Friedrich Löwe war in der SS. Er war unter anderen in Hamburg für die Deportation der jüdischen Bevölkerung verantwortlich. Darüber haben Sie doch sicher gesprochen, so eng wie Sie sind.«

Monika Wippert zuckt nicht mit der Wimper, nicht mit der Augenbraue, sie zeigt weiter keine Reaktion. Sie bleibt ganz ruhig, wie jemand, dem das eben Gehörte natürlich bekannt ist.

»Ach, diese alten Geschichten. Man kann ein ganzes langes Menschenleben ja nicht nur nach ein paar wenigen Jahren beurteilen.«

»Sie finden also nicht, dass man Ihren Großvater zur Rechenschaft ziehen sollte?«

»Nein, denn mein Großvater hat sich nie etwas zuschulden kommen lassen. Er wurde nie angeklagt, er wurde nie verurteilt.«

»Und was ist mit einer moralischen Schuld?«

»Auch die sehe ich nicht. Mein Großvater hat nach der Moral und den Werten der damaligen Zeit gehandelt, wie übrigens die überwältigende Mehrheit der Deutschen. Er hat nichts Falsches getan.«

»Spüren Sie denn, nach heutiger Moral und Werten so etwas wie …«

»Entschuldigen Sie bitte«, unterbricht sie Jakob. »Das war ja alles lange vor meiner Zeit, damit habe ich nichts zu tun. Jetzt muss ich unser Gespräch leider beenden, ein Anschluss-Termin. Und vergessen Sie bitte nicht, mir das Interview vor Veröffentlichung zum Autorisieren vorzulegen.« Sie beendet die Verbindung. Nicht nur Jakob ist ein Profi, Monika Wippert ist es auch.

»Hast du alles im Kasten?«, fragt mein Bruder.

»Jep.«

Abends zeigen wir Simon und Philipp den Film. Jakob ist sehr zufrieden mit seiner Leistung.

»Geil, oder? Wenn das öffentlich wird, kriegt die zumindest in Tel Aviv keine Aufträge mehr.«

»Ich weiß n-n-nicht so recht«, wende ich ein. »Sie ist n-n-nur seine Enkelin. Sie hat nichts verbrochen. Wir k-k-können nicht einfach ihre K-k-karriere zerstören.«

»Ey, du hast sie doch gesehen. Da war nichts, noch nicht einmal der Funke eines Bedauerns! Und dann das, was mein

Alter gesagt hat: ›Kinder, Kindeskinder – alle im rechten Geist erzogen.‹ Die ist auch so eine, die gehört doch dazu.«

»W-w-wissen wir nicht.«

Jakob winkt ab. »Stell dich nicht immer so an, Johannes. Mach den Krempel fertig und hau ihn raus.«

Der Krempel, von dem er spricht, war seine Idee. Er ist fest davon überzeugt, dass Friedrich Löwe uns nicht in Ruhe lassen wird. »Ich habe überhaupt keinen Bock darauf, dass der jetzt dauernd anruft und wegen der Bilder rumnervt. Dem müssen wir irgendwie das Maul stopfen.«

Deshalb habe ich alles zusammengetragen, was wir über Friedrich Löwe und unsere Großeltern wissen, Belege aus den Archiven kopiert, dazu alle Informationen, die wir über die Stiftung haben. Nur die Bilder habe ich unerwähnt gelassen. Es ist ein ziemlich umfangreiches Dossier geworden. Zusammen mit den Aufnahmen von Monika Wippert schicke ich es an verschiedene Hamburger Redaktionen, von seriös bis Boulevard. Anonym.

Erst habe ich überlegt, die Geschichte selber zu schreiben, natürlich unter meinem Namen. Die anderen sind dagegen. Philipp bringt es ganz wunderbar auf den Punkt: »Wir haben einen Raubmord begangen, besser keiner von uns taucht auf.«

Es dauert nicht lange, und es gibt ein kurzes, aber heftiges Rascheln im Blätterwald. Ein Nachrichtenmagazin ist darauf angesprungen, eine große Tageszeitung, das regionale Fernsehen. Den TV-Journalisten, unter ihnen muss ein echter Bluthund sein, gelingt es sogar, die Namen der Stiftungsmitglieder zu recherchieren, Jakobs Vater ist auch darunter. Aber das hatten wir uns schon gedacht.

In meiner Redaktion versuchen Kollegen, Interviews zu bekommen – mit Friedrich Löwe, Jakobs Vater und Monika

Wippert. Jakobs Vater lässt über seinen Anwalt verlauten, dass das alles erstunken und erlogen sei von linkem Gesindel und dass er selbstverständlich nicht für Interviews zur Verfügung stehe. Monika Wippert weilt in Japan und ist einfach »zu busy, sorry«, aber gern zu einem späteren Zeitpunkt. Löwe reagiert gar nicht.

Insgeheim habe ich die Hoffnung gehegt, dass vielleicht doch jemand juristisch gegen ihn vorgeht. Aber nichts passiert. Nach kurzer Zeit versiegt auch das mediale Interesse, es gibt irgendeinen neuen heißen Scheiß.

»Egal«, meint Jakob. »Löwes Nachbarn wissen jetzt wenigstens, neben was für einem Schwein sie wohnen. Gesellschaftlich ist der erledigt, und mein Alter auch.«

Endlich ruft Uwe an. »Deine Kiste is da. Kannssu abholen.«

Meine Brüder wollen natürlich mit, wir gurken zusammen nach Waltershof.

Uwe freut sich. »Mensch, da lern ich ma alle auf einen Schlach kennen. Johannes hat ja immer viel von euch erzählt.«

»Hab ich g-g-gar nicht.«

Uwe grinst verschmitzt. »Hassu wohl, du Döspaddel. Muss dir nich peinlich sein, hängst eben anner Familie. Is doch gut.«

Weitere Indiskretionen gibt er zum Glück nicht von sich, stattdessen schließt er einen Verschlag auf, in dem unsere Kiste steht, völlig unbeschadet, nichts deutet darauf hin, dass sie geöffnet wurde.

»War irgendwas d-d-damit?«

»Nö, was soll'n gewesen sein? Zack, runter von Bord und ab in Schuppen damit. Das war's.«

»Hat auch k-k-keiner blöde Fragen gestellt?«

»Nö, hier stellt keiner blöde Fragen, weissu doch.«

Wir wuchten das Teil in meinen Mercedes und bedanken uns tausend Mal bei Uwe.

»Da nich für«, sagt er. »Und lass dich ma wieder blicken, mien Jung.«

Jetzt steht sie da, diese Kiste, in meiner Küche. Simon öffnet vorsichtig den Deckel, alle Bilder sind noch da, eingeschlagen in ihre Decken. Unser Kleiner hebt behutsam eines hoch, wickelt es aus und löst noch behutsamer das Folklore-Motiv. Fast ehrfürchtig betrachten wir *Fünf tanzende Frauen*.

»Schön, nicht?«, flüstert Simon.

Es klingelt an meiner Tür, und vor Schreck lässt Simon fast das Gemälde fallen.

»Scheiße!«, flucht Jakob. »Wer ist das denn?«

Es ist nur Ania auf Stippvisite. Vor zwei Wochen hat sie verkündet: »Muss ich Wiese mähen«, und ist zum Hof abgedampft. Wahrscheinlich wollte sie mal wieder ein bisschen Ruhe und Privatsphäre haben, meine Bude ist mit vier Mann und einer Frau klar überbelegt.

»Hab ich Sehnsucht«, meint sie nun und wirft mir einen Blick zu, den ich nicht deuten kann.

»Oh«, sage ich und werde rot.

»Ah, Kiste ist da«, stellt sie in der Küche fest. »Und? Wisst ihr jetzt, was ihr macht damit?«

»Logisch«, sagt Simon. »Wir geben alles zurück.«

Das ist eine vollkommene Schnapsidee. Und ich erkläre meinem Bruder auch sofort, warum, ich habe mich ein wenig schlau gemacht: Die eigentlichen Besitzer der zwölf Bilder sind alle in Konzentrationslagern ermordet worden. Zum

Teil gibt es Hinterbliebene, über die ganze Welt verstreut, zum Teil sind keine zu ermitteln.

»W-w-wir können die Bilder nicht einzeln verschicken. N-n-nach Israel. Oder in d-d-die USA. Viel zu riskant. Viel zu aufwendig.«

»Okay«, sagt Simon. »Dann fahren wir nach Berlin und stellen die Kiste vor der israelischen Botschaft ab.«

Jakob schlägt sich mit der flachen Hand vor die Stirn. »Nee, is klar. Wir latschen mit der Kiste einfach aufs Gelände und stellen sie vor die Tür, oder was? Da kommen wir doch gar nicht rauf, das ist alles bewacht und gesichert. Und wenn da auf einmal irgendeine Kiste steht, gibt's doch sofort Bombenalarm. Mann, ey, schalt doch mal dein Hirn ein.«

»Vor eine Synagoge?«

»Och Simon, denk nach! Ist doch genau das Gleiche.«

»Du kannst mich mal. Hast du etwa eine bessere Idee?«

»Ich hab eine«, sagt Philipp. »Gebt mir mal ein, zwei Tage, um rauszufinden, ob die was taugt. Dann erzähl ich's euch.«

Wir bestürmen ihn, es uns sofort zu verraten, aber er steht auf und schnappt sich seine Jacke. »Ich bin mal ein paar Stündchen weg. Bis später.«

Wir Zurückgebliebenen essen zu Abend, dann verschwindet auch Jakob, er hat ein Date. Keiner fragt, mit wem. Die ganzen Namen kann man sich sowieso nicht merken. Simon geht früh schlafen, er ist immer noch ein bisschen beleidigt, weil wir seine Vorschläge verworfen haben. Ania und ich bleiben in der Küche zurück, wir schweigen uns an, aber es ist ein freundliches, wohliges Schweigen. Langsam wird es dunkel, keiner von uns schaltet das Licht ein.

»Habt ihr geredet, endlich?«, fragt Ania schließlich.

»Im Rahmen d-d-des Möglichen«, sage ich. »Wir sind n-n-nur Männer, wir k-k-können das nicht so gut.«

»Und was ist mit verzeihen?«

Ich überlege einen Augenblick, bevor ich antworte. »D-d-dein Großvater war Opfer, m-m-mein Großvater war Täter. Ich finde, Opfer k-k-können verzeihen. Ich als Enkel eines Täters d-d-darf das nicht. D-d-das steht mir nicht zu. Aber ich k-k-kann Verantwortung übernehmen für meinen Großvater, ich k-k-kann versuchen, seine Schuld zu tragen, d-d-dafür g-g-geradezustehen.«

»Bist du ein kluger Mann, Johannes. Hast du schlechtes Gewissen wegen alter Frau?«

Diesmal muss ich nicht nachdenken. »Nein. K-k-kein bisschen. Sie hat es n-n-nicht anders verdient.«

»Und Brüder?«

»Nee, ich g-g-glaub nicht. Vielleicht Philipp, w-w-weil er Arzt ist. Aber d-d-das legt sich mit Sicherheit.«

»Das ist gut.«

Wieder senkt sich für Minuten das behagliche Schweigen auf uns herab. Und dann trau ich mich was. »Sag m-m-mal, ihr habt doch reichlich Platz auf d-d-dem Hof ...«

»Ja, warum?«

»Ich d-d-dachte, ich komm jetzt öfter m-m-mal vorbei und b-b-bleib auch ein bisschen länger, 'ne ruhige Ecke zum Schreiben und zum P-p-pennen wär dann gut.«

»Natürlich, bekommst du.«

»Super.« Ich grinse sehr breit in mich hinein. Ania kann es nicht sehen, es ist mittlerweile stockfinster.

Philipp erzählt uns schon am folgenden Tag von seiner Idee. »Ich kenne da einen Hamburger Arzt. Also kennen ist zu viel gesagt, wir sind uns mehrere Male auf Kongressen begegnet …«

»Wow!«, sagt Jakob. »Arzt kennt Arzt, klingt nach 'ner Hammergeschichte.«

»Lass mich ausreden. Dieser Arzt ist ein sehr integrer Mann, vertrauenswürdig. Ich hab mich bei Kollegen, die mit ihm zusammenarbeiten, erkundigt. Alle haben nur das Beste über ihn gesagt. Und jetzt kommt's …«

Wir sehen ihn erwartungsvoll an.

»Dieser Arzt ist Jude. Und er ist sehr aktiv in der jüdischen Gemeinde in Hamburg. Er ist bestens vernetzt, er kennt sozusagen Gott und die Welt. Wenn wir ihm die Bilder geben, dann sind sie in guten Händen. Er wird wissen, was damit zu tun ist.«

»D-d-das klingt vernünftig. Jedenfalls besser als alles, w-w-was wir bisher durchgespielt haben.«

»Ja, aber wie kommt er an die Bilder?«, fragt Jakob. »Marschieren wir einfach bei ihm vorbei und sagen ›Moin, wir haben da mal ein kleines Präsent‹? Wir waren uns doch einig, dass wir nirgendwo in Erscheinung treten, weil es zu gefährlich ist. Wir müssen uns jetzt schon mit einer beschissenen Vergangenheit auseinandersetzen, wir wollen nicht auch noch unsere Zukunft ruinieren. Also ich jedenfalls nicht.«

»Auch darüber habe ich mir Gedanken gemacht«, fährt Philipp fort. »Wir werden ihm einen Brief schreiben, ohne Absender, und ihm alles erklären. Wir werden einen Ort nennen, ein Datum und eine Uhrzeit. Dann werden wir die Kiste dort hinbringen und versteckt darauf warten, dass er sie abholt. Und fertig.«

»Und wenn er nicht kommt, weil er denkt, dass irgendein Honk sich einen schlechten Scherz erlaubt?«, wendet Jakob ein. »Oder wenn er die Bullen mitbringt?«

»Irgendwas ist immer«, sagt Philipp. »Ich finde, wir sollten's riskieren. Lasst uns eine Nacht drüber schlafen. Und morgen reden wir noch mal.«

Bis zum nächsten Tag fällt keinem von uns etwas Besseres ein. Ich schlage vor, einfach noch zu warten, bis wir auf irgendeinen Geniestreich kommen. »D-d-die Bilder werden ja nicht schlecht. Wir k-k-können uns Zeit lassen.«

»Nee, auf keinen Fall«, widerspricht Jakob mir. »Löwe weiß, dass wir die Gemälde haben. Nicht, dass der noch auf dumme Gedanken kommt. Oder einer von seiner Schweinebande. Dass die uns überfallen, oder so. Die Kiste muss weg.«

»D-d-du siehst zu viele Thriller.«

»Trau, schau, wem.«

Und so beschließen wir, Philipps Idee in die Tat umzusetzen. Es ist keine optimale Lösung, es gibt diverse Wenn und Aber. Doch etwas anderes haben wir nicht.

Zusammen schreiben wir den Brief. Wir lassen völlig die Hose runter. Wir beschreiben den Weg der Bilder von damals bis heute. Wir nennen die Titel der Kunstwerke, den Namen der Stiftung und ihrer Mitglieder. Wir erklären, warum wir unsere Namen nicht sagen wollen, dass wir die Gemälde gestohlen haben und dabei jemand zu Schaden gekommen ist. Dass wir hoffen, mit ihrer Rückgabe etwas gutzumachen. Und dass wir darauf vertrauen, dass der Adressat weiß, was mit den Bildern zu machen ist. Wir sagen auch, dass Friedrich Löwe versucht hat, sie zurückzukaufen, und dass er vielleicht auf der Suche nach ihnen ist. Wir bestimmen Ort, Datum und Uhrzeit der Übergabe.

Dann bringen wir den Brief zur Post. Und warten. In sechs Tagen um drei Uhr in der Nacht wird der Arzt die Kiste abholen. Oder nicht. Wir haben uns fast die Köpfe eingeschlagen, als es darum ging, die perfekte Stelle für dieses Blind Date zu finden. Aber plötzlich haben wir's: die neue Hafen-City, eine einzige riesige, unübersichtliche Baustelle. Überall Kräne, Gerüste, Steine, Kisten, ein schönes Chaos.

Die folgenden Tage bringen wir mühsam herum. Ich bin in der Redaktion zu kaum etwas zu gebrauchen, weil ich nicht in der Lage bin, mich zu konzentrieren. Jakob fliegt schnell noch einmal nach London, Simon fährt mit Ania auf den Hof, um zu hämmern, und Philipp tut, was er nicht lassen kann.

In der Nacht der Übergabe sind wir um ein Uhr in der Nähe des fast fertiggestellten Unilever-Hauses und platzieren die Kiste am verabredeten Ort. Dann rollen wir mit dem Wagen in den Schatten eines Rohbaus und schlagen die Zeit tot.

Um zwei Uhr fünfundfünfzig nähern sich Scheinwerfer. Ein Volvo-Kombi fährt langsam heran und parkt etwa zehn Meter von der Kiste entfernt am Straßenrand. Ein Mann steigt aus, eher klein, ein wenig untersetzt.

»Ist er das?«, raunt Jakob.

Philipp nickt.

Der Mann geht um die Kiste herum, zögerlich, betrachtet sie von allen Seiten, klopft vorsichtig auf ihr Holz. Ich kann es ihm nicht verdenken.

»Der Mann sieht nett aus«, sagt Simon.

Wir beachten ihn nicht, wir beobachten gebannt, was der Arzt als Nächstes tut. Er geht noch einmal um die Kiste herum.

»Ich glaube, er braucht Hilfe. Und ich möchte ihm gern die Hand geben«, sagt Simon.

Bevor einer von uns überhaupt reagieren kann, ist unser Bruder schon aus dem Wagen gestiegen und haut die Tür zu. Das Geräusch lässt den Mann zusammenzucken, er dreht sich in unsere Richtung. Simon marschiert mit großen Schritten auf ihn zu, seine wilden Locken wippen, der Mann weicht ein paar Schritte zurück.

Nun steht Simon direkt vor ihm. Er streckt ihm seine Hand entgegen. Und der Mann ergreift sie. Dann geht unser Bruder zu dem Kombi und öffnet die Heckklappe. Gemeinsam mit dem Mann trägt er die Kiste in den Volvo. Sie schütteln sich noch einmal die Hände, bevor der Mann ins Auto steigt und wegfährt.

»Bist du völlig irre!«, brüllt Jakob, als Simon wieder bei uns ist.

»Ich wollte ihm die Hand geben. Und er brauchte Hilfe.«

»Der hat dich gesehen. Der erkennt dich doch sofort wieder!«

»Das macht nichts«, sagt Simon ruhig. »Der Mann ist nett. Jetzt ist alles gut.«

Wir sitzen unten an der Elbe in der Nähe der Strandperle, trinken Dosenbier und haben die Füße ins Wasser gestreckt. Arschkalt ist es. Uns gefällt es trotzdem.

Sechs Wochen sind seit der Übergabe vergangen. Wir haben aufmerksam die Nachrichten verfolgt. Nirgendwo ein Wort über die Bilder. Nur vor ein paar Tagen eine kleine Meldung. Ein unbekannter Spender hat der Gedenkstätte in Neuengamme eine nicht unbeträchtliche Summe zukommen lassen. Uns geht es richtig gut.

Friedrich Löwe hat sich bei keinem von uns noch einmal gemeldet. Auch sonst niemand aus seinem Dunstkreis. Wir denken, dass es dabei bleiben wird. Aber irgendwie ist uns das auch gerade vollkommen egal.

Philipp blickt auf sein Bier. Es ist hoffentlich eines der letzten, die er trinken wird. Morgen fährt Jakob ihn in die Klinik. Entzug. Seine Approbation wird er behalten. Wenn er trocken ist, kann er in die Klinik zurückkehren. In die Scheidung hat er mittlerweile eingewilligt.

Ich habe meinen Brüdern gerade von meinem Deal erzählt. Mit meinem Chef. Ab nächsten Monat werde ich nur noch drei Tage in der Woche in der Redaktion arbeiten, die restliche Zeit im Home-Office, draußen auf dem Hof. Simon ist selig.

»Aber ich weiß ganz genau, dass du nicht nur meinetwegen kommst!«

»K-k-keine Ahnung, wovon du sprichst.«

Jakob krempelt sich die Hosenbeine noch ein Stückchen höher. Gerade ist ihm die braune Brühe bis ans Knie geschwappt.

»Sag mal, wenn du jetzt vier Tage in der Woche gar nicht da bist, steht deine Bude ja quasi leer, oder?«

»D-d-drei Tage bin ich schon noch da.«

»Klar, aber deine Wohnung ist ziemlich groß, vier Zimmer …«

»Worauf w-w-willst du eigentlich hinaus?«

Er grinst sein Gewinner-Grinsen. »Bock auf 'nen Untermieter?«

»Echt jetzt?«

»Ich glaub, ich brauch mal 'ne richtige Basis. Dieses ewige Hin und Her … Wir werden ja alle nicht jünger.«

»Von m-m-mir aus sofort.«

Simon greift in seine Umhängetasche und holt etwas heraus. »Wollen wir?«

Wir stehen alle auf. Wir sind uns einig. Wir wollen es nicht vergessen, aber wir wollen es zu einem Abschluss bringen.

Symbolisch. Das war Simons Idee. Jakob hat keine einzige blöde Bemerkung darüber gemacht.

Unser kleiner Bruder blickt uns fragend an. Wir anderen nicken ihm zu. Er holt kräftig aus und wirft Opas Tagebuch weit ins Wasser. Die Kladde dümpelt noch eine ganze Zeit auf der Oberfläche, unsere Blicke folgen ihr. Dann geht sie unter.

Jakob lacht. »Den Scheiß sind wir los. Ein für alle Mal.«

DANK AN …

… Marion Kohler, ohne deren Kompetenz, Zuspruch und unerschütterlichen Glauben an mich es dieses Buch mit Sicherheit nicht gäbe.

… Sabine Langohr, deren große Gelassenheit das angegriffene Nervenkostüm beruhigte und die genau die richtige Mischung aus wenig Peitsche und viel Zuckerbrot fand.

… Annette Bolz, ohne die dieses Buch keinen Namen hätte.

… Annette Nitschke, die mein Jammern ertrug und immer Händchen hielt, wenn es nötig war.

Lesen Sie weiter >>

LESEPROBE

Drei Frauen. Drei Leben.
Eine Geschichte, die endlich erzählt werden muss.

Der Tod war Agnes' Geschäft. Über Jahrzehnte hinweg
führte sie den Steinmetzbetrieb Weisgut & Söhne in Hamburg
und lenkte gebieterisch die Geschicke der Familie.
Doch mit 91 Jahren hat Agnes genug.
Sie will reinen Tisch machen und endlich das Geheimnis lüften,
das sie viel zu lange schon mit sich herumträgt.
Es ist Zeit für die Wahrheit.

HAMBURG, MAI 2008

»Es wird auch langsam Zeit, dass du kommst.«

Begleitet wurden diese Worte durch ein dringliches *Pock-pock-pock*. Birte zuckte zusammen. Warum hatte sie nur geglaubt, dass sie an einem Sonntag ins Haus schlüpfen könne, ihre Unterlagen schnappen und schnell wieder raus, ohne von ihrer Großmutter bemerkt zu werden?

»Ich habe dir schon vorgestern auf den Anrufbeantworter gesprochen.«

Sie bemerkte, wie sich ihr Körper instinktiv anspannte, bereit zum Angriff. Oder zur Flucht. »Mailbox, das heißt Mailbox – Omi ...«, antwortete sie.

»Es ist mir gleich, wie das heißt. Und nenne mich nicht *Omi*. Du weißt, wie sehr ich das hasse.«

»Ja, ich weiß«, sagte sie zufrieden und schaute die Treppe hinauf, auf deren oberem Absatz sie stand, Agnes, den schwarzen Gehstock mit dem Elfenbeinknauf fest umklammernd und noch einmal mit einem abschließenden *Pock* auf den Boden stoßend. Wofür sie dieses Ding seit zwei Jahrzenten mit sich schleppte, war allen schleierhaft.

Für ihr Alter war sie beängstigend gut in Form, auch jetzt ragte sie über Birte auf, ihr Körper so gerade, als hätte sie ein Stahlrohr verschluckt. Auf ihre Haltung bildete sie sich viel ein, in ihrer Jugend war sie Leichtathletin gewesen, nicht ohne Erfolg, wie sie stets betonte. Eine Gehhilfe hatte sie nicht nötig. Birte vermutete, dass dieser Stock bloß eine Insignie war, mit der sie ihre majestätische Attitüde unterstrich und noch mehr Angst und Schrecken verbreitete.

Erst kürzlich hatte sie versucht, damit einen Nachbarsjungen zu verdreschen, der sich auf der Wiese hinter der Werkstatt herumtrieb und ein paar Steine aufklaubte, die sowieso für den Abfall bestimmt waren. Erst entwischte ihr der Knabe, schließlich war sie mit einundneunzig keine zwanzig mehr. Kurzerhand nutzte sie deshalb ihren Stock als Wurfgeschoss und traf das Kind damit direkt am Kopf. Wie sich nur wenig später herausstellte, war es der jüngste Spross der Jensens – ausgerechnet der Jensens, mit denen man seit Ewigkeiten im Clinch lag.

»Hat den Richtigen erwischt«, sagte Agnes knapp und lehnte es rundweg ab, sich bei den Eltern zu entschuldigen. »So weit kommt es noch! Dieses Pack hat auf meinem Grund und Boden nichts zu suchen. Gar nichts.«

Birte fiel die unschöne Aufgabe zu, bei den Jensens zu Kreuze zu kriechen, damit sie von einer Anzeige absahen, noch eine konnte Agnes nicht gebrauchen. Eine Dreiviertelstunde hörte sie sich das Gezeter an, was für eine abgrundtief böse Person ihre Großmutter doch sei und dass sie sich jetzt sogar schon an Kindern vergreife. Insgeheim gab sie den Aufgebrachten Recht, versuchte jedoch, den Vorfall auf Agnes fortgeschrittenes Alter zu schieben, sie werde halt langsam ein wenig wunderlich, auch ihre Augen seien nicht mehr die besten, nein, natürlich hätte sie den Jungen nicht verletzen, sondern ihm lediglich einen Schrecken einjagen wollen.

»Das glaubst du doch selbst nicht«, meinte Matthias Jensen, der Vater, trocken.

Nein, das glaubte sie selbst nicht, aber das konnte sie schlecht sagen. Deshalb ignorierte sie ihr inneres Widerstreben, entschuldigte sich wieder und wieder und sah Matthias dabei tief in die Augen, darauf hoffend, dass er sich an jene Jugendtage erinnerte, in denen sie so hoffnungslos für ihn geschwärmt hatte. Schließlich konnte sie ihn mit zwei Kisten Rotwein und einem großen Sack Marmorbruch für das Opfer besänftigen.

»Deine Familie ist wirklich die Pest«, gab ihr Matthias zum Abschied mit auf den Weg.

Auch damit lag er nicht falsch.

»Birte!« Agnes riss sie aus ihren Gedanken. »Was stehst du eigentlich da unten herum, wie zur Salzsäule erstarrt? Hilf mir endlich die Treppe hinunter.«

Als ob Agnes Hilfe brauchte! Sie ging betont langsam die Stufen hinauf und reichte ihrer Großmutter den Arm. Kurz malte Birte sich aus, wie es wäre, wenn sie ins Straucheln geriete, wenn sie ihren Fuß wie zufällig vor Agnes' stellte und sie zum Stolpern brächte. Für einen Oberschenkelhalsbruch müsste es mindestens reichen. Und wenn Menschen ihres Alters einmal im Krankenhaus waren, kamen sie so schnell nicht wieder heraus. Mit etwas Glück nur in der schwarzen Kiste.

»Birte, hörst du mir überhaupt zu? Wo bist du denn nur mit deinen Gedanken?«

»Das möchtest du nicht wirklich wissen«, entgegnete sie und lächelte dabei.

Agnes schüttelte unwirsch den Kopf. »Lass das dämliche Grinsen. Wie siehst du überhaupt aus? Es ist Sonntag. Kannst du dir da nicht etwas Anständiges anziehen?«

Birte strich sich eine verschwitzte Strähne hinter das Ohr, schaute an sich herunter und kam sich in ihrem teuren Laufdress plötzlich nackt vor. »Ich komme vom Joggen. Dafür fand ich das kleine Schwarze eher unpassend.«

»Du bist hierher gerannt? Warum hast du dir eigentlich gerade diesen teuren Sportwagen gekauft?« Agnes schüttelte erneut den Kopf. »Jetzt komm endlich. Ich habe etwas mit dir zu besprechen.«

Ihre Großmutter schritt voran durch den langen Flur, natürlich war sie tadellos gekleidet und frisiert. Auf ihr Äußeres legte sie viel Wert, immer noch, stets waren ihre pechschwarzen Haare ordentlich onduliert, stets trug sie Perlenohrringe und die dazugehörige Kette über ihren schwarzen Kleidern, die in ihrer Schlichtheit doch elegant wirkten. Birte konnte sich nicht erinnern, ihre Großmutter jemals in einer anderen Farbe als Schwarz gesehen zu haben. Schwarz wie ihre Seele. Schwarz wie der Tod. Eine angemessene Farbe, insbesondere in ihrer Branche.

Agnes öffnete die Tür zum Anbau, ging durch die Geschäftsküche und die sich anschließende Werkstatt, in der feiner Steinstaub durch die Luft flirrte und an deren Ende sich das Büro befand. Dort setzte sie sich hinter den schweren Eichenschreibtisch und deutete auf den kleinen Drehhocker davor, der so niedrig eingestellt war, dass man sich darauf vorkam wie ein Kind.

»Ich stehe lieber«, sagte Birte, lehnte sich abwartend an die Wand und strahlte dabei ein gewisses Desinteresse aus. Sie wusste doch schon, was jetzt passierte. Wahrscheinlich würde Agnes in der nächsten Sekunde die rechte Schreibtischschublade aufziehen und ihr kleines schwarzes Notizbuch herausholen. Jenes Büchlein, in das sie alles in zittrigem Sütterlin niederschrieb: Geschäftstermine, Telefonnummern von Lieferanten und Kunden, Preisabsprachen, Aktienkurse, aber auch wer ihr welches Geheimnis anvertraut und vor allem wem sie wie viel geliehen hatte.

Agnes würde das Büchlein öffnen, einen kurzen Blick hineinwerfen und ihre Forderung stellen. Sie würde sie keinesfalls als Bitte formulieren. Vielleicht würde ihr Gegenüber, je nach charakterlicher Disposition, anfänglich Widerworte geben – natürlich ohne Aussicht auf Erfolg, sondern allein um einen Rest Selbstachtung zu wahren. Am Ende einer kurzen fruchtlosen Diskussion jedoch würde man sich fügen. Agnes saß am längeren Hebel, immer.

Diesmal blieb die Schublade zu. Agnes sagte nur: »Ich habe eine Entscheidung gefällt, die unsere ganze Familie betrifft. Du wirst alle zusammenholen.«

»Alle? Wie meinst du das?«

»Mein Gott, wenn ich *alle* sage, meine ich auch *alle*. Meine Kinder. Meine Enkelkinder. Das dazugehörige angeheiratete Gesocks. Die Urenkel.«

Birte zog die Augenbrauen in die Höhe, soweit es ihre mit Spritzen lahmgelegte Stirn erlaubte. »Was soll denn der Quatsch? Deine Söhne reden seit Ewigkeiten kein Wort mehr miteinander ...«

»Das ist mir gleich«, unterbrach Agnes sie. »Sie sollen nicht miteinander reden, sie sollen sich hinsetzen und zuhören.«

Birte zuckte mit den Schultern. »Wenn du meinst. Ich kann's probieren. Aber warum fragst du sie nicht ...«

»Ich werde wohl meine Gründe haben«, fiel Agnes ihr erneut ins Wort. »Wie gesagt: alle meine Kinder. Das schließt auch Martha mit ein.«

Birte stieß sich von der Wand ab und registrierte, wie sie eine Gänsehaut bekam. »Vergiss es. Mit der Irren will ich nichts zu tun haben.«

»Rede nicht so von deiner Mutter.«

»Mutter? Diese Frau hat vor über dreißig Jahren aufgehört, Mutter zu sein!« Birte wurde lauter und stellte sich breitbeinig mitten in den Raum. »Das kannst du nicht von mir verlangen. Das kannst du einfach nicht.«

»Ich kann«, sagte Agnes.

Einen Moment lang maßen sie sich mit Blicken, zwei Alphatiere, kurz vor dem Sprung, kurz davor, die Kehle des Unterlegenen zu zerfleischen.

»Nein«, presste Birte schließlich mit zusammengebissenen Zähnen hervor. »Nein.«

»Meinst du nicht, dass es an der Zeit ist zu verzeihen?« Agnes' Stimme war unerwartet weich.

»Das sagt die Richtige!« Birte lachte auf. »Wenn du plötzlich Sehnsucht nach deiner verlorenen Tochter verspürst, dann such sie doch selber.«

Agnes schwieg, und als sie endlich antwortete, war alle Weichheit verschwunden. »Ich muss sie nicht suchen. Du wirst schon wissen, wo sie ist. Und du wirst sie davon überzeugen, nach Hause zu kommen.«

»Warum ich? Warum nicht Peter?«

»Dein Bruder, dieser Schwächling? Ausgeschlossen. Das ist eine Aufgabe für dich. Und du wirst sie erledigen.«

Birte verschränkte die Arme vor der Brust. »Nein«, wiederholte sie.

»Nein«, äffte Agnes sie mit hoher Stimme nach. »Du hörst dich an wie ein dummes, trotziges Kind. Es reicht jetzt. Muss ich dich etwa daran erinnern, wem du dein schönes Leben zu verdanken hast?«

Birte schaute aus dem Fenster.

»Dein schönes Penthouse? Deine schöne Firma? Deine schönen Reisen?«

»Ach, wieder die alte Leier?« Birte bemühte sich, möglichst gelangweilt zu klingen.

»Genau, die alte Leier. Weil ich damit Recht habe.«

»Einen Scheißdreck hast du! Aber das geht in deinen alten Schädel nicht mehr rein.«

Agnes schürzte süffisant die Lippen. »Das mag sein. Dafür versucht mein alter Schädel sich gerade vorzustellen, was geschieht, wenn ich dir deinen Kredit kündige. Oder beschließe, meine Häuser einer anderen Immobilienverwaltung anzuvertrauen als deiner. Und dann fragt mein alter Schädel sich, was noch übrig bleibt von deinem schönen, sorglosen Leben.«

»Das ist Erpressung«, zischte Birte. »Außerdem hast du versprochen …«

»Versprechen werden von Zeit zu Zeit gebrochen.«

Sie blickte in Agnes' klare blaue Augen und wusste, dass sie verloren hatte. Ihre Großmutter war genauso hart wie der Granit, den ihre Familie in der vierten Generation bearbeitete. Sie sparte sich eine erneute Erwiderung.

»Na also«, sagte Agnes mit einem kleinen Lächeln, das jeglichen Humor vermissen ließ. Sie erhob sich, offensichtlich war das Gespräch beendet. »Anstatt hier Wurzeln zu schlagen, solltest du dich in Bewegung setzen. Du hast zehn Tage Zeit.« *Pock-*

pock-pock. »Und nimm den hinteren Ausgang. Nicht, dass du den ganzen Schmutz durchs Haus trägst.« Dann ging sie, ohne ein weiteres Wort zu verlieren.

»Verdammtes Miststück«, murmelte Birte. Sie verließ das Gebäude wie angeordnet durch die Seitentür, knallte diese mit ordentlichem Krach zu, ging über den dreckigen Hof, auf dem sich in der linken Ecke die Marmor- und Granitplatten stapelten, in der rechten der Schutt türmte und mittig ausrangierte Maschinen vor sich hin rosteten. Müsste aufgeräumt werden, dachte sie. War die Auftragslage so gut, dass dafür keine Zeit blieb? Oder fehlte schlichtweg mal wieder eine Arbeitskraft?

Birte wusste, dass Agnes vor Kurzem einen der zwei Gesellen rausgeschmissen hatte. Hochkant. Angeblich war ihm bei der Bearbeitung des teuren Statuario-Marmors ein Fehler unterlaufen. Aber Birte wusste auch, dass das Unsinn war. Entweder hatte der arme Mann ihrer Großmutter nicht den gebotenen Respekt gezollt, oder sie fand, dass man gut und gern ein Gehalt einsparen und Onkel Klaus noch mehr arbeiten könne. Um Dinge wie Arbeitnehmerrechte scherte sie sich einen Dreck. Und auch darum, dass sie de facto und de jure gar nicht mehr berechtigt war, jemanden zu entlassen. Birtes Onkel war seit zig Jahren Geschäftsführer und Inhaber des Familienunternehmens. Zumindest auf dem Papier. Doch mit solchen Nebensächlichkeiten hatte sich Agnes noch nie aufgehalten.

Birte öffnete das große schmiedeeiserne Tor zur Straße hin und schloss es sorgfältig hinter sich. Einen Augenblick lang blieb sie noch stehen und betrachtete das Firmenschild, das über der Einfahrt hing: »Steinmetzbetrieb Weisgut & Söhne«. Dann machte sie sich langsam auf den Weg und fragte sich, was ihre Großmutter mit dieser Familienzusammenkunft bezweckte. Dass sie sich alle gegenseitig an die Gurgel gingen?

Martha, Martha, Martha, rauschte es durch ihren Kopf. Agnes hatte natürlich Recht. Birte wusste, wo ihre Mutter sich aufhielt, wenigstens hatte sie eine ungefähre Ahnung. Martha schrieb ihr Postkarten, die Birte nicht las, aber sorgfältig in einer schwarzen Kiste unter ihrem Bett verwahrte. Anhand der bunten Sightseeing-Motive hatte sie eine Vorstellung von dem scheinbar planlosen Zickzackkurs, den ihre Mutter durch Europa nahm. *Martha, Martha, Martha.*

Birte stellte das Rauschen ab und wandte sich gedanklich den anderen Familienmitgliedern zu. Dass Onkel Klaus sich mit seinem älteren Bruder Karl an einen Tisch setzte, war unvorstellbar. Ihr Streit schwelte, solange sie denken konnte, und nährte sich aus Eifersüchteleien, Zurückweisungen und Dominanzgehabe. Wirklich verstanden, was die beiden letztlich entzweite, hatte Birte nie. Vordergründig ging es um die Ausrichtung des Betriebs. Karl hätte gern das Geschäftsfeld erweitert; Gartenskulpturen, Marmorbäder, Treppen – was man nicht alles aus Steinen machen konnte! Klaus hielt dagegen. Alles nur vorübergehende Moden, zu unsicher, zu kostenintensiv, nur die Fertigung der Grabmäler sei im wahrsten Sinne des Wortes ein todsicheres Geschäft – ganz nach Agnes' Leitspruch: »Gestorben wird immer.«

Auch wenn Karl und Klaus seit nunmehr zwölf Jahren beruflich getrennte Wege gingen, hatte sich ihr Verhältnis nie entspannt. Im Gegenteil. Es war, als hätte ein steter Strom unausgesprochener Vorwürfe den Graben zwischen den Brüdern immer weiter vertieft.

Wie sollte Birte die Streithähne an einen Tisch bekommen? Sie brauchte eine Finesse, ein Druckmittel. Ganz hinten in ihrem Hirn regte sich etwas, eine vage Erinnerung, eine Begebenheit aus Kindertagen. Da war etwas. Etwas Unangenehmes.

Sie hatte schon die Kollaustraße am Niendorfer Marktplatz überquert, als sie spontan beschloss, nicht nach Hause zu joggen, sondern ihr strenges sonntägliches Sportprogramm zu verkürzen und zu ihrem Cousin Bosse zu laufen. Vielleicht hatte er eine Idee, wie man Klaus, seinem Vater, Agnes' Wunsch schmackhaft machen konnte. Außerdem brauchte sie jemanden zum Reden. Nicht irgendjemanden, sondern einen, der sich mit ihrer Familie auskannte. Der genauso unsäglich mit ihr verstrickt war wie sie selbst.

Agnes schob die Wohnzimmergardine ein wenig zur Seite und beobachtete, wie ihre Enkelin die Straße hinaufging, mit federnden, kraftvollen Schritten, unter ihrem knappen Trikot zeichnete sich die Rückenmuskulatur ab. Wiederholt fuhr sie sich durch die kurzen blondierten Haare – als könnte sie damit die Gedanken in ihrem Kopf ordnen.

Birte hatte nichts mehr gemein mit dem fetten Entlein, das sie in ihrer Kindheit einmal gewesen war. Heute, mit Anfang vierzig, glich sie einem stolzen, sehnigen Schwan, und Agnes wusste, dass dieses Ergebnis Blut, Schweiß und Tränen gekostet hatte. Ihre Enkelin war ein Mensch, der seine Ziele mit verzweifelter Hartnäckigkeit verfolgte und ein Scheitern schlichtweg ausschloss. Sie war ihr nicht unähnlich.

Agnes wusste, dass es eine Zumutung war, was sie von Birte verlangte. Insbesondere die Sache mit Martha. Sie lächelte in sich hinein. Natürlich hätte sie auch selbst alle einladen können. Aber das war unter ihrer Würde.

Und natürlich würden sie alle angerannt kommen, diese Memmen, dieser Haufen von Schmarotzern. So gut es ging, hielt sie sich die Bande vom Leib. Aber diesmal ging es nicht anders.

Sie zog die Gardine zu und geriet kurz ins Wanken. Da war er wieder, dieser leichte Schwindel, der sie in der vergangenen Zeit so oft überfallen hatte. Gestorben wird immer, dachte Agnes, bald bin ich dran. Doch vorher war es an der Zeit, die Dinge zu regeln. Es war Zeit für die Wahrheit.

Birte schwitzte wie ein Schwein. Die salzige Suppe lief ihr aus den Haaren Nacken und Rücken hinunter und sammelte sich in ihrer Poritze. Es juckte fürchterlich. Trotzdem duckte sie sich noch tiefer unter den Holzstapel im alten Schuppen hinter der Werkstatt und betete zu Gott, dass keine dieser schwarzen, haarigen Spinnen über ihre Füße krabbeln würde. Von draußen hörte sie ihn wieder rufen. »Komm endlich raus! Du hast auch gewonnen. Komm schon …« Er klang jetzt richtig sauer.

Sie hatte nicht vor, herauszukommen. Und wenn sie bis zum Ende der Sommerferien hier hocken musste, der kleine Pupser konnte sie suchen bis zum Sankt-Nimmerleins-Tag.

Was hatte sie sich auf die Ferien gefreut! Endlich raus aus der Schule, weg von Herrn Sturm, ihrem Klassenlehrer, der immer so missbilligend auf ihre abgekauten Fingernägel starrte und sie im Sportunterricht schikanierte. Noch in der letzten Stunde hatte er sie gezwungen, den Aufschwung am Reck zu üben, wieder und wieder. Und wieder und wieder hatte sie ihren Körper über die Stange gewuchtet, ohne jegliches Gelingen, bis ihr schwindlig wurde und sie wie ein nasser Sack auf den Boden klatschte und einfach liegen blieb. Herr Sturm hatte nur tief und theatralisch geseufzt und sich kopfschüttelnd abgewandt. Das war fast schlimmer als eine seiner gemeinen Bemerkungen, bedeutete es doch, dass er sie für eine hoffnungslose Versagerin hielt, an die jedes weitere Wort verschwendet war.

Dafür hatten die anderen nicht geschwiegen, natürlich nicht. Schon während Birtes demonstrativer Demütigung hatte sich das Gros der Mädchen zusammengerottet und einen Pulk gebildet. Mit kleinen, hämischen Kommentaren begleiteten sie ihre verzweifelten Anstrengungen. Allen voran Sybille, die schöne Sybille, zart und feingliedrig, das lange blonde Haar seidig glänzend, die blauen Kulleraugen weit aufgerissen. Birte wunderte sich, wie jemand so Hübsches so bösartig sein konnte. Und dass alle, sogar die Lehrer, sich von Sybilles äußerer Erscheinung blenden ließen.

Kaum war Herr Sturm zu den Jungs in den hinteren Teil der Turnhalle gegangen, um deren Fußballspiel zu unterbrechen, war Sybille an Birte herangetreten, hatte sich zu ihr gehockt und ihr mit einer scheinbar tröstenden Geste die Hand auf die Schulter gelegt. »Na, du hässlicher Fettklops«, hatte sie gezischt, »das war wohl wieder nix. Du wirst es nie lernen. Du bist einfach zu dumm und zu dick.«

In der Umkleidekabine waren die Gemeinheiten in die nächste Runde gegangen. Sybille hatte den Chor der ihr Ergebenen dirigiert, und es erklang der Singsang, der Birte in jeder Pause auf dem Schulhof begleitete: »Birte Babyspeck, da kommt Birte Babyspeck, Birte Babyspeck frisst ganz viel Dreck.« Birte hatte sich ihre Sachen geschnappt, auf dem Klo eingeschlossen und gewartet, bis die anderen weg waren.

Als sie sich heraustraute, sah sie, dass Peter auf sie wartete.

»Kommst du endlich«, sagte ihr Zwillingsbruder und sah ihr dabei nicht in die Augen.

Schweigend marschierten sie nach Hause, mit keinem Wort erwähnte Peter den Vorfall aus dem Sportunterricht. Und Birte fragte sich, warum ausgerechnet sie einen Bruder hatte, der ihr nie zur Seite stand und der immer so tat, als ginge ihn das alles nichts an.

Aber eigentlich war ihr das am letzten Schultag auch egal. Jetzt war es Sommer. Und das bedeutete sechs lange Wochen ohne Hänseleien und ohne Schikane. Sechs lange Wochen süßen Nichtstuns. Irgendwo im Schatten lümmeln, völlig unbehelligt, und abtauchen in die verheißungsvolle Welt der Bücher. Mark Twains *Die Abenteuer des Tom Sawyer* lag schon bereit, ebenso

Stevensons *Schatzinsel*, die sie zum dritten Mal lesen wollte. Und Tante Anna hatte ihr kürzlich die *Vorstadtkrokodile* geschenkt, weil sie wusste, wie sehr Birte den Film mochte.

Papa, und da war er sich mit Herrn Sturm einig, fand, dass derartige Lektüre nichts für ein Mädchen war und sie nur auf dumme Gedanken brachte. Als Birte ihn einmal fragte, was sie stattdessen lesen solle, kam er mit *Hanni und Nanni* um die Ecke. Doch diese blöden Internatsgeschichten interessierten Birte nicht. Sie wollte in Abenteuern versinken, in denen die Helden mutig, frei und unbeirrt waren. Ganz genau so, wie sie wünschte zu sein.

Vielleicht stand nun sogar ein echtes Abenteuer an. Eine Woche Ostsee hatte Papa in Aussicht gestellt, und das war ein wirklich dickes Ding, weil sie noch nie weggefahren waren. Immer gab es zu viel Arbeit in der Gärtnerei, und außerdem waren da Mamas »Zustände«, die eine Reise eigentlich unmöglich machten. Aber diesen Sommer wollten sie es wagen, echter Urlaub, wie ihn ganz normale Familien machten, am Meer.

Selbstverständlich kam wieder alles anders. »Eurer Mutter geht es nicht so gut«, hatte Papa ihr und Peter erklärt und mit den Augen gerollt. Sie hatten beide nur mit den Achseln gezuckt, denn ihrer Mutter ging es oft nicht so gut. »Die Nerven«, sagten die Erwachsenen und warfen einander bedeutungsvolle Blicke zu. Birte konnte sich nicht recht vorstellen, was für eine Krankheit das sein sollte – »die Nerven«. Aber es musste etwas Schlimmes sein, so viel war ihr klar. Denn immer, wenn es Mama nicht so gut ging, wurden sie und ihr Bruder zu den Verwandten geschickt.

Also hatten sie das Notwendigste in ihre kleinen Koffer gepackt, Peter ging rüber zu Onkel Karl; Birte wurde zu Onkel Klaus und Tante Anna geschafft. Erst fand sie, dass sie das bessere Los gezogen hatte, denn Tante Anna war immer richtig nett zu ihr, und außerdem gab es ihre Cousine Astrid, mit der sie spielen konnte. Doch Astrid war nicht da, sondern verschickt in ein Ferienlager mit dem Sportverein.

Birte musste mit ihrem Cousin Bosse vorliebnehmen. Und Bosse war ein echtes Problem. Er war erst neun, über zwei Jahre jünger als sie, quasi ein Kleinkind. Er las *Fix & Foxi*, spielte mit Plastik-Cowboys und sammelte tatsächlich noch Schlümpfe. Zwischen ihnen lagen Welten.

Nach den strengen Ermahnungen ihres Vaters, sie solle bloß artig sein und ihm keine Schande machen, hatte Birte sich fest vorgenommen, trotzdem nett zu ihrem Cousin zu sein. Doch gleich gestern, kurz nach ihrer Ankunft, hatten sie sich schon gestritten.

Bosse hatte sie wichtigtuerisch in sein Zimmer geführt, um ihr seine neuesten Schlümpfe zu präsentieren, die ordentlich aufgereiht auf der Fensterbank standen. Birte hatte pflichtschuldigst »Oh« und »Ah« gemacht und sich eine der Figuren gegriffen. »Nicht anfassen, hörst du, nicht anfassen!«, hatte ihr Cousin gebrüllt und ihr den blöden Schlumpf aus der Hand gerissen.

Daraufhin hatte Birte einen Schlumpf nach dem anderen von der Fensterbank geschnipst, denn von diesem kleinen Pupser ließ sie sich schon mal gar nichts sagen. Bosse hatte nach ihr getreten, sie hatte ihn geschubst, er hatte sie an den Haaren gezogen, und sie war heulend zu Tante Anna gelaufen, um zu petzen. Zur Strafe mussten sie die Werkstatt ausfegen.

Der Abend war nicht viel besser gelaufen. Tante Anna hatte ihnen erlaubt, Fernsehen zu schauen; es lief *Spiele ohne Grenzen*. Die Sendung hatte eben begonnen – Deutschland maß sich mit Italien, die Kontrahenten sollten versuchen, sich mit Schaumstoffrollen von schwimmenden Baumstämmen zu hauen –, und Tante Anna servierte ihnen einen Schnittchenteller mit Leberwurstbroten und sauren Gürkchen, dazu Milch mit Honig. Birte liebte heiße Milch mit Honig.

»Iiiih, Milchhaut!«, hatte Bosse gerufen, sie mit einem Teelöffel aus seiner Tasse gefischt und in Birtes Becher plumpsen lassen.

Birte ließ sich nicht lumpen und fing an, unauffällig Gürkchenscheiben in Bosses Richtung zu werfen, woraufhin er seine Leberwurstfinger in ihre Milch tunkte. Onkel Klaus haute auf den Tisch und brüllte: »Aufhören, alle beide, aber sofort!«

Tante Anna schaltete einfach den Fernseher ab und holte das *Malefiz*-Spiel heraus. »Ich glaube, es ist besser, wenn ihr eure Kräfte beim Würfeln messt«, sagte sie.

Natürlich hatte Bosse keine Chance gegen sie. Birte türmte Stein auf Stein vor seine Durchgänge und gewann haushoch. Ihr Cousin bekam einen Wutanfall, schmiss das Spielbrett durchs Wohnzimmer und stürzte sich auf sie. Tante Anna steckte sie beide kurzerhand ins Bett. Wenigstens durfte Birte in Astrids Zimmer schlafen und musste die Nacht nicht bei dem kleinen Pupser verbringen.

»Birteeeee! Wenn du jetzt nicht rauskommst, geh ich zu Mama und sag, dass du mich wieder geschubst hast!«

Mach doch, dachte Birte, von mir aus feg ich die ganzen Ferien die Werkstatt. Dann muss ich wenigstens nicht mit dir spielen.

Gleich nach dem Frühstück hatte sie sich mit *Tom Sawyer* ins Bett gelegt und las gerade atemlos, wie er sich mit Becky in der McDouglas-Höhle verlief und auch noch Indianer-Joe begegnete, da stand Tante Anna in der Tür und schickte sie zu Bosse in den Garten. Kinder gehörten ihrer Meinung nach an die frische Luft.

Birte hörte, wie Bosse hinter dem Schuppen durch das hohe Gras raschelte und vor Wut keuchte. Er suchte sie jetzt schon über eine halbe Stunde lang, aber es war unwahrscheinlich, dass er in den Schuppen kam. Der war dunkel und muffig, und Bosse hatte Angst im Dunkeln.

Die Schuppentür öffnete sich plötzlich mit einem widerlichen Knarzen. Unwillkürlich hielt sie die Luft an. Sollte Bosse es doch wagen? Dann hörte sie die Stimme ihres Onkels. Er klang besorgt.

»Du musst dich beruhigen, Karl! Erst einmal sollten wir herausfinden, was der hier will.«

»Was wird der Bastard schon wollen? Geld, nehme ich an«, antwortete Onkel Karl.

»Das glaube ich nicht. So einfach werden wir den nicht los ...«

Die Männer schwiegen einen Moment lang, und Birte versuchte, möglichst flach und geräuschlos zu atmen. Worüber sprachen die beiden?

»Dreißigtausend. Wir bieten ihm dreißigtausend, damit er verschwindet«, sagte Onkel Karl. »Das kriegen wir zusammen, bevor Mutter misstrauisch wird.«

Onkel Klaus lachte freudlos. »Warum soll er sich mit dreißigtausend zufriedengeben, wenn ihm viel mehr zusteht?«

»Dem steht gar nichts zu!« Onkel Karl schrie nun. »Wir schuften uns seit Jahren krumm und buckelig und ertragen Mutters Kapriolen. Und der kommt einfach und setzt sich ins gemachte Nest?«

»Hör auf zu brüllen, Karl. Es nützt ja nichts. Mutter hat ihn geholt, das müssen wir respektieren.«

»Respektieren? Du hast sie doch nicht mehr alle! Seit Ewigkeiten terrorisiert sie uns, immer tanzen wir nach ihrer Pfeife, nichts kann man ihr Recht machen. Und jetzt das!«

»Ja«, sagte Onkel Klaus schlicht. »Und jetzt das. Aber wir werden nichts daran ändern können.«

»Das wollen wir doch mal sehen! Den Bastard schlag ich tot, wenn es sein muss, das schwör ich dir ...«

Onkel Karl drehte sich auf dem Absatz um und stürmte aus dem Schuppen. Sein Bruder blieb noch einen Augenblick lang stehen, reglos und in sich zusammengesunken. Dann straffte er sich und ging ihm hinterher.

Birte kroch unter dem Holzstapel hervor. Ihr Herz schlug wie nach einem Tausend-Meter-Lauf. »Den Bastard schlag ich tot.« Onkel Karl war dafür berüchtigt, dass er bei der kleinsten Kleinigkeit durch die Decke ging. Das war sonst nicht weiter schlimm, weil seine Ausbrüche keine Konsequenzen nach sich zogen. Solange er tobte, ging man einfach in Deckung. Und sobald er Dampf abgelassen hatte, war alles wieder gut. »Hunde, die bellen, beißen nicht«, sagte ihr Vater immer.

Aber mit Mord und Totschlag hatte Onkel Karl noch nie gedroht. Und wer war dieser »Bastard«, den er umbringen wollte? Was war überhaupt »ein Bastard«?

Es konnte sich nur um Großmutters Besuch handeln. Sie hatte ihn noch nicht zu Gesicht bekommen, nur gehört. Eine dunkle Stimme, die eindringlich, aber so leise, dass man kein Wort verstand, durch das Treppenhaus schwebte. Schwere Schritte, die im ersten Stock über ihr vibrierten. Eine mysteriöse Angelegenheit, denn Großmutter hatte sonst nie Besuch.

Birte beschloss, Tante Anna danach zu fragen, öffnete die Schuppentür und rannte los Richtung Haus.

»Hab ich dich!« Bosse sprang ihr in den Weg. Fast hätte sie ihn beiseitegeschubst, aber dann blieb sie einfach stehen.

»Kommste mit?«, fragte er.

»Wohin?«

»Nach oben, zu Großmutter.«

Sie starrte ihn mit offenem Mund an. Man ging nicht zu Großmutter, einfach so. Man wurde zu ihr zitiert, um sich eine Belehrung abzuholen, die Schulnoten vorzuzeigen oder Strafarbeiten zu bekommen. Ansonsten ging man ihr aus dem Weg.

»Hat sie uns gerufen? Müssen wir?«, wollte Birte wissen.

»Nee, müssen wir nicht. Aber da ist doch dieser Mann. Den wollt ich mir mal angucken. Also, kommste mit?«

Birte tippte sich nur an die Stirn.

»Traust dich nicht, oder was?«

»Pfff«, machte Birte.

»Angsthase, Pfeffernase, morgen kommt der Osterhase«, sang Bosse.

»Na gut«, meinte sie von oben herab. »Damit du aufhörst zu nerven. Aber nicht, dass Großmutter uns erwischt ...«

»Quatsch, wir schleichen uns an wie die Indianer«, sagte Bosse leichthin. Aber sie sah ihm an, dass seine Zuversicht nur aufgesetzt war.

Geduckt flitzten sie zum Haus, und sofort fühlte Birte sich wie einer der Helden ihrer Bücher, auf dem Weg in ein großes Abenteuer. Sie huschten durch die Eingangstür der alten Jugendstilvilla, die im Sommer sperrangelweit offen stand, und kauerten sich unter den Absatz der Treppe, die zu der Wohnung im ersten Stock führte. Sie spähten hoch und sahen, dass auch die obere Tür nur angelehnt war.

Großmutter schloss diese Tür grundsätzlich nicht, angeblich weil sie sonst Beklemmungen bekam. Tante Anna jedoch sagte, Agnes sei mitnichten klaustrophobisch, sondern krankhaft misstrauisch.

Sie schlichen die Stufen hinauf, Bosse voran, mit einer Handbewegung bedeutete er ihr, möglichst in der Mitte zu bleiben, wo der dicke rote Treppenläufer lag, der das Knarren der Holzdielen einigermaßen schluckte. Oben angekommen, gab er der Tür einen winzigen Stups, sodass sie ein paar Zentimeter aufschwang. Der Flur empfing sie dunkel und leer, er roch nach den Lavendelsäckchen, die ihre Großmutter zwischen die Wäsche stopfte, und nach gekochten Kartoffeln. Es war sehr still.

Birte begann, auf dem Bauch zur Küche zu robben, darauf vertrauend, dass Bosse ihr folgte. Auch die Küchentür stand einen Spalt offen, sodass sie bequem hineinlinsen konnte. Der einzige Laut, den sie nun hörte, war das Ticken der alten goldenen Uhr auf dem schweren Küchenbuffet. Links davon, direkt vor dem Fenster, befand sich der runde Esstisch. Unter ihm stand ein brauner Koffer. Auf ihm lagen, umgekippt, zwei Wassergläser, eine Flasche unbekannten Inhalts mit merkwürdigen Schriftzeichen und ein Paar nackter Männerfüße.

Birte erstarrte. Das war unerhört. Erwachsene legten ihre Füße nicht auf den Tisch, niemals – und schon gar nicht bei Großmutter. Sie drehte sich zu Bosse um, der seinen Kopf schwer auf ihre

Schulter gelegt hatte, um diese Sensation besser betrachten zu können. Er zeigte nach hinten auf den Ausgang. Birte schüttelte den Kopf. »Angsthase, Pfeffernase.« Dem würde sie mal zeigen, wie mutig sie war. Außerdem musste sie erst sehen, wer zu diesen Füßen gehörte, bevor ein Rückzug infrage kam.

Dann sah sie ihn, den Mann, der am Küchentisch saß, ihr halb den Rücken zukehrte und aus dem Fenster schaute. Er war vielleicht so alt wie Onkel Klaus oder auch jünger, sehr groß und hager und hatte schwarzes Haar, das ihm wild und ungekämmt ins Gesicht fiel. Seine Haut war dunkel von der Sonne, seine Wangenknochen hoch, die Nase groß und gebogen. Er trug merkwürdige Kleidung, ein kobaltblaues Hemd aus grobem Leinen, ohne Kragen und mit weißen Ornamenten bestickt, dazu eine braune, weite Hose aus einem noch derberen Stoff, der aussah, als ob er fürchterlich kratzte.

Das war keiner aus dem Viertel, so viel war klar. Das war noch nicht einmal einer aus Hamburg, dachte Birte. Der Mann sah verwegen aus, wie ein Zigeuner oder wie einer der Artisten aus einem Wanderzirkus, und passte so gut in Großmutters Küche wie ein Wolf in einen Schafstall.

Plötzlich drehte der Mann seinen Kopf und schoss aus der Küche, packte mit der einen Hand Birte am Kragen und mit der anderen Bosse. Vollkommen mühelos hielt er sie in die Luft und schüttelte sie ein wenig. Dabei lachte er, Birte konnte kurz sehen, dass ihm ein Schneidezahn fehlte, und sagte etwas in einer fremden Sprache.

»Was habt ihr Blagen hier zu suchen?« Großmutter stand hinter ihnen im Flur, angelockt von dem Mordsradau. »Euch werd ich Beine machen! Ihr wisst doch, dass ihr nicht ...«

»Schsch ...«, machte der Mann und setzte Birte und Bosse sacht auf dem Boden ab.

Und dann geschah das, was an diesem erstaunlichen Tag das Erstaunlichste war. Ihre Großmutter lächelte. »Na, wo ihr schon mal da seid, könnt ihr Gregor auch anständig Guten Tag sagen.

Das haben euch eure Mütter hoffentlich beigebracht. Und mögt ihr ein Glas Zitronenlimonade?«

Birte und Bosse löcherten seine Eltern. Wer war dieser Gregor? Woher kam er? Wie lange blieb er? Und was wollte er bei Großmutter? »Besuch. Von früher«, war alles, was Onkel Klaus zu antworten bereit war.

Früher? Wie viel früher denn? Und was für ein Früher? »Gregor ist der Sohn von Bekannten, die Agnes kurz nach dem Krieg mal geholfen haben. Er ist auf der Durchreise und ruht sich hier nur ein wenig aus«, log Tante Anna ihnen unverfroren ins Gesicht.

Stundenlang hockten sie unter dem schattigen Kirschbaum auf der Wiese, und Birte erzählte Bosse im Flüsterton von dem Vorfall im Schuppen. »Den Bastard schlag ich tot.« Immer neue Geschichten sponnen sie um den geheimnisvollen Gregor. Birte war davon überzeugt, dass er ein verwunschener Kalif aus dem fernen Arabien war, auf der Suche nach einer entführten Haremsdame, die ihn um die halbe Welt führte.

Bosse fand zwar, dass ihre Theorie einiges für sich hatte – diese Kleidung, diese Sprache! Er glaubte jedoch, dass der Besuch ein amerikanischer Geheimagent war, der in direkter Linie von den Apachen abstammte – was erklärte, warum er barfuß lief. Hundertpro hatte Gregor den Auftrag, eine Geheimwaffe unschädlich zu machen, die die Menschheit vernichten konnte.

Auch wenn sie sich über Gregors Herkunft nicht einig werden konnten, stritten sie sich nicht darüber. Birte sah den Cousin auf einmal mit anderen Augen. Ihre Mutprobe hatte sie zusammengeschweißt, gemeinsam waren sie nur knapp dem Tod entronnen.

Außerdem wollten sie beide unbedingt mehr über den Besuch erfahren. Sie drückten sich in der Werkstatt herum, möglichst unauffällig, und belauschten die Erwachsenen, bis man sie hinausschmiss, immer dann, wenn es interessant wurde. Also hefteten sie sich an Gregors Fersen, sobald er das Haus verließ. Der entdeckte sie sofort, anscheinend war er im Besitz eines unsichtbaren Radargerätes, Bosse hatte vielleicht doch Recht.

Im Gegensatz zu den anderen, die sie verscheuchten wie lästige Fliegen, freute sich Gregor über ihre Gesellschaft. Er schien ein wenig einsam, außer Großmutter kümmerte sich keiner um ihn. Onkel Klaus begegnete dem Gast zwar mit ausgesuchter, aber ebenso kalter Höflichkeit; Onkel Karl sah bei Gregors Anblick so aus, als wolle er ihn gleich erschlagen, und stapfte, Zornesfalten auf der Stirn, davon.

Gregor sprach kaum Deutsch, wenigstens tat er so; wollten sie etwas von ihm wissen, lächelte er freundlich und zuckte mit den Schultern. Was ihm an Worten fehlte, machte er mit seinen Händen wett. Im Nu hatte er das morsche Schaukelgestell im Garten repariert; für Birte schnitzte er aus Ahornholz eine zierliche Flöte, die er ihr mit feierlicher Geste überreichte. Die Röte schoss ihr ins Gesicht, alles in allem, dachte sie, liefen die Ferien doch besser als angenommen.

Es braute sich etwas zusammen. An einem Dienstag hingen schwarze Gewitterwolken schwer am Himmel, im Radio sprachen sie von einem ausgewachsenen Unwetter. Birte und Bosse verzogen sich in die hinterste Ecke der Werkstatt und schauten den Männern bei der Arbeit zu. Die Luft war zum Schneiden. Onkel Karl fiel ein Marmorblock auf den Fuß, er hörte überhaupt nicht mehr auf zu fluchen und hüpfte wie das HB-Männchen auf und ab.

Die Tür zum Büro öffnete sich, und heraus kamen Gregor und Großmutter, mehrere eng beschriebene Zettel in der Hand. Onkel Karl hielt mit dem Fluchen inne, warf einen flüchtigen Blick auf die Papiere und pöbelte: »Das wagst du nicht ...«

Agnes maß ihren Sohn mit einem eisigen Blick und entgegnete ruhig: »Karl, mäßige dich. Und vergiss nie, wem das hier alles gehört und wer es aufgebaut hat.«

Onkel Karl öffnete schon den Mund, um weiter zu brüllen, da trat Gregor hervor, machte »*Schsch*« und wollte ihm beruhigend die Hand auf den Arm legen. Das war zu viel.

»Du Drecksau, fass mich nicht an!«, schrie Onkel Karl und schwang die Fäuste. Bevor Onkel Klaus dazwischengehen konnte, war Gregor schon geschickt ausgewichen und hatte den Wütenden so in den Schwitzkasten genommen, dass der sich nicht mehr rühren konnte.

Großmutter blickte zu Birte und Bosse, die den Vorfall mit vor Schreck geweiteten Augen verfolgten, und herrschte sie an: »Raus mit euch. Aber dalli!«

Am Abend war das Gewitter anscheinend über die Stadt hinweggezogen, nur in der Ferne hörte man noch ein dumpfes Grollen. Mitten in der Nacht wurde Birte wach, weil es über ihr donnerte und rumpelte und krachte. Sie hörte Onkel Klaus' Stimme, sie hörte Onkel Karls Brüllen, dazwischen ein Scheppern und Knirschen, das sie nicht einordnen konnte. Plötzlich stand Bosse im Zimmer. »Ich hab Angst. Das ist so laut. Kann ich bei dir schlafen?«

Birte nickte. Sie hielten einander im Arm und horchten in die Dunkelheit. Nun war es wieder still. Aber es war eine Stille, die sie noch lange am Einschlafen hinderte.

Die Stille hielt sich am nächsten Tag. Bosses Eltern und Onkel Karl redeten nicht miteinander, schweigend gingen sie ihren Verrichtungen nach. Birte lauschte, ob sie Gregors Schritte auf der Treppe hörte, sie suchte nach ihm auf der Wiese, im Schuppen, in der Werkstatt. Als Tante Anna mit Bosse zum Einkaufen ging, schwindelte sie, dass sie jetzt endlich ihr Buch zu Ende lesen müsse. Als die beiden weg waren, nahm sie all ihren Mut zusammen, stieg die Stufen hoch und klopfte an Großmutters Tür. Sie bekam keine Antwort.

Dennoch trat sie ein. Ein Stuhl lag zertrümmert auf dem Küchenboden, eine Tür des Buffets hing schief in ihren Angeln, das

Linoleum war mit Scherben übersät. In der Ecke stand Gregors Koffer, aufgerissen, die Sachen verstreut.

Ihre Großmutter saß am Fenster und schaute reglos hinaus. Birte räusperte sich verlegen und fragte mit einer Stimme, die ihr selbst viel zu zittrig vorkam: »Wo ist denn Gregor?«

Agnes drehte sich um, über ihr Gesicht liefen Tränen. »Weg.«

Birte machte einen Schritt auf sie zu, doch ihre Großmutter hatte sich schon wieder dem Fenster zugewandt. »Geh jetzt«, sagte sie. »Und komm nicht mehr hoch.«

Birte rannte die Treppe hinunter und aus dem Haus hinaus, als wäre der Teufel hinter ihr her. »Den Bastard schlag ich tot.«

Später dachte sie oft, dass der Sommer von Anfang an unter keinen guten Vorzeichen gestanden hatte. Mamas Zustände. Gregors Besuch. Das Weinen ihrer Großmutter. Lauter Hinweise, lauter Omen. Sie hätte es merken müssen. Und dann hätte sie all das Fürchterliche, das in diesem Jahr noch geschehen sollte, abwenden können. Aber sie hatte nichts gemerkt.

GROSS HUBNICKEN, AUGUST 1935

»Nein, nein, nein!« Agnes stampfte mit dem Fuß auf. Am liebsten wäre sie aufgesprungen und hätte gegen die Frisierkommode getreten, vor der sie sitzend das Ziepen der Bürste ertrug, mit der ihre Mutter ihr ungeduldig durch die Haare fuhr.

»Ich werde nicht heiraten. Ich bin viel zu jung!«

»Kind, du bist achtzehn. Und Wilhelm ist ein guter Mann. Du wirst ein gutes Leben an seiner Seite haben.«

»Woher willst du das wissen, Mama? Du kennst ihn doch kaum.«

»Dein Vater hat es so entschieden. Und du wirst dich fügen.«

»Papa kennt ihn auch nicht. Und nur weil es in seine merkwürdigen Überlegungen passt, werde ich nicht mein Leben ruinieren!«

»Agnes, es reicht.« Ihre Mutter zog noch ein wenig mehr an ihren Haaren und begann behände, einen Zopf zu flechten, den sie sorgsam mit einem Seidenband schloss. »Gut, das sieht ordentlich aus«, sagte sie zufrieden, »komm jetzt, wir wollen die Herren nicht weiter warten lassen.«

Agnes stand widerwillig auf, strich sich ihr frisch gestärktes hellblaues Sommerkleid glatt und starrte wütend in den Ankleidespiegel. Wie sie aussah! Wie eine Landpomeranze. Ihre schwarzen Locken in diesen albernen Zopf gezwungen, das Kleid oben hochgeschlossen und unten sittsam weit unter den Knien endend. Immerhin betonte es ihre Taille. Aber Agnes hätte für diesen Anlass lieber ihren Hosenrock angezogen und dazu die cremefarbene Bluse. Doch dieses Ensemble hatte ihre Mutter als zu modern verworfen.

»Agnes, bitte komm!«

Sie streckte ihrem Spiegelbild die Zunge heraus und stapfte ihrer Mutter hinterher. Alle hatten sich gegen sie verschworen. Ihr Leben war tatsächlich ruiniert.

Zu Beginn des Sommers hatte dieses Leben noch funkelnd vor ihr gelegen. Gerade eben hatte sie ihr Abitur auf dem Oberlyzeum der Königin-Luise-Schule gemacht, gerade eben hatte sie bei einem Wettkampf des Akademischen Sportclubs Königsberg sowohl im Achtzig-Meter-Hürdenlauf als auch beim Speerwurf triumphiert. Gerade eben hatte ihr Vater in Aussicht gestellt, das alte Klavier durch einen echten Steinway zu ersetzen, wenn sie weiterhin so fleißig übte.

Agnes war durchaus bewusst, dass sie ein sorgenfreies Leben führte. Ihre Eltern waren nicht reich, nein, aber als leitender Ingenieur in der Staatlichen Bernsteinmanufaktur hatte ihr Vater es zu einigem Wohlstand gebracht. Und selbstverständlich, so sah es Agnes, las ihr Vater, ein ernster, aber auch nachgiebiger Mann, seinem einzigen Kind jeden Wunsch von den Augen ab.

Trotzdem war sie nicht traurig gewesen, als er entschied, dass die Familie dieses Jahr nicht in die Sommerfrische nach Rauschen fuhr. Königsberg bot genug Zerstreuung, zumal auch ihre beiden besten Freundinnen Gertrud und Hedwig in der Heimatstadt blieben. Im Neuen Schauspielhaus hatten sie Shakespeares *Kaufmann von Venedig* gesehen, sie hatten Tanzveranstaltungen auf der Klapperwiese besucht und sich von den Kerlen hofieren lassen. Tagsüber hatten sie träge am Strand gelegen und sich von den Avancen und Aufregungen der Nacht erholt. Und sie hatten Pläne für eine glänzende Zukunft geschmiedet.

Gertrud war fest entschlossen, demnächst reich zu heiraten.

»Aber warum hast du dich dann durchs Latinum und mit Algebra gequält?«, fragte Agnes. »Um zu heiraten, brauchst du kein Abitur.«

»Weil mein zukünftiger Mann Wert auf gepflegte Tischgespräche legen wird. Und weil ich an seiner Seite repräsentative Aufgaben übernehme. Dafür braucht es Bildung, meine Liebe«, hatte Gertrud geantwortet.

»Ach, hast du schon jemand Bestimmtes im Auge?«, wollte Agnes erstaunt wissen.

»Nein, nein, wo denkst du hin«, wich Gertrud aus, sprang auf und rannte kichernd ins Wasser.

Hedwigs weiterer Weg war vorgegeben. Sie sollte im Herbst die Handelshochschule besuchen und danach im Kontor ihres Vaters, eines Getreidehändlers, mithelfen – und vielleicht sogar, eines fernen Tages, aufgrund eines fehlenden männlichen Erbens das Geschäft übernehmen. Aber natürlich hoffte Hedwigs Vater darauf, dass die Tochter in absehbarer Zeit einen akzeptablen Schwiegersohn präsentierte, den er zum Nachfolger aufbauen konnte. Er war guter Dinge, dass Hedwig an der Handelshochschule einen derartigen Aspiranten kennenlernte, sonst hätte er sie kaum zum Studieren geschickt.

Hedwig war zufrieden mit ihren Aussichten, Agnes fand die Pläne unmöglich. »Und was ist mit deinem freien Willen?«, wollte sie von der Freundin wissen. »Vielleicht möchtest du die Welt bereisen?«

Die kleine, pausbäckige Hedwig stemmte ihre Hände in die Hüften. »Freier Wille, so ein Unsinn, Agnes. Und was soll ich denn in der Welt? Ich weiß, wo mein Platz ist.«

Heiraten! Im Kontor arbeiten! Agnes lachte Gertrud und Hedwig aus. Das waren Dinge, die für sie in ferner Zukunft lagen und nach erdrückender Verantwortung klangen. Doch manchmal beneidete sie ihre Freundinnen. Sie waren so sicher, so unerschütterlich in ihrem Glauben an das, was kommen sollte.

Agnes dagegen schwankte wie ein Fähnchen im Wind angesichts der Fülle an Möglichkeiten, die sich ihr bot. Sollte sie an die Kunstakademie gehen? Immerhin zeichnete sie sehr schön. Oder doch besser an die Albertina, um Philosophie zu studieren? Andererseits liebte sie die Literatur. Goethe, Schiller, Kleist, sie kannte alle Klassiker. Und kürzlich hatte sie atemlos unter der Bettdecke das verbotene *Kunstseidene Mädchen* von Irmgard Keun verschlungen und sich ins Berliner Lotterleben geträumt.

Mit ihrem Lotterleben sollte bald Schluss sein. »Agnes, du hast nur Flausen im Kopf«, hatte ihr Vater kürzlich beim Abendbrot festgestellt. »Aber die Zeiten sind nicht mehr nach Flausen.«

»Ach, Papa, was du nur immer mit deinen Zeiten hast!«, hatte Agnes gekichert. Sie wusste, dass ihr Vater der Regierung skeptisch gegenüberstand, bei Tisch hatte sie mit halbem Ohr die eine und andere Bemerkung aufgeschnappt. Sie fand, dass er übertrieb. Ja, ein paar Bücher waren verboten worden. Ja, es gab Aufmärsche in der Stadt. Ja, man sollte nicht mehr in jüdischen Geschäften einkaufen. Aber das waren doch auch Verbrecher, das konnte man allerorts lesen und hören. Und all das war doch eher nicht ernst zu nehmen oder gar bedrohlich. Das war eben Politik, eine sehr langweilige Angelegenheit.

»Wir ziehen um. In ein eigenes Haus.« Nervös hatte ihre Mutter die Hände bei dieser Eröffnung geknetet.

Agnes juchzte. Nicht, dass sie sich in der geräumigen Vier-Zimmer-Wohnung in der Gluckstraße nicht wohlfühlte. Aber ein eigenes Haus! »Wohin, Mama? Wohin genau? Hat es einen großen Garten? Habe ich ein eigenes Bad?«, bestürmte sie ihre Mutter mit Fragen und malte sich schon aus, dass es in Amalienau läge, einem der nobelsten Viertel der Stadt.

»Groß Hubnicken«, sagte ihre Mutter schlicht und seufzte.

»Wohin?« Agnes dachte, dass sie sich verhört hätte.

»Dein Vater hat eine neue Anstellung. Ein sehr verantwortungsvoller Posten mit großen Aufstiegsmöglichkeiten. Im Bernsteintagebau bei Palmnicken. Er wird direkt dem Werksdirektor unterstellt sein. Zu der Anstellung gehört auch das Haus im Nachbardorf. In drei Wochen ziehen wir um.«

»Dorf? Mama!«

»Kind, es ist wirklich sehr schön dort. Diese Natur! Und du gehst nur fünfzehn Minuten zur Ostsee, stell dir vor! Das Haus ist groß und hell, und du bekommst dein eigenes Bad, versprochen. Es wird dir gefallen, ganz bestimmt.« Ihre Mutter seufzte erneut.

Als sie wenige Tage nach dieser unglaublichen Ankündigung mit ihrer Mutter zu einer Stippvisite gen Groß Hubnicken aufbrach, wurden ihre Befürchtungen noch übertroffen. Mit dem Zug fuhren sie bis Fischhausen, dort mussten sie geraume Zeit warten, bis die nächste Eisenbahn sie nach Palmnicken brachte. Auf der Fahrt deutete ihre Mutter wiederholt aus dem Fenster und rief: »Schau doch mal!«

Doch Agnes hatte keine Augen für die Schönheiten der Landschaft, die sattgrünen Wälder, die winzigen Dörfer, das in der Sonne grüngolden schimmernde Haff. Sie sah lediglich, dass der Zug sie Kilometer um Kilometer von ihrem geliebten Königsberg in die tiefste Provinz entführte.

Am Bahnhof in Palmnicken wurden sie erwartet. Ein rotblonder Hüne, die kurzen Haare gescheitelt und mit Pomade in Form gebracht, schritt entschlossen auf sie zu. Sein Auftreten hatte etwas von einem Gutsherren, er trug hohe schwarze Reitstiefel zur engen Hose, unter den Hosenträgern blitzte das blütenweiße Hemd. Doch sein gewaltiges Kreuz, die breite Brust und die groben Hände verrieten, dass er schwere Arbeit gewohnt war.

Er knallte die Hacken zusammen, riss den rechten Arm in die Höhe und brüllte: »Heil Hitler!«

Agnes bemerkte, dass ihre Mutter unwillkürlich zusammenzuckte. Nun deutete der Riese eine Verbeugung an und fragte: »Frau und Fräulein Tharau nehme ich an, die Familie des Herrn Ingenieur?«

Sie nickten, und Agnes erwiderte kess: »Sie nehmen richtig an, außer uns ist ja weiter keiner ausgestiegen. Und mit wem haben wir das unerhörte Vergnügen?«

Ein kleines Lächeln stahl sich in das Gesicht des Mannes, er klappte sich erneut zu einem Diener zusammen. »Wilhelm Weisgut. Ihr Vater bat mich, Sie abzuholen. Und verzeihen Sie mir meine Frechheit, aber Sie sind noch schöner, als Ihr Herr Papa es angedeutet hat. Wenn Sie mir bitte folgen mögen.«

Auf dem Bahnhofsvorplatz wartete tatsächlich ein Pferdefuhrwerk auf sie. Agnes verdrehte die Augen, wie im vergangenen Jahrhundert. Wilhelm Weisgut reichte den Damen nacheinander seinen Arm, sie kletterten auf den Bock. Ihr Begleiter schnalzte mit der Zunge, und das Pferd setzte sich gemächlich in Bewegung.

Von Palmnicken fuhren sie etwa einen Kilometer durch einen dichten Wald, der sich plötzlich öffnete und den Blick frei gab auf Felder und eine schäbige Ansammlung kleiner Höfe.

»Ihr neues Zuhause«, sagte Wilhelm Weisgut mit einer großartigen Handbewegung.

Agnes merkte, wie ihr Blut vom Kopf in die Füße sackte. »Ist Ihnen nicht gut, Fräulein Tharau?«, fragte Wilhelm Weisgut. »Sie sehen auf einmal so blass aus.«

»Nein, nein«, stammelte sie. »Es ist nur so warm heute.«

Der Wagen rumpelte über das staubige Kopfsteinpflaster und hielt vor einem lang gestreckten, zweigeschossigen Haus aus rotem Backstein, das direkt hinter einem weißen Holzzaun an der Dorfstraße lag. Wilhelm Weisgut sprang vom Bock und betrachtete Agnes mit einer Mischung aus Besorgnis und Amüsement. »Nicht, dass uns das Fräulein Tharau gleich in Ohnmacht fällt. Möchten Sie sich für einen Augenblick in den Schatten setzen?«

»Es geht schon wieder«, sagte Agnes unwirsch, ignorierte seine helfend ausgestreckte Hand und warf nur ihrer Mutter einen bösen Blick zu. Das konnten ihre Eltern nicht ernst meinen – vom kapitalen Königsberg in dieses klägliche Kaff!

Entschieden, ohne die zornige Tochter weiter zu beachten, marschierte ihre Mutter auf das Haus zu, öffnete die große, weiß gestrichene Eingangstür und verschwand im Inneren.

Wilhelm Weisgut räusperte sich verlegen. »Nun, Sie möchten bestimmt in Ruhe Ihr zukünftiges Heim inspizieren. Wenn Sie Fragen haben oder meine Hilfe benötigen, kommen Sie einfach zu mir. Ich wohne nur zwei Häuser weiter.« Er deutete die Straße hinauf. »Wir werden also Nachbarn«, sagte er noch mit einem Augenzwinkern, nahm das Pferd am Halfter und schaute Agnes abwartend an.

»Danke«, sagte sie knapp und ging ihrer Mutter hinterher.

Das Haus war genau, wie ihre Mutter versprochen hatte – geräumig und hell, und wirklich gab es im oberen Stockwerk ein fantastisch großes Zimmer. »Das wird dein Reich«, sagte ihre Mutter, mied dabei aber Agnes' Blick.

»Mama, unter keinen Umständen, unter gar keinen Umständen, ziehe ich mit euch hierher. Du glaubst doch nicht, dass ...«

»Natürlich wirst du mitkommen«, sagte ihre Mutter sanft und ließ sie einfach stehen.

Agnes ging zum Fenster und schaute hinaus. Das Zimmer lag nach hinten heraus, unten konnte sie die Terrasse sehen, einen riesigen Garten mit alten Obstbäumen, der einen leicht verwahrlosten Eindruck machte und an den sich die Felder anschlossen. Sie zog die Schultern hoch wie ein trotziges Kind. Dann ging sie mit großem Getöse die geschwungene Holztreppe hinunter, setzte sich in der fast leeren Küche auf einen Stuhl, verschränkte die Arme und weigerte sich, die Mutter bei ihrem Rundgang zu begleiten.

Eine Stunde später steckte Wilhelm Weisgut seinen Kopf zur Tür herein. »Hier sind Sie! Ich habe Sie schon gesucht. Und wie gefallen Ihnen das Haus und die Umgebung? Idyllisch, nicht wahr?«

»Wenn man es dörflich mag«, antwortete Agnes spitz. »Ich bin aus Königsberg allerdings anderes gewohnt.«

Wilhelm Weisgut lachte unbekümmert, als hätte er ihren Unterton nicht wahrgenommen. »Ach, Sie werden sich schnell eingewöhnen. Und wenn Sie Abwechslung brauchen, dann fahren Sie einfach mit dem Rad nach Palmnicken. Dort gibt es Geschäfte, ein Café, alles, was Ihr Herz begehrt. Es wird mir ein Vergnügen sein, Ihnen die Umgebung zu zeigen, wenn Sie erst umgezogen sind. Nun kommen Sie aber, Ihr Zug geht in einer Stunde.«

Schweigend setzte sich Agnes neben ihre Mutter aufs Fuhrwerk, schweigend zockelten sie nach Palmnicken zurück. Nach einem kurzen Adieu von ihrem Fahrer – Wilhelm Weisgut schien etwas gekränkt, dass Agnes sich so schroff verabschiedete – verlief auch die Rückfahrt nach Königsberg schweigend. Zuhause in der Gluckstraße rannte Agnes in ihr Zimmer und schmiss die Tür hinter sich zu.

Sie kam erst wieder heraus, als sie hörte, wie ihr Vater am Abend die Wohnung betrat, und fiel ihm weinend um den Hals. »Papa«, schluchzte sie theatralisch, »es ist ganz fürchterlich dort. Eine vollkommene Einöde! Dort gibt es nichts, gar nichts. Nur Dreck und Vieh und ungehobelte Bauern! Auf keinen Fall können wir dorthin ziehen. Lieber sterbe ich!«

Ihr Vater fasste sie sacht an den Schultern und schob sie ein kleines Stück von sich. »Mein Liebes, so schlimm ist Groß Hubnicken nun wirklich nicht. Wenn du dich dort eingelebt hast, wirst du es sehr schön finden.«

Agnes bat und bettelte, sie trotzte und jammerte, und als alles nichts half, verlegte sie sich aufs Argumentieren. »Schau, Papa, ich kann bestimmt bei Hedwig unterkommen. Und ich suche mir eine Arbeit, ich verdiene mein eigenes Geld. Und jedes Wochenende besuche ich euch.«

Doch ihr Vater schüttelte nur müde, aber bestimmt den Kopf. »Ausgeschlossen, Agnes. Was willst du auch arbeiten? Du kommst mit uns. In diesen Zeiten muss die Familie zusammenbleiben.«

Vom vielen Weinen erschöpft, zog sich Agnes in ihr Zimmer zurück und mochte auch nicht zum Abendessen herauskommen. Sie hörte ihre Eltern in der Küche, das Klappern des Geschirrs, das Rücken der Stühle, die gedämpften Stimmen, die von Zeit zu Zeit anschwollen und wieder leiser wurden. Stritten sich ihre Eltern? Sie huschte durch den Flur und presste ihr Ohr an die schwere Küchentür, verstand aber nur Satzfetzen, die für sie keinen Sinn ergaben.

»Die richtige Entscheidung.« – »Aus der Schusslinie gehen.« – »In Sicherheit.«

Und dann hörte sie unterdrückte Schluchzer. Weinte ihre Mutter? Das geschah ihr Recht, dachte Agnes.

Nur zwei Wochen später fand der Umzug statt. Arbeiter rückten an und verluden das Tharausche Hab und Gut auf Lastwagen. Agnes kam auch an diesem durchaus aufregenden Tag nicht aus ihrem Schmollwinkel heraus, in dem sie seit ihrem Besuch in Groß Hubnicken saß. Irgendwie hoffte sie immer noch, dass die Nichtbeachtung, mit der sie insbesondere ihren Vater strafte, etwas bewirken könne. Doch ihr Vater ignorierte sie mit einer Unnachgiebigkeit, die Agnes ihm nicht zugetraut hatte. Und ihre Mutter ging geschäftig in der Angelegenheit des Räumens und Packens auf, nur ihre dunklen Augenringe und ihre plötzliche Blässe verrieten, dass auch sie der Ortswechsel mehr beschäftigte, als sie zugab.

Voller Empörung hatte Agnes ihren Freundinnen von der Entscheidung der Eltern erzählt. Hedwig konnte Agnes' Zorn nicht nachvollziehen. »Du bist schließlich noch nicht volljährig«, sagte sie. »Du musst mit deinen Eltern gehen. Was willst du auch allein in Königsberg?«

»Aber was soll ich in Groß Hubnicken?«, jammerte Agnes.

»Das wird sich finden«, meinte Hedwig lapidar.

Gertrud dagegen erging sich in idiotischen Schwärmereien. »Wart's nur ab! In null Komma nichts hast du dort einen Baron kennengelernt oder vielleicht sogar einen Grafen! In den verliebst du dich, ihr heiratet, du ziehst auf sein Gestüt und züchtest Trakehner.«

In Groß Hubnicken warteten mitnichten Barone oder Grafen. Dafür wartete Wilhelm Weisgut mit seinem alten Klepper. Schon beim Einzug machte er sich unentbehrlich, scheuchte die Arbeiter im neuen Haus treppauf und treppab, war sich aber nicht zu schade, selbst mit anzupacken. Insbesondere Agnes' Habseligkeiten widmete er sich höchstpersönlich, schulterte ihre Frisierkommode, als wäre sie eine Feder, rückte ihre Möbel hin und rückte sie her, unablässig fragend: »Fräulein Tharau, ist es gut so? Oder doch lieber ein Stück weiter nach links?«

Eigentlich hatte Agnes beschlossen, auch und gerade an diesem Tag, der immerhin das Ende ihres Lebens markierte, mit niemandem ein Wort zu wechseln. Angesichts von Wilhelm Weisguts unbedingtem Willen, ihr zu gefallen, besserte sich ihre Laune jedoch, und sie ließ sich sogar dazu herab, gemeinsam mit ihren Eltern am Abendbrottisch Platz zu nehmen. »Was macht dieser Wilhelm Weisgut eigentlich?«, wollte sie wissen. »Ist er auch im Tagebau beschäftigt?«

»Nicht direkt«, antwortete ihr Vater und fuhr, erfreut, dass seine Tochter wieder mit ihm sprach, redselig fort: »Er führt den Steinmetzbetrieb seines kürzlich verstorbenen Vaters. Und seine Familie besitzt drüben in Kraxtepellen nicht wenig Grund und Boden, über dessen Verkauf er mit dem Bernsteinwerk gerade in Verhandlungen steht. Ein äußerst geschäftstüchtiger junger Mann, scheint es mir.«

»So, so, ein Steinmetz mit Grund und Boden«, entgegnete Agnes spöttisch. »Da will sich wohl jemand nach oben meißeln.«

»Ich sehe nichts Verwerfliches darin, wenn einer mit Fleiß und Verstand weiterkommen möchte«, sagte ihr Vater. »Besser, als nur in den Tag hineinzuleben.«

Diese Bemerkung bezog Agnes durchaus auf sich und entschied, sofort wieder eingeschnappt zu sein.

Der beleidigte Habitus ließ sich in Groß Hubnicken nicht lange durchhalten. Der Ort bestand tatsächlich nur aus der einen lang gezogenen Straße, die diesen Namen kaum verdiente. Entlang des holprigen Weges reihten sich wenige ärmliche Höfe und Wirtschaftsgebäude, einzig das Haus und die sich anschließende Werkstatt der Familie Weisgut machten einen besseren Eindruck. In Ermangelung anderer Abwechslungen ging Agnes ihrer Mutter zur Hand, packte Kisten aus, sortierte Bücher und räumte Geschirr ein. Und sie war jedes Mal froh, wenn Wilhelm Weisgut vor der Tür herumscharwenzelte.

»Wenn das Fräulein Tharau kurz Zeit hätte, dann könnten wir ...«, begann er stets seine Aufwartung, und dann lud er sie zu Ausflügen ein, auf denen er die Schönheit des Samlands pries.

Agnes kam nicht umhin zuzugeben, dass die Umgebung sie beeindruckte. Die Wälder waren dunkel und wild und voller Geheimnisse. Auf einem ihrer Märsche brach plötzlich ein Elch durchs Unterholz und versperrte ihnen stolz den Weg. »Haben Sie keine Angst«, flüsterte Wilhelm Weisgut beruhigend und fasste nach ihrer Hand. »Er trollt sich sicher gleich.«

»Ich habe keine Angst«, wisperte Agnes, während sich die feinen Härchen in ihrem Nacken aufstellten, und bestaunte den imposanten Bullen, der sich langsam von ihnen abwandte und majestätisch im Dickicht verschwand.